왜 교토인가

이승신의 詩로 쓰는 철쳐에세이

시가詩家

왜 교토인가
なぜ、京都なのか
Why Kyoto

이승신의 詩로 쓰는 컬쳐에세이
Lee Sunshine Culture Essay written in Poetry

작가의 말

왜 교토인가?

아 교토의 천년 넘는 역사와 그 자취가 담긴 공간을 생각할 때에 교토를 한 줄로 정의한다는 것은 불가능한 일이다. 천살을 살아보지 않는 이상 그것은 코끼리 다리와 긴 코의 일부를 만져보는 셈일 것이다.

그러함에도 우리와 지리적으로 심적으로 극히 가까이 있는 그 도시의 실존과 의미와 가치를 나는 지금 떠올려 본다.

비자 받기도 어렵던 학생시절 '국제청소년회의'로 동경을 갔고 관방장관과 당시 일본정부 인사들과의 교류 후 오사카의 아버지 지인의 어린 딸과 기차를 타고 한 나절 교토를 간 적이 있다. 교토의 역사나 문화의 지식이 없던 때 그 시가지의 긴 길을 걸은 것이 교토의 나의 첫 기억이다.

그 후 미국의 긴 삶이었고 시인 어머니의 출판기념회들과 나의 강연 등 일본을 찾은 것은 주로 동경이었다.

2005년, 일본 문화부 주관으로 어머니를 기리는 한일문학세미나가 교토에서 있었고 짧은 시간의 만남에도 감명을 받았다. 교토의 첫 방문 후 35년이 지나기도 했지만 무엇보다 어머니마저 가심으로 철이 좀 들었다고나 할까 주위 사물이 깊이 있게 다가왔다.
그 후 회의, 강연 등 기회 있을 때마다 교토를 찾았고 나를 끌어당기는 건 무엇일까 생각하며 교토를 마주했다. 수많은 사나흘의 짧은 시간이었다. 마주치는 서양인들은 별세계 같다, 동화 속 같다 하며 반했지만 같은 동양권에서 온 나에겐 뭔가 먼 세상에서 살아본 듯한 가슴 속 아득한 고향 같은 느낌이었다.

짧게 머물며 길 건너 천황이 살던 고쇼御所와 그 맞은편 동지사 대학을 자주 산책했다. 봄꽃 아래, 말을 걸어 온 이에게 "이런 아름다운 캠퍼스에서 공부하면 얼마나 좋을까요?" 하니 즉각 입학 신청서 내는 곳을 인도했다. 그것이 우연인지 기연인지 한국과 기국이 문화 배경인 사람이 일본문화에 겁도 없이 뛰어든 것이다. 2015 2016년 교토 동지사 대학의 만학이다.

75년 전 동지사를 다닌 윤동주 시처럼 '**육첩방은 남의 나라**' 그야말로 좁은 육첩방에, 좀 안다고 생각한 일본은 전혀 외국이었고 얇은 일어 실력으로 하는 공부는 벅차기만 했다. 집으로 돌아가고만 싶은 정말로 외롭고 힘든 날들이었다. 그러나 내 인생 일찍이 다닌 그 어떤 학교보다 밤을 밝히며 매진하여 스무 과돌을 통과하고 나니 그것은 필연이었다는 생각이 든다.

그때 그 공간에서 배우고 깨치고 알게 된 것을 나만 간직할 게 아니라 일본에 가보았으나 여전히 일본을 막연히 알고 있는 분들에게 알려줄 사명이 나에게 있다는 생각을 했다.

천년의 고도古都인 교토. 그 곳은 일본인 모두의 마음의 고향이요 일본미의 핵심이며 소프트 파워의 위력을 전 세계에 단단히 보여주는 곳으로 그 묘한 매력은 한 번 온 사람을 반드시 다시 오게 만든다.
알다시피 660년 백제가 나당연합군에 멸하여 움직일 수 있는 백제인은 일본으로 건너갔다 하고 아스카 나라를 거쳐 교토에 정착하며 도시를 형성하고 나라를 이루어 가게 된다. 글과 학문, 종이와 인쇄기술, 정원과 토목기술, 불교와 불교건축 등 한반도의 많은 문화와 문물이 전해졌으며 이주해 간 백제의 왕족과 귀족과 지성인은 그 마음을 정신문화의 꽃인 한 줄 시 단가로 표현하게 된다.

그때의 단가시를 모은 일본에서 가장 오래된 시가집 詩歌集 '만엽집' 연구의 일본대가에게 들은 그런 이야기를 가슴에 두며 그들이 그런 사실을 모를 적마다 알려주었고 교토의 3천개나 되는 사찰 중 명찰을 볼 때마다 관계자에게 지은 역사를 물으면 으레 1200년 전이요 천년 전이요 800년 전이요 답하여, 속으로 흡족해 하며 그렇다면 이건 백제에서 온 장인과 그 도래인渡來人들이 지은 것임에 틀림없다고 말해주면 그들은 그런 사실을 처음 듣는다고 했다. 아- 이들은 그런 역사를 배운 적이 없구나 생각하며 열을 다해 그 배경을 설명해 주었다.

단풍철의 한밤, 도요토미 히데요시의 집인 고다이지 건축과, 면경보다 더 면경 같은 그 연못에 새빨간 단풍이 비친 절경에 감탄하는 프랑스 부부에게 당신들이 감탄하는 교토의 문화는 코리아가 천년 전 지어주고 전해준 것이라며 그 긴 역사를 말했다. 산넨자카를 오르다 나란히 돌계단에 앉은 영국 처녀가 꿈만 같다며 신음할 제도, 오래 묵은 이 양켠의 집들과 조금만 더 오르면 절벽 위의 또 다시 감동할, 못 하나 박지 않은 건축, 기요미즈테라淸水寺도 고대 백제인이 지은 것이라고 했다. 선진국에서 온 이들이 입을 벌리고 감탄하는 것을 보면 참다가 그 말을 하지 않을 수가 없었다.

사나흘만 계속 교토에 갔다면 나는 그 설교를 지금도 하고 있을 것이다. 천 년을 유장히 내려오는 그 역사에 둘러싸여 내가 할 수 있는 것은 그것뿐이었다.

그러나 자세히 들여다보면서 그게 다가 아니라는 걸 깨우치게 된다. 백제뿐 아니라 일찍이 한반도에서 온 우리의 선조와 그 후손이 짓고 만들고 가르쳐준 것은 사실이나 그 역사와 전통을 전수하고 연구하고, 새것을 위해 부수지 않고 그 명맥을 끈질기게 유지하고 이으며 그들 고유의 문화로 승화시켜온 그 대단한 성취와 노력 앞에 고개를 숙이지 않을 수 없었고 더 이상 선조 이야기는 꺼내지 않게 되었다.

그러나 동시에 그들이 비록 현해탄을 건너가서 이런 위대한 문화를 이루었으나 우리의 피를 나눈 조상으로 그런 DNA가 우리 속에 있는 거로구나 하는 깨우침에 전율하며 나는 커다란 자부심을 가지게 된다.

일찍이 유럽 문화를 접하며 우리 조상은 대체 무엇을 했는가 하는 생각에 마음이 작아진 적이 있었다. 그런 문화를 이룬 유럽인들이 교토의 고대 건축과 정원과 예술에 감동하며 우리가 일본에 전해준 짧은 시에 빠져 그런 풍의 단시 붐을 일으키는 걸 보면 천년 전 우리 선조에 대해 새삼 자랑스런 마음이 든다.

그렇다. 우리는 그런 조상을 가졌다. 자신감과 자긍심을 곧추 세우고, 한탄만 할 게 아니라 이제부터라도 그 유전자를 더욱 끌어내고 노력하여 더 나은 세상을 만들어 우리 후예에게 그걸 넘겨주어야만 한다.

교토를 걷다보면 한국말이 많이 들린다. 아 아름답다는 말도 하지만 이렇게도 깨끗하고 상냥하고 정직하고 철저 꼼꼼하고 상대를 배려해주는 사람들인지 몰랐다고 한다. 한국에서 듣던 이야기와는 다르다.

양국의 관계는 2천년을 넘어선다. 좋은 선린善隣이었다. 어려웠던 시기는 임진왜란과 근대 35년간의 일제 강점기였다. 혹자는 일본이 대국이니 사죄하고 덕을 보여야 한다고 한다. 사과를 하고 안하고는 그들의 몫이다. 우리는 우리의 할 것을 하면 된다. 교토의 긴 역사를 떠올리며 나는 우리가 형이요 대국이라는 생각을 지울 수 없다. 형의 큰마음을 가지고 포용하고 겹치는 조상을 가진 이웃 나라로 우리는 서로 손잡고 미래로 나아가야 한다.

보다 많은 사람이 교토를 보았으면 하는 마음이다. 우리에게서 사라진 먼 옛 고향이 느껴질 것이고 천년 전 그 도시와 문화를 만드는 데 헌신한 백제인과 고구려 신라 고려 가야의 우리 선조의 영과 혼이 느껴질 것이며 그리하여 새삼 앞날의 한일관계를 깊이 생각하게 될 것이다

'왜 교토인가?' 거창한 제목을 세웠으나 동지사 대학과 그 수업, 시비로 서 있는 정지용 윤동주의 스피릿, 내가 만난 환상의 봄꽃과 딴 세상만 같은 단풍잎 세상, 나만 알고 싶은 교토의 명소, 내게 감동을 준 인물 그리고 동경 아오모리 아키타 게센누마 시라카와고를 보태어 시인의 앵글로 본 잔잔한 이야기를 펼친다.

이제는 일본을 좀 더 알고 지난 2천년의 "보다 높은 차원"의 선린관계로 회복되기를 나는 소망한다.

동아시아 끝자락에 살아온 나
　　　　오로지 평화만을 기원했네

　　　　　　　　　　　　　　　손호연

P.S. 매 편의 '詩로 쓰는 에세이'를 저는 늘 하나의 긴 장시로 생각하며 운율을 맞춥니다. 역사 속 시인들의 詩가 등장하나 작가명이 없는 것은 제가 적어 본 것입니다.

2018년 3월

손호연 이승신 모녀시인의 집
서울 필운동

차례

나는 왜 15

하늘을 우러러 61

위로처럼 95

숨기고 싶은 교토의 명소 135

가모가와 183

이타다키마스 225

인연 261

아 쓰나미 301

그래도 내일은 온다 317

칼럼과 기사 367

나는 왜

나는 왜 교토로 갔는가

동지사 대학 코후칸弘風館 앞의 플라타나스

   20여 년 미국의 삶을 뒤로 하고 서울에 온 지도 20년이 넘었습니다. 한국 방송의 Barbara Walters가 되어달라는 정부의 끈질긴 권유로 3년을 사양하다 오게 되었고 제가 기획한 시사보도 프로들이 KBS를 비롯해 많이 방영이 되었습니다. 상상 못한 좋은 일과 태산 같은 어려운 일이 많았지만 정작 기억에 남는 건 일상의 아주 작은 것들입니다.

   처음 와서 저쪽 앞에서 누가 저를 향해 걸어오면 미국에서 하듯 미소를 지어 보였습니다. 후에 보니 그들은 표정 없이 가다가 내가 아는 여자인가? 싶은지 뒤돌아보았습니다. 세상을 좀 밝게 해보겠다고 끈질기게 미소 지었으나 10여 년 지나니 아는 이 외에는 무뚝뚝한 환경에 저도 풀이 꺾이어 미소가 사라지고 있었습니다.

보는 이마다 lady인 저의 나이부터 물었습니다. 하루에도 몇 번을 그게 화제였습니다. 지금도 그렇습니다만 그게 왜 화제가 될까요. 한 줄의 시보다 짧은 이 삶에 마음을 맞춘다면 나눌 대화가 참 많아질 텐데요.

그런 예를 일일이 들자면 한이 없습니다. 제가 더 나은 길로 인도해야 하는데 저도 모르게 물들어 가고 있는 건 아닌가 싶은 생각이 듭니다. 일과 일상을 살아갈수록 몸과 마음이 눌려 왔습니다. 시골과 가까운 이웃 나라들을 갔습니다.

그렇게 20여 년이 지나자 처음 와서 저처럼 미국에서 온 분들이 살던 곳으로 되돌아간 생각이 났고 제게도 전쟁 없는 편안한 나라로 어서 돌아가라고들 한 생각이 납니다. 곯아가는 감성을 충전하고 상처 난 감정을 풀려면 저도 이제 좀 나가야 하지 않나 하는 생각이 들었습니다.

남들은 이제쯤 고향으로 돌아오는 때이기도 하지만 그보다 한국에서 시작한 일들이 늘어나 그 일도 좀 보려면 전에 살던 워싱턴으로 가서 14시간을 가고 오려면 그것도 다시 일이겠습니다.

지난 10여 년 자주 간 일본을 생각했습니다. 스피치와 낭송회, 강연의 초청으로 갔지만 긴 기간을 간 적은 없고 더구나 미국통인

제가 미디어와 인터넷에 나간 저의 한일韓日에 대한 글로 일본통으로 잘못 알려져 있기도 합니다.

 이 김에 일본과 일본 사회를 깊숙이 들여다보는 건 어떨까. 비슷하게 생기고 겹치는 조상을 가졌음에도 왜 그리 계속 삐걱대는 것일까. 일본어로 스피치를 할 때도, 두 권의 제 일본 시집을 낼 때도 '이승신의 컬쳐에세이' 글을 인터넷으로 일본 친구들과 팬에게 보낼 때에도 번역을 다른 분들에게 부탁하여 제가 감수해 왔는데 일본에서 하루도 공부하지 않은 게 늘 맘에 걸렸습니다.

 더구나 문학이라는 예술의 핵심으로 어려운 한일관계를 승화시켜 보려 일생 노력해 온 어머니나 저에겐 최악이 된 지 오래인 이웃과의 관계가 가슴 아픈 일이 아닐 수 없습니다.

 일본의 보물인 만엽집(1300여 년 전의 최고 단가들을 집대성해 놓은 전집)의 고향이요 천년의 수도인 교토에 가면 천황의 성인 고쇼御所 바로 길 건너 사립명문인 동지사 대학에 들러 140년 역사의 캠퍼스를 산책하곤 합니다.

 그 크리스천 대학에서 당시 지어진 건물인 아름다운 붉은 벽돌의 채플을 지난 초봄 바라보고 섰는데 처음 보는 일본 교수가 그 앞 매화꽃을 가리키며 아름답지요? 하기에 이런 데서 공부하면 얼마나 좋을까요 라고 했더니 저를 즉시 해당 건물로 데려 가 신청서류 한 아름을 안기었습니다.

 그렇게 여러 과정을 거치고는 1년 후 합격 통지가 왔고 되는 것도 안 되는 것도 없다는 서울을 다 놓고 몸만 빠져나와, 어제 오늘 시험을 치고는 그 채플 바로 곁 좋은 위치에 있는 우리의 국민 시인 윤동주와 정지용의 시비 앞에 지금 이렇게 서 있습니다.

 75년 전과 90년 전 일제강점기에 이 대학을 다닌 위대한 두 시인의 혼을 잇는다는 의미는 대단한 기쁨이지만 제대로 따라갈 수 있을지 긴장이 되기도 합니다.

 시비 곁엔 우리의 국화 무궁화와 진달래가 심겨져 있고 내 머리 한참 위로는 마침 수양벚꽃 꽃망울 수백 만 개가 거대한 우주의 우산인 듯 둥그렇게 펼쳐지며 저를 향하여 폭죽처럼 터지고 있습니다.

 겁 없이 와 겁이 좀 나지만 유관순의 후배답게 의연히 해나갈 수 있기를 기도합니다.

 감동 없는 정상들 보고만 자꾸 바뀌라고 할 것이 아니라 실제 이렇게 와 몸으로 부딪치면 이웃관계에 무슨 실마리가 풀릴 수도 있는 일이고 느지막이 공부하는 것인 만큼 충전과 자신의 깊은 내면을 마주하게 되는 일도 삶에 아주 귀한 일이겠지요.

 사나흘 머무는 것과 장기로 있는 것은 역시 다르군요.

집 앞을 흐르는 가모가와鴨川 강
그 위로 비치는 하얀 반달
거기에 떠오르는 두고 온 너

긴 겨울 기다려온
꽃은 피는데

재학 중 가장 많이 찾은 가모가와鴨川

채플 안 기도 2016

내가 만난 한매寒梅

동지사대 캠퍼스 - 교토 2016

 교토의 도시샤 대학을 오기 전까진 '니이지마 조' 라는 인물을 나는 몰랐다.
 도시샤 대학은 설립자 니이지마 조新島襄 1843-1890 가 크리스천 정신을 기초로 세운 학교인데 천년을 일본의 고도古都였던 교토에 천년의 천황 성인 고쇼御所가 자리하고 있고 바로 그 앞에 도시샤 대학이 위치해 있다.
 그 오래된 대학의 아름다운 캠퍼스를 걷다보면 여기저기 고색이

창연한 벽돌 건물들이 눈에 들어오는데 그 한가운데에 역시 창연한 채플이 서 있다. 140년 전 니이지마 조가 그 학교를 세울 때에 지은 건물이다.

내가 교토를 첨 방문한 것은 1970년. 국제청소년 회의로 동경에 갔을 때 오사카의 아버지 일본 친구 분 댁에 잠시 머문 적이 있는데 그때 그분의 어린 딸과 기차를 타고 근처 교토를 간 것이다.

그러다 2005년, 어머니 가시고 얼마 안 되어 유서 깊은 교토의 국제회관에서 일본 정부 차원의 손호연 시인 어머니를 기리는 문학 행사가 연 이틀에 걸쳐 있었다.

한국의 시조 시인인 허영자, 이근배 시인이 함께 하여 일본 저명 시인들과 일본 단가와 한국 시조를 서로 엇갈려 번역하여 이웃 나라의 시를 읊고 평하고 토론했고 동경에서 온 일본 문화부 장관의 연설과 어머니의 스승이요 일본 최초의 문학인 만엽집 연구의 대가, 나카니시 스스무中西進 선생과 한국의 최승범 시인의 특강이 있은, 양국을 아우르는 의미 깊은 행사였다.

마지막 순서로 나의 연설이 있었고 그리고는 교토의 명소들을 찾게 되었다.

단풍이 들기 시작한 가을 계절, 교토는 참으로 아름다웠다. 새삼 교토의 아름다움을 느끼며 오래전의 고향이 펼쳐지는 듯도 하고 서양의 문명도 스며든 묘한 아름다움을 만나게 된다.

그 후 나는 그런 기회가 있을 때마다 비행 1시간 여 거리의 교토를 찾았고 내 나라에는 없어진 천년 전 고향과 그리고 새로움을 속

속 발견해 내었다.

여러 해 며칠씩 머문 히가시야마東山 '네네노미치ねねの道'의 도요토미 히데요시의 별장 앞 료칸(여관)도 좋았지만 어느 해 마침 방이 없어 옮긴 옛 천황 궁성인 고쇼 바로 앞의 검소한 호텔도 좋았다. 거기에 머물면서 길 건너 끝없이 넓은 고쇼御所도 돌아보고 바로 옆 도시샤 대학의 캠퍼스를 걷게 된다.

그러던 어느 봄날 캠퍼스의 분홍 꽃 앞에서 처음 보는 은퇴한 역사 교수의 권유로 그 학교에 신청을 하게 되고 지난 3월부터 생각지도 못한 도시샤 대학생이 나는 되었다.

그리고는 채플 홀을 매일 바라보고 그 안에 있는 그 대학 창립자인 니이지마 조의 초상화를 바라보게 된다. 그 채플 우편에 우리의 시인 정지용과 윤동주의 아담한 시비가 서 있고 다시 그 우편에는 초기에 교실로 썼던 해리스 과학관이라는 붉은 벽돌 건물에 니이지마 조의 여러 자료가 전시된 박물관이 있어 한 인물의 생각과 발상이 세상을 어떻게 바꾸었는가를 보여주고 있다.

그렇게 전혀 몰랐던 니이지마 조를 만나게 된 것이다. 막부시대, 항거를 한 이유로 해외여행이 불허되자 한 미국 선장이 도와 불법으로 태평양을 건너 미국을 가게 된다. 1875년, 140여 년 전 그렇게 미국 보스톤의 필립스 아카데미 앤도버 하이스쿨과 앰허스트 칼리지, 앤도버 신학대학을 나온 니이지마 조는 졸업 후 한 선교 모임에서 미국 선교사들에게 일본에 크리스천 스쿨을 세우려 하니 기금을 모아 달라는 연설을 하게 된다.

그렇게 세운 이 학교의 건물이 채플이요, 일본의 중요 문화재인 그 건물을 보호하려 하루에 30분만 채플이 열린다.

채플 바로 앞에는 이 학교의 상징이요 니이지마 조의 철학이기도 한 매화 4 그루가 서 있고 그 옆에는 그가 지은 매화 시, 교과서에 나오는 유명한 단시短詩 한 수가 짙은 녹빛 돌 시비에 그의 친필로 새겨져 있다. 어렵기만 한 공부에 설립자의 신앙과 매화를 심은 의미를 새기며 그 한 줄의 시를 바라다본다.

지식만 채우는 학교가 아니라 신앙이 있고 진실로 덕과 양심을 갖춘 학문을 세우자는 뜻으로 건물도 양심관良心館 명덕관明德館 지성관至誠館 홍풍관弘風館 등의 이름을 달고 있다. 그 이름 중 하나인 찬 겨울의 매화라는 의미의 한매관寒梅館이 눈에 띈다.

니이지마 조는 교육가로서뿐만 아니라 일본 전국적으로 존경받는 큰 인물이다. 그의 생전의 자취를 찾아 걷는 순례 길도 있다.

그는 일본인으로 미국 대학의 학사 학위를 받은 최초의 인물이며 아마도 아시아인으로서도 최초일 것이다. 1889년에는 앰허스트 Amherst 대학의 첫 명예박사를 받고 1950년에는 일본 우표에 오르기도 한 일본의 입지전적이요 역사적인 인물이다.

서울에서 만나 본 도시샤 대학 무라다 코지村田晃嗣 총장에 의하면 미국 앰허스트 대학의 가장 중요한 자리에 니이지마 조의 초상화가 걸려 있다고 한다. 시인 로버트 프로스트와 대통령, 노벨상수상자를 배출한 작지만 유명한 인문학 대학으로 초상화를 거는 기

일본 최초의 크리스천 결혼식

준은 동창들과 세상에 얼마나 커다란 임팩트를 끼쳤는가 라고 했다.

그의 부인 니이지마 야에新島八重1845-1932는 더 유명하고 독특하다.

일찍이 후쿠시마福島 아이즈會津의 포병대원의 딸로 막부시대에 메이지에 항거하여 아이즈 성에서 라이플 총부리를 들고 싸워 '일본의 잔 다크'로 불리우게 된다.

야에의 오빠를 만나러 아이즈에 온 니이지마와 만나 알게 되고 1876년 그와 결혼하게 되는데 당시 에도시대의 부인은 남자 그늘 아래 조용히 있어야 좋은 부인인 시대여서 좋지 않은 아내의 이미지를 한때 갖게 되나 미국에서 10년 넘게 수학한 니이지마와 함께 일찍이 앞선 남녀평등을 이루게 된다. 그가 미국 선교사에게 보낸 편지에는 'Yae has a handsome lifestyle'이라고 쓰여 있다.

나라에 전쟁이 있을 때는 간호사로 헌신했고 46세로 간 남편 니이지마를 대신하여 87세까지 도시샤 대학에 헌신한 공도 크다.

얼마 전 니이지마 조와 야에를 테마로 한 NHK 대하드라마 '야에의 벚꽃八重の櫻'로 더 유명해졌고 그 분들의 위대함에 감동한 많은 사람들이 일찍이 야에가 총부리를 들었고 몇 해 전 원전 사고가 난 후쿠시마 아이즈의 쯔루가 성城과 교토의 도시샤 대학을 방문하고 있다.

인연에는 여러 타입이 있을 것이다. 19세기 인물을 내가 친히 만날 수는 없겠지만 한참 후 21세기에 그가 오래전 세운 학교에 와서 그의 아름다운 스피릿을 만난 인연을 나는 진정 감사하고 감격해 한다.

지난 140여 년 간 어려운 고비 고비를 넘기며 펼쳐져 왔을 그의 정신이 참으로 아름답게 느껴지며 매서운 겨울을 인내하여 마침내 피워 내고야 마는 그가 사랑하는 한매寒梅의 그 아름다운 향기가 오래도록 세상에 퍼져 나아가길 기원해 본다.

찬 겨울 이겨낸 매화처럼 진리 또한

어려운 환경에도 그 꽃을 피워내리

니이지마 조新島襄

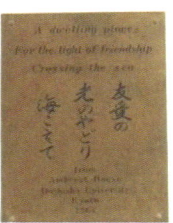

미국 Amherst 대학에 걸린
니이지마 조 초상과 친필 詩

A dwelling place
For the light of friendship
Crossing the sea

新島襄의 동지사 매화 詩碑

도시샤同志社 대학에서

동지사 대학 도서관 앞의 거목

 공부란 철이 좀 들어서 해야 하는 것이다. 40여 년 만에 대학에서 다시 공부를 하며 드는 생각이다.
 지난 경력으로 객원교수 자리 하나 얻어 여기저기 다니며 글을 쓸 수도 있었을지 모른다. 그러나 일본, 미국에서 한국 객원교수는 골프치고 여행하며 연구를 잘 하지 않는다는 말도 들었지만 다시금 공부하는 학생이고 싶었다.
 아마도 동지사 대학의 최고령 학생으로 12과목 12교실을 찾아다니며 12교수를 만나고 일어도 다 모르면서 일본 대학에서 이런 하드 코스를 매일 하게 될 줄은 정말 몰랐다. 한국에서 대학 다닌 생각과 미국의 조지타운과 시라큐스 대학원 다닌 생각이 나며 서양과 한일의 전혀 다른 분위기를 속으로 비교해 보게 된다.

 영하 10도였던 서울의 3월을 떠나 일본을 옆집쯤으로 생각하고 오니 봄마다 놀라지만 벚꽃이 활짝 피어 있었다. 서울의 일상에 밀리다 공부와 마음의 각오도 제대로 못하고 책 몇 개, 옷가지 몇 개 들고 와서는 외국인 등록, 건강보험, 건강검진 등등에서 구해 놓은 작은 방에 새 살림 장만하는 것까지 보통 일은 아니었다.

 그러다 이제는 우리가 3월 초 학교가 시작이지만, 여기 일본에선 오래전 내 초등학교 다닐 때처럼 4월 초 학기가 시작되었다.

 등록 절차에서 실력을 보기 위한 첫 시험과 인터뷰에서부터 나는 그들의 꼼꼼함과 면밀함 그리고 상대에 대한 배려와 예의에 그간 그들을 좀 안다고 생각했음에도 아주 놀라기 시작했다.

 한 예로 시험을 보는데 집에 안경을 놓고 와 허락을 받고 도로 가 가지고 와 나만 단독으로 치르게 되었다. 이튿날 인터뷰를 또 하자고 하여 시험 성적과 관련 있는 줄 알고 걱정을 했는데 안경으로 대화가 시작되었다.

 평시의 눈과 지금의 눈을 이야기해 보라고 하는데 나는 여직 눈이 좋았는데 한 2년 전부터 글을 볼 제 돋보기를 쓰게 된 아주 단순한 것이었음에도 그 질문만도 몇 단계를 거쳐 했다.

 클래스의 공부도 한국, 미국과는 비교가 안 될 만큼 세세하고 디테일하다. 학생이 교수 보기에 뭔가 필요한 듯 보이면 그에 관련한 자료를 찾아 그 이튿날 그것을 꼭 전해 준다. 그렇게 내가 받았고 그 예리한 눈에 다시 놀란다.

 이렇게 어려서부터 받았을 이들의 교육과 일본의 작금 정치와 세계 외교 전략의 치밀한 바탕이 떠오르는 장면이다. 오랜만에 집중해야 하는 공부도 그렇지만 일어를 다 모르는 사람이 클래스마다 다른 성격을 대하고 매번 퀴즈에 시험에 숙제와 페이퍼에 고전하고 있으나 그러나 그 내용이 재미있다. 철이 좀 들고 와 그런 것일까.

 7살에 시작한 어려서의 공부는 무조건 나이대로 조르르 따라간 느낌이다. 멋도 모르고 상급반을 오르고 대학을 갔고 금방 시집을 안 가니 미국 유학을 간 면도 있었을지 모른다.

 문학 작품에 나오는 교토의 그 유명한 가모가와 강변이 바로 앞이고 시장이 바로여서 집이 좋은 위치이나 빛이 잘 안 들어 갑갑인데 10여 분 걸어 대학만 들어가면 캠퍼스에 햇빛이 쏟아지고 이 학교의 상징인 매화와 아름다운 자태의 여러 벚꽃이 나를 화안하게 맞아준다.

 100년도 더 너머 전 지은 고색의 붉은 벽돌 채플 곁, 이 대학을 다닌 우리의 시인 정지용 윤동주 두 시비에 새겨져 있는 시는 나를 언제나 숙연케 한다. 이런 하드 코스를 택하지 않았어도 그 깊은 역사와 신앙, 문화의 기가 쏟아져 내리는 이 한가운데에 서 있는 자체만으로도 많은 깨우침이 있었을 것이다.

 일본어를 기본으로 글쓰기와 문학 코스를 택하고 있는데 문장론 첫 시간에 미소가 가득하고 겸양을 갖춘 여교수의 첫 마디가 "여러분 마음의 지도라는 말을 들어보셨습니까, 마음에 지도를 가지셔요." '마음의 지도' 라, 나는 그 말에 큰 감명을 받았다.

 그간 뭘 좀 안다는 듯 가르치려 들었는데 이리 새파란 청년들과 함께 새로운 배움을 새로운 시각으로 해보게 되니 생각이 바뀌고 사람이 바뀌는 듯도 하다.

 서울 떠나기 조금 전 프랑스의 국민 의사인 Dr. 살드만과 이야기를 나눈 적이 있다. 건강과 행복에는 음식 운동 사랑 신앙 등 여러 요소가 있지만 그만큼 중요한 것이 새로운 시각, 새로운 일, 새로운 삶, 새로운 나라로 떠나는 것이라고 했다. 익숙한 것과의 결별이다.

 끝도 없는 일상으로 망설이다 떠났으나 긴장 속에 새 삶이 보이는 듯하다.

꽃그늘 아래 생판 남인 사람은 하나도 없네

고바야시 잇사 小林一茶

동지사대 건물 중 가장 많은 수업을 한 코후칸弘風館

대학 앞 고쇼御所의 Queen 사쿠라 - 2015 3

교토 통신

가을의 기부네貴船 - 2015 11

　교토에 장기로 머물며 처음 맞는 가을입니다. 교토는 부산보다 남쪽이어 11월인데도 21도 기온에 단풍이 이제 시작되는 정도이나 그래도 가을 정취는 물씬 나고 있습니다.
　지난해와 같다면 11월 말이 되어야 여름에 본 그 많은 신록의 단풍나무 잎이 별 모양의 빨간 잎으로 바뀔 것입니다. 여덟 달째인 이국의 삶과 공부가 힘겹기만 한데 그 생각을 하면 가슴이 설레어 옵니다.

미국의 업스테이트 뉴욕과 그 위 뉴 잉글랜드와 메인 주까지 그리고 캐나다의 단풍을 여러 해 보았지만 교토의 단풍은 세계 어디와도 비교할 수 없는 독특한 아름다움이기 때문입니다. 단풍잎이 엄지 손톱만한 크기의 별모양입니다. 그 수많은 단풍잎이 푸른 하늘을 배경으로 높이 펼쳐지는 것이 환상입니다.
 3천여 개나 되는 이 도시의 사찰 정원에는 오래 묵은 단풍나무가 많이 있습니다. 그 단풍에 곧 물이 들 것입니다.
 시내인데도 산을 배경으로 한 사찰이 꽤 있는데 그 산의 사철 푸른 나무를 배경으로 한, 한 그루 붉은 단풍나무가 참으로 아름답습니다. 산의 나무는 자연 그대로의 나무일 텐데 꼭 누군가의 손이 닿은 것처럼 다듬어진 형태로 보이니 이상하기만 합니다.
 이미 시작이 되었습니다만 밤의 Light Up 야간 조명은 또 다른 느낌으로 그것을 더 떠받쳐주는 특별한 예술로 전개됩니다. 봄의 사쿠라 때도 방이 없었지만 가을 모미지(단풍) 계절엔 여러 달 전부터 방이 없다고 난리입니다. 중국인이 부쩍 늘어난 탓이겠지요.
 이곳은 서양인들이 특히 많이 보입니다. 교토는 그들의 로망인 듯합니다. 서양 노부부와 서구 젊은 연인들이 손을 잡고 걷는데 교토의 모든 것에 그저 홀딱 반한 듯한 표정이어 서울에 순수 관광만으로 오는 서양인도 드물지만 그들의 표정과는 차이가 좀 있습니다. 제가 일본 사람인 줄 알고 저를 붙들고 꿈속만 같다고 말하기도 합니다.
 중국인들도 마찬가지입니다. 조금은 거친 중국인이라 할지라도 조용하고 예의 바르고 상대를 배려하고 수없이 절을 하며 아리가 토오 스미마셍을 연발하는 이곳 분위기에 그들도 고개를 숙이고 부드러워지는 것이 눈에 보입니다.

 최근 어느 한국 전문가의 글을 보니 중국인들이 한국에서는 무시 받는 기분이어 다시 안 가고 싶으나 일본에서는 어디를 가나 친절 하고 귀하게 대접받는 기분이 든다고 했습니다. 공감하지 않을 수 없습니다.

 이곳 사람은 조용하고 아주 겸손합니다만 잘 들여다보면 자신들 의 도시 교토에 대한 프라이드가 대단히 높습니다. 여기에 온 세계 인들은 돌아가 주위에 거기엘 꼭 가보라고 자신의 잊지 못할 추억 을 분명히 전할 것입니다. 세계는 점점 소유보다 체험에 투자하는 추세입니다. 그렇게 그들은 교토를 다시 찾고 싶은 곳으로 마음에 새기게 됩니다.

 천년의 역사를 간직하고 그 문화를 남긴 선조의 귀한 유산을 오랜 세월 부수지 않고 버리지 않고 지극정성으로 유지 관리하고 그 전 통을 잇고 떠받들어 온 그들이 당연히 받아야 할 복입니다.

 일부가 아니고 어떻게 이들은 거의 모두가 세계가 감탄할 정도의 친절함과 청결, 정직, 예의로 신뢰감을 받을 수 있을까를 늘 바라 봅니다만 결국은 교육이요 태어나기 전부터의 교육이라는 생각이 듭니다.

 이렇게 세계인의 신뢰와 존경을 받는 일본인들이나 그들을 대변

하는 정치와 리더십이 더 깊고 넓은 스케일이 되지 못하여 더한 대국으로 나아가지 못함이 안타까울 뿐입니다.

다이몬지 산 정상에서 내려다보이는 교토 전경 - 2016 9

채 플

교토의 도시샤 대학이 크리스천 대학이어서 내가 온 건 아니다. 그러나 설립자 니이지마 조新島襄가 크리스천 정신을 기초로 세운 학교이고 캠퍼스 한가운데에 오래된 채플이 있어 감사하다.

1875년, 140여 년 전 미국 보스톤의 앤도버 프렙스쿨, 앰허스트 칼리지와 앤도버 신학대학을 나온 니이지마 조가 세운 학교의 첫 건물이 이 채플이요, 일본의 중요 문화재인 그 건물을 보호하려 하루 30분만 여는데 나는 되도록 그 채플에 12시 반에 가서 기도를 한다.

스테인드 글래스가 철이 아니고 나무로 frame이 된 특이하고 아름다운 채플에 앉아 있으면 오래전 서울서 다닌 비슷한 역사의 이화여자대학 채플 생각이 나기도 한다.

채플 바로 앞에는 이 학교의 상징이요 니이지마 조의 철학이기도 한 매화 4 그루가 서 있고 그 옆에는 그가 지은 매화 시, 유명한 단가短歌 한 수가 녹빛 시비에 친필로 새겨져 있다.

어렵기만 한 공부에 설립자의 신앙과 매화를 심은 의미를 새기며 그 한 줄의 시를 바라보게 된다. 그런데 3만 명 가까운 도시샤 학생들은 그걸 모르는지, 고색의 벽돌인 그 아름다운 채플에 겨우 몇 십 명만 모여 아쉽다.

도시샤 학생들이 대학을 다니는 동안 예배를 보고 성경을 볼 수 있었으면 하는 마음이 든다. 그들이 이 학교를 세운 니이지마 조의 크리스천 정신을 알 필요가 있기 때문이다.

그는 교육가로서 뿐만 아니라 일본 전국적으로 존경받는 인물로 그의 생전의 자취를 찾아다니는 순례객도 많이 있다. 지난해 그와 그의 부인 야에를 테마로 한 NHK 대하 드라마 '야에의 벚꽃八重の櫻)'로 더 유명해지기도 했다.

내가 다닌 이화여중고는 성경공부 시간이 있고 아침마다 노천극장에서 3천명이 예배를 보았으며 이화여대에서는 월 수 금 점심에 교수들이 돌아가며 진행하는 예배를 참석하지 않으면 학점이 나오지 않아 졸업할 수가 없었다. 그때는 시간낭비만 같아 불만이었지만 후에는 그것이 인생의 큰 혜택임을 깨닫게 되었다.

학교 공부가 많아 시간이 도저히 안 된다든가 종교는 자유라든가, 정부에서 예산을 받기에 강압적으로 할 수 없다는 말이 들린다. 도시샤 대학의 공부 양이 많은 건 사실이나 그러나 인생을 크게 볼 때에 대학 다니면서 지식을 많이 얻는 것도 중요하지만 그 섬세한 나이, 삶의 근원 문제를 들여다보는 것도 중요하다고 나는 생각한다.

선한 마음을 가진 사람이 많이 있는 일본에 크리스천이 겨우 1%이고 이 유명한 크리스천 대학 채플에 학생이 모이지 않는 것은 안타까운 일이다.

나는 한국의 미숀 스쿨 영향으로 그 후 크리스천이 되었다. 인간에겐 한계가 있어 살다보면 벽에 부딪치게 되고 언젠가 신을 찾게 된다. 적어도 도시샤 대학을 나온 졸업생들은 니이지마 조의 그 훌륭한 정신을 이어받아 장래의 긴 삶에 바른 방향을 잡을 수 있기를 바라는 마음이다.

인간관계가 중요하다지만 하나님과의 관계도 중요하다. 그래서 지금 일본 크리스천 대학에서 공부하고 있다는 사실이 기쁘고 감사하기만 하다.

찬 겨울 이겨낸 매화처럼 진리 또한
　　어려운 환경에도 그 꽃을 피워내리

니이지마 조新島襄의 단가

이 글은 동지사 대학 토론 시간에 써낸 글로 동지사 대학 학생들을 상대로 인터뷰를 했고 그것을 테마로 하여 신앙에 대한 디스커숀을 교수와 했습니다.

동지사대 채플 내부

수 업

야마무라 고이치山村孝一 고전문학 교수 - 2016 1

  내가 처음 유학을 간 것은 미국으로, 42년 전의 일이다. 그때도 어찌어찌 해냈는데 하는 마음으로, 또 일본은 바로 옆인데 하는 비교적 가벼운 마음으로 지난 봄 교토 동지사 대학에 나는 책 몇 권과 옷가지 몇을 주섬주섬 들고 유학을 왔다.
  옆집인 줄 알고 온 교토에서의 공부는 양이 넘쳤고 거의 매일의 시험과 발표와 리포트로 밤을 지새워야 했다. 일상도 며칠간의 방문과는 많이 달랐다.
  인상에 깊이 남는 것들을 한번 떠올려 본다.

많은 일본 사람은 키가 작고 체격이 아담해 보이는 게 눈에 띈다. 조용하고 겸손하고 상대를 배려하는 태도를 늘 보이며 예의가 지나칠 정도로 바르다.

대학 캠퍼스야 젊음이 넘치지만 밖으로 나가면 고령자가 많이 보인다. 세계 장수 1위국이기도 하고 우리보다 고령화가 일찍 되어서일 것이다. 65세 이상이 4천만 명에 가깝고 80세 이상이 천만 명이 넘고 100세 이상도 6만 명이 된다. 90대는 2백만 명이 넘어 내 앞집도 옆집도 윗집도 흔해 더 이상 뉴스가 아니다.

TV 뉴스에 우리 대통령이 잠시 보이기도 하지만 북의 김정은 뉴스는 비교가 안 될 정도다. 노상 나오니 북한 뉴스에 긴장이 되고 바로 그 아래 위치한 우리나라에 찾아가는 것도 나라면 신경이 쓰일 것 같다. 여기에 있어 보면 가까이 있는 우리 국민이 전쟁에 별 신경 안 쓰는게 정말로 이상하기만 하다.

서양인은 으레 노스 코리아냐 사우스 코리아냐 라고 묻는다. 그 질문에 기가 막혀 하면 오히려 이상하게 바라본다. 그들 나라의 뉴스도 그렇다는 뜻이다.

우리가 바로 옆 나라인 일본을 생각하는 것보다 이들은 이웃 한국을 몇 분의 일도 생각하지 않는다. 선진국답게 수많은 나라를 상대하니 그런 것도 있겠으나 최근에는 거의 무관심으로 돌아선 듯하다.

같은 때 노벨상이 2개가 나와도 우리 같으면 법석을 할 텐데 차분하다. 고은 시인 집에 기자가 한때 진을 친 적이 있었지만 무라카미 하루키가 노벨 문학상 후보 2위인데도 잠시 다루는 정도다.

한국 유학생이 줄고 중국 유학생이 엄청 많아졌다. 중국 관광객이 갑자기 넘쳐 우리 메르스 때인 지난 7월 8월 두 달간 중국인이 일본에서 쓴 돈이 2조 엔이 넘는다. 자기네끼리 입소문낸 덕일 게다.

대학에 만화와 애니메이션 과목이 활발하다. 나는 일본 애니메이션 주인공 이름을 몰라 택할 수가 없었다.

국회에서 야당 대표가 바로 앞에서 아베 총리와 서서 격론하는 걸 TV에서 보게 된다. 상대에게 예의를 깍듯이 차리는 일본인데 정부를 대표하는 총리에게 아주 강하고 세게 반격하여 놀라곤 한다.

로봇과 우주개발이 저만치 앞서 가고 환경과 쓰레기에 대한 국민 의식이 매우 높다. 그래서인가 냄새 없애는 향취제와 세균제 광고가 유난히 많다.

천년의 전통과 역사를 잘 지키려 다짐하는 동시에 50년 후의 일본을 자주 이야기한다.

일본에서 매일 놀라며 인상에 남는 것이 그처럼 많으나 내가 시간을 제일 많이 들이는 매일의 수업이 역시 가장 인상에 남는다.

표를 의식하는 정치인이 아닌, 내가 대하는 일반 일본인들의 예의 바름 순수함 성실함 철저함 정교함 정직함은 대체 어떤 교육에서 오는 걸까 늘 궁금했다. 어려서부터의 교육이 아닌 다 커서의 지금 내가 하는 수업으로 다 알 수 있는 것은 아니지만 나름 느낌은 있다. 가르치는 태도와 배우는 자세와 분위기에서 그런 것들이 배어

나온다. 예상보다 철저했고 성실함과 꼼꼼함, 예의와 올바름을 요했다.

열정을 다해 가르치는 것이야 어느 나라나 같겠으나 여기 선생님들이 학생을 대하는 태도는 좀 달랐다. 지극히 친절하고 부드럽고 지극히 상냥하기 이를 데 없다. 스승의 낮은 자세와 예의 바름이 철저하다.

내가 배운 스무 분의 교수가 다 그러하나 몇몇 분의 친절함과 상냥함과 그 헌신에 매번 감탄하며 닮고만 싶어진다.

흔히 일본사람을 겉과 속이 다르다고도 한다. 그러나 겉이라도 그러는 게 어디인가 하는 생각이 든다. 학생은 그런 태도를 결국 따라하게 된다.

연말에 도야마遠山 연세 지긋한 여교수는 "오늘로 이 해의 마지막 수업입니다. 여러분이 정말로 열심히 성실하게 공부해 주어 감동했습니다. 진심입니다. 그 덕분에 제가 좋은 해를 누렸습니다. 새해에도 잘 부탁드립니다." 하며 학생들에게 90도로 오래 고개를 숙이어 나를 감동시켰다.

새해 첫 수업에도 다시 그렇게 깊은 절을 오래도록 하며 감동을 주었다. 이 다음 귀국한 후에도 도시샤 대학의 친절하고도 지극히 상냥한 그 훌륭한 스승들을 나는 잊지 못할 것이다.

도야마遠山和子 교수

야마모토山村和惠 교수

기타무라 아즈사北村梓 교수

하라다 도모코 原田朋子 교수

이승신의 문학 강연 - 동지사여자대학 2016 3

네팔의 비-루

　도시샤同志社 대학에서 독해 시간에 읽은 수필이 있다
일본 문예춘추 잡지에 실린 '최근 내가 가장 울었던 이야기' 라는
제목 아래 쓰여진 '네팔의 비-루' (일어로 비-루는 맥주) 다.
　작가는 요시다 나오야吉田直哉로 일본 NHK 방송의 다큐멘터리
와 드라마에서 선구적 역할을 했고 '일본의 민얼굴' '내 안의 테레
비' 등 여러 저서가 있다. 그 수필을 번역하여 줄여서 적어본다.
　4년 전 이야기이니 정확히 최근은 아니지만 내게는 어제 일처럼

새롭다. 한여름 촬영하기 위해 네팔의 도라카라는 곳에 열흘을 머물게 되었다. 그 수많은 단풍잎이 푸른 하늘을 배경으로 높이 펼쳐지는 것이 환상입니다.

 4500명의 인구로 자동차도 도로도 없는 상황이 세계 수준에 못 미친다는 걸 그들도 잘 알고 있다. 여행자 눈에는 인류의 이상향인 듯한 그렇게 아름다운 풍경에 어떻게 그렇게도 어려운 삶이 있을까 싶다. 젊은이 특히 아이들은 그 마을을 벗어나 전기와 차가 있는 곳으로 떠나고 싶어 하는 것이 무리는 아닌 게 나만 해도 차 없이 무거운 장비를 들고 등산을 해야만 했다.

 15명이나 포터를 고용해 장비와 식품으로 짐을 줄여야 해, 맨 먼저 포기해야 하는 것이 비-루였다. 무엇보다 무거웠고 알코올이라면 위스키 쪽이 훨씬 효율적이다.

 비지땀을 흘리며 촬영이 끝난 어느 날, 눈앞에 시내가 잔잔히 흐르는 걸 보고 나도 모르게 '아 여기 차가운 비-루 하나만 있다면' 그 말을 통역을 통해 들은 체토리 라는 마을 소년이 눈을 반짝인다.

 '내가 가지고 올 수 있어요' '어디서?' 어른 걸음으로 두 시간이 걸리는 차리코토 라고 했다. '해지기 전 돌아올 수 있어요'

 8시쯤 그가 5병을 들고 나타나자 우리 모두는 박수로 그를 맞았다.

 다음 날 촬영하는데 소년이 '오늘은 비-루 필요 없나요? 오늘 토요일은 수업이 없고 내일도 휴일이어 많이 사올 수 있는데요' 어제

맛본 생각도 나고 해 한 다스 살 돈 이상을 그에게 주었다.
 그런데 밤이 되어도 소식이 없다. 사고는 아닐까. 주민들에게 물어보니 그런 큰돈을 주었으면 도망간 거라고 입을 모았다.
 15세의 체토리는 집을 떠나 산을 하나 넘은 곳에 하숙하며 학교를 다닌다. 거기를 촬영하며 보고 들어 어려운 사정은 알고 있다. 짚으로 된 침구만이 있는 좁은 토방에서 다미아와 지라라고 하는 향신료를 고추와 섞어 돌 사이에 넣고 갈아 야채와 끓이는 일종의 카레를 밥에 얹어 먹으며 작은 석유램프 하나 있는 어두운 방에서 엎드려 공부를 했다.
 그 체토리가 돌아오지 않는 것이다.
 토 일이 지나고 월요일이 되어도 무소식이다. 학교를 찾아가 선생님에게 의논을 하니 '너무 걱정 말아요. 사고 같은 건 아니니. 그런 큰돈이라면 도망 간 겁니다'
 후회막심이었다. 그저 단순한 생각으로 네팔 아이에게는 큰돈을 건넨 것이다. 착한 아이의 일생을 그렇게 망쳐 놓다니.
 그래도 혹시 사고는 아닐까. 안절부절못한 지 사흘째, 숙소의 문을 누가 세게 두들긴다. 최악의 흉보는 아닐까 하며 문을 여니 거기에 체토리 군이 서 있었다. 흙투성이였다. 차리코토에 비-루가 3병밖에 없어 산을 네 개나 넘었다고 했다. 모두 10병을 구했는데 3병이 그만 깨져버려 울상이 되어 그 파편을 꺼내며 잔돈을 내놓는다.
 그의 어깨를 안으며 나는 울었다. 그렇게 울어본 적이 없다. 그렇게 깊이 여러 반성을 해 본 적도 없다.

*   *   *

몇 해 전 커다란 쓰나미가 일본에 일어났고 매일 매일 사람들과 마을이 통째로 사라져 갈 때 가신 시인 어머니를 사랑하고 존경한 그들 생각이 났고 그때 단숨에 단시 250여 수를 대신 내가 쓴 적이 있다.

한일 양국 신문에 동시에 그 시들이 나가 화제가 되었을 때 몇 분이 뭐 하러 일본을 그렇게 위로하는가, 터키와 인도네시아에 지진이 났을 때는 왜 그리 하지 않았는가 라고 했다. 일본이니까 했다 라는 말을 나는 꺼내지 않았다.

이번에 큰 지진이 난 네팔의 뉴스를, 공부하고 있는 교토에서 보며 그 생각을 했다. 네팔에 가보지 않은 나는 네팔이라면 히말라야 에베레스트 산이 생각날 뿐이다.

이 글을 읽으며 나는 울었다. 밤새 모르는 단어를 찾아 읽고 또 읽으며 그런 순박하고 정직한 마음이 살아 있는 나라에 가보고 싶어졌다. 그리고 그 이야기를 쓴 작가에게 감사하고 싶어졌다.

독자의 마음을 울리고 그 마음을 일순에 바꿀 수도 있는 '문학의 힘'이다.

네팔, 아직 가보지 못했어도 문학으로 만나네 순수의 마음

만요슈萬葉集 그 고전을 공부하며

 2011년 동일본에 대재난 쓰나미가 나고 가신 시인 어머니의 시심을 사랑한 그들을 생각하며 밤새워 마음을 표현한 나의 한 줄의 시가 화제가 되고는 일본 여러 곳에서 스피치와 낭독할 기회가 있었다.
 그럴 제마다 일본 공부를 하지 않은 것이 부끄러워 일본을 공부해야겠다는 생각을 하지 않을 수 없었다. 그렇게 만학으로 교토의 도

시샤同志社 대학에서 일본어와 일본 문화를 공부하게 되었고 일정 수준이 되면 자신이 원하는 과목을 택할 수가 있었다.
 문학과 독해와 문장론을 택하는데 그중 문학이 당연 현대문학으로 생각하고 깨알 같은 배경 설명을 제대로 보지 않고 무조건 택하고 보니 아니 이게 웬일인가. 일본의 고전문학, 그것도 일본 정신의 핵심인 고대 만엽집 수업이었다. 천년도 넘어 전, 천이삼 백 년 전의 고어가 섞인 압축된 한 줄의 시문학을 일어 전공도 하지 않은 사람이 어이 따라갈 수 있겠는가.

 그러자 두 가지 생각이 떠올랐다. 20과목을 우수하게 통과해야 대학을 마치는데 이 한 과목 때문에 당연히 퇴짜 맞고 통과하지 못하겠다. 두 번째는 어머니가 한국에서 사라진 단가의 유일한 후예로 고대 만엽집을 본떠 굴지의 출판사 고단샤講談社에서 펴낸 근현대 우수 단가를 모아 출간한 소화만엽집 20권에 다섯 수의 단가로 실려 있는데 그런 인연이 우연이 아니고 필연으로 내가 택할 수 있도록 혹 기회가 주어진 것은 아닐까.
 이 어려운 고전문학 만엽집을 공부하고 그 시험을 통과할 자신은 전혀 없었으나 첫 시간부터 기가 막힌 고대 작품을 접하고 야마무라山村 선생의 탁월한 해설에 빠져 90분간의 수업을 몇 번이나 참여하고는 중도에 이제 빠져나갈 수도 없게 생겼다.

 할 수 없이 첫 시간에 떠오른 두 생각 중 두 번째라고 스스로 마음을 달래가며 끝까지 개근을 해야 했다. 고전문학을 해석하고 현대의 같은 테마로 된 현대시를 찾아 읽으며 그런 테마의 노래도 찾아 들려주는 야마무라山村 선생의 열정은 대단했다. 백제에서 1400년 전 일본에 전해주고 가르쳐준 단가 시인들의 마음을 누군가 내게 이렇게 잇게 해주는 것은 아닐까 하며, 땅이 꺼지는 한숨이 나왔지만 내친걸음을 어쩔 수 없어 공부에 애를 썼다.

첫 수업은 그 유명한 마쓰오 바쇼松尾芭蕉 1644 - 1694 의 한 줄의 시

오래된 연못 개구리 뛰어드는 첨벙 물소리
古池や蛙飛び込む水の音

흔히 이게 무슨 시냐? 고들 한다.

선생도 나처럼 그 평범한 시를 대수롭지 않게 보았는데 오래전 자신의 도시샤 대학 시절 문학 스승의 멋진 해석으로 흠뻑 빠지게 되었다는 설명에 귀를 기울이니 역시 같은 한 줄이라도 달랐다. 우주의 고요함에 잦아드는 소리와 그것이 태곳적 고요함으로 다시 돌아간다는 해석이 놀랍게도 새로운 깨우침으로 나에게 다가온다.

60여 명 학생이 하나같이 일어가 나보다 앞서지만 시에 스며든 그 삶의 깊이를 너희가 나이 스물에 알기나 하겠느냐 라는 생각으로 버텼다.

초겨울 찬비 원숭이도 도롱이를 쓰고 싶은 듯
はつ 初 しぐれ 時雨 さる猿もこみの小蓑をほ欲しげなり也

 바쇼의 위의 또 다른 한 줄 시에서 가장 중요한 단어는 무엇일까? 모두 답했다. 초겨울이요 찬비요 원숭이요 비올 제 짚으로 만들어 쓰는 도롱이요~
 다 틀렸다. 답은 원숭이 뒤에 오는 '도' も 였다.
쓸쓸한 초겨울, 산에 시구레가 (차가워진 날, 이슬처럼 흩뿌리는 비를 '시구레' 라 한다) 내리고 작가가 외로우니 원숭이도 그렇게 보이지 않겠는가 하는 작가 스스로의 연민과 동정과 공감이 슬쩍 엿보이는 게 칼날 같은 핵심이다.
 그 해석에 무릎을 치며 감탄을 했다.
이런 수업을 받지 않고 그런 해석을 이해한다는 것은 기적일 것이다.

 만엽집은 천년도 더 전에 우리 백제가 멸하고는 왕족과 귀족 학자 지성인들이 일본으로 건너와 아스카, 나라, 교토 지역에 정착하고 정신문화의 핵심으로 단가를 지어 교류하며 그 마음을 표현해 온 역사요 기록이요 물증으로 그것을 4500여 수 집대성한 귀한 보물이다.
 그중 많은 시가 일본으로 건너간 백제인들이 지었으며 그것을 집대성해 편집한 이도 오토모노 야카모치大伴家持라고 백제인 2세

도라이진渡來人이다.

 만엽집 연구의 최고 대가인 나카니시 스스무中西進 선생에게 직접 들은 백제에 뿌리를 둔 단가의 히스토리인데 만엽집의 많은 일본 연구자들이 그 깊은 역사를 모르고 일본에서 자생한 것으로 알고 있는 것이 유감이다.

 프랑스나 미국에 가면 대학 도서관은 물론, 서점에 흔히 보이는 단가, 하이쿠 같은 간결하며 깊이 있는 단시短詩를 선시禪詩라고도 하며 온전히 일본 것으로 알고 일본의 격과 이미지를 높이는 데 큰 공헌을 하고 있는 것을 본다.
 그럴 제마다 어머니가 원래 우리 것인 단가의 참 맛을 우리 민족이 알게 될 날이 반드시 올 것이라고 하신 말씀이 떠오른다.
 일본 최초의 시가작품인 만엽집의 시인은 대개가 천황이요 당시의 귀족들이다. 그 대표 시의 핵심과 마음을 이해하려 나는 밤을 지새웠다. 그게 떨어지면 졸업을 하지 못하기 때문이고 그리고 어려웠지만 흥미진진했기 때문이다.

 사랑의 시, 먼저 가신님을 향한 만가輓歌와 삶과 인류를 향한 마음, 아름다운 자연과 사계를 노래한 한 줄의 시는 우리가 전혀 관심을 두지 않았던 천년 전의 사랑이 이 시대의 사랑과 어찌도 그리 닮았는지 놀라울 따름이다.
 우리와 고대가 연결되는 시점이요 그들도 우리와 같은 감정과 감성을 지니고 있었다는 것이 너무도 당연하나 실로 놀라운 발견이다.
 9 과목의 가을 학기 전체를 공부해야 보는 기말 시험에 다른 과목들을 좀 뒤로 하고 나는 고전문학 만엽집에 매달렸다. 한 줄 시의 한 단어를 괄호 안에 맞춰야 하고 유명 시인들의 특징과 그 옛 이름을 연대기와 함께 외워야 하고 해석을 해야 해, 머리에 열이 났으나 90분간의 시험에 96점을 맞아 나도 놀랐다.
 매번 그날 수업의 감상을 일어로 써냈고 '내가 지구에 남기고 싶은 한 권의 책' 리포트를 2천자로 써내야 했다. 학기 내내 심히 걱정했던 고전 문학에 A 성적을 받고 나는 소스라치게 놀랐다.
 이 과목 때문에 전체 패스를 못할 줄 알았는데 졸업의 가능성을 눈앞에 둔 순간이다. 천년 전 이 땅에 온 우리의 조상과 만엽집의 마음에 더 다가가려 하신 어머니의 시심을 기리는 순간이기도 하다.

 고대 시인의 사랑의 시에서 엿보는 절절한 마음과 그것을 테마로 지은 현대판 노래를 듣고 벅찬 가슴으로 늦은 저녁 코후칸弘風館 문학교실을 나서면 조명이 내리깔린 오래된 붉은 벽돌과 짙푸른 나무들의 교정, 보드라운 공기와 환한 빛의 달이 나를 맞던 시공을 초월한 그 순간을 나는 결코 잊지 못할 것이다.

애타게 그리다 만난 때에는 다정한 말만 들려주어요
오래 가길 원한다면
戀ひ戀ひて逢へる時だに愛しき言盡くしてよ長くと思はば

뜻하지 않게 그대 웃는 얼굴이 꿈에 나타나
이 마음 뜨겁게 타오르네
思はぬに妹が笑まひを夢に見て心のうちに燃えつつそ居る

그대 생각에 잠이 드니 꿈에 보였네
그럴 줄 알았으면 깨어나지 말 것을
思ひつつ寝ればや人の見えつらむ夢と知りせば覺めざらましを

달도 봄도 옛 그대로가 아니네
나만은 변함없이 그대를 사랑하는데
月やあらぬ春や昔の春ならぬ我が身ひとつはもとの身にして

마지막 가는 길이 있다고는 들었지만 나의 일로
이리 곧 오게 될진 생각지 못했었네
つひに行く 道とはかねて 聞きしかど 昨日今日とは 思はざりしを

국경과 언어의 장벽까지
뛰어넘어 나는 피우려네
무궁화 꽃을   -무궁화꽃

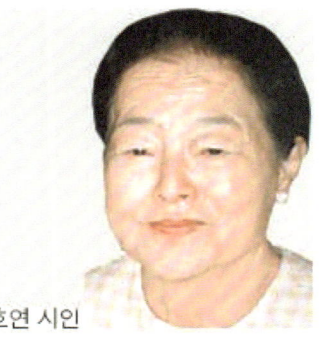

손호연 시인

손호연 단가 다섯 수가 실린
쇼와만요슈 昭和万葉集

늦은 밤 동지사대학 도서관 - 2016

하늘을 우러러

하늘을 우러러

　사계절을 본 윤동주의 시비는 6월, 그 앞에 일년초 보라빛 꽃이 피어 있을 때가 시인에게 가장 어울렸다.
　윤동주 시인의 시비가 동지사대 안에 있다는 걸 안 것은 서울에서 만난 일본 T S Elliot회 회장인 나카이 아키라 교수가 몇 해 전 나를 그리로 인도한 때였다. 그 시비 앞을 이렇게 하루에도 여러 번 지나고 바라보게 될 줄은 상상 못한 때다.

 일제시대, 그 어둡고 가난한 생활 속에서 인간의 삶과 고뇌를 사색하고 조국의 얽매임에 가슴 아파하며 애끓는 그 심정을 절제된 시로 묘사했던 시인 윤동주.

 그는 나를 성찰하게 한다.

그의 시에 보이는 한없이 선하고 순수한 마음은 나를 진실되게 한다.

 동지사대 한가운데 있는 예배당 바로 옆에 세워진 그 시비는 비록 작고 일본인이 세운 게 아니고 한인 교우회가 세운 거지만 그윽한 영과 기를 품고 있음을 느끼게 된다.

> 죽는 날까지 하늘을 우러러
> 한 점 부끄러움이 없기를
> 잎새에 이는 바람에도 나는 괴로워했다
> 별을 노래하는 마음으로
> 모든 죽어가는 것을 사랑해야지
> 그리고 나한테 주어진 길을 걸어가야겠다
>
> 오늘 밤에도 별이 바람에 스치운다

 시비에 새겨진 한일 양국어, 이 일곱 줄의 친필 시를 읊조려 본다. 살아온 스무일곱 해. 태어나니 조국은 일본이었다.

동지사대를 다닌 윤동주左 정지용의 시비가 나란히

 그 수모와 고통과 상처를 보듬으며 자신의 영을 빛나는 어휘로 이렇게 써내려갔다.
 해방되기 몇 달 전 일본 후쿠오카 감옥에서 쓰러져 갔고 생전에 낸 시집 한 권이 없었지만 이제 일본 고도古都 한복판에 시비로 서서 한일을 말없이 아우르고 있다.
 그 시비 앞엔 많은 선물이 놓여져 있다. 생화와 조화, 펜과 종이, 원고와 우산과 돈. 커피와 술도 있다. 방문하는 한국인이 놓고 가는 것이다. 대학 설립자요 전국적으로 유명한 니이지마 조新島襄의 시비 앞엔 꽃 한 송이 없는데 윤동주 시비 앞엔 늘 꽃이 있다는 게 화제다.
 그런데 그걸 누구도 치워 주질 않아 비가 오고 눈이 오니 지저분해진다. 이 깨끗하고 아름다운 캠퍼스에 어울리지 않는 풍경이다.

괜히 만졌다가 말 듣고 싶지 않아서인지 모른다. 그래 내가 조금씩 치우고 정리하고 있다.

늘 지나는 시인의 시비. 그 시비 앞에 서는 한국에서 온 무리에게 시인의 이야기를 들려주기도 한다. 시비가 거기 있는지도 모르는 일본 학생들에게도 들려준다.

오늘도 나는 윤동주 시비 앞의 꽃과 물건을 기도하는 마음으로 정리한다. 그리고 하늘을 바라다본다. 죽어서야 살아나는 그 혼을 생각하며 75년 후 한국에서 온 시인이 그가 우러른 경계 없는 파아란 그 하늘을 우러러본다.

윤동주가 공부하던 당시의 도서관

요절夭折의 특권

우지 아마가세 다리에서 찍은 윤동주의 마지막 사진

시인에게는 '요절夭折의 특권'이라 하는 것이 있어 젊음이나 순결함을 그대로 동결한 것 같은 그 맑음이 후세의 독자까지도 매혹시키지 않을 수 없고 언제나 수선화와 같은 향을 풍긴다

일본시인 이바라기 노리코茨木のりこ의 말이다.

요절한 윤동주의 세 번째 시비가 일본 우지宇治에 지난 10월 세워졌다. 우지는 교토에서 전차로 한 30분 거리인데 늘어선 산자락에 우지강이 길게 흐르는 아름다운 곳이다. 일본 최초의 소설인 '겐지모노가타리源氏物語'가 거기서 쓰여져 작가상이 강가에 있고 일본 동전 10엔짜리에 새겨진 세계문화유산 '뵤도잉平等院'이 있으며 오랜 전통의 차 문화인 일본에 우지차로 유명한 곳이다.

그 긴 강의 몇 개 다리 중 하나가 아마가세天ヶ瀨 구름다리이다. 서울의 연희전문을 졸업한 윤동주가 1942년 3월, 도쿄의 릿쿄대立敎大 문학부에 들어가 다섯 달을 다닌 후 같은 해 가을, 교토의 동지사 대학으로 편입을 한다. 재학 시절 교우들과 우지로 소풍을 갔고 그곳 우지강 아마가세 다리에서 그의 마지막 사진을 남기게 된다.

십여 년이 걸려 우지 그 다리에서 걸어 십분 거리에 또 하나의 윤동주 시비가 그렇게 세워졌다. 거기엔 '시인 윤동주의 기억과 화해의 비碑'라는 글이 새겨져 있고 그의 시 '새로운 길'이 한일 양국어로 새겨져 있다.

75년 전 25살의 청년 윤동주가 섰던 바로 그 자리에 발자국을 포개고 서서 물과 산과 그가 바라본 하늘을 보니 진한 감회가 서린다.

어둡고 적막한 생활 속에 인간의 삶과 고뇌를 생각하며 '육첩방은 남의 나라'라고 읊었던, 잃어버린 조국에 가슴 아파하며 그 마음을 절제된 시로 묘사한 윤동주. 동결된 그의 한없이 순결하고 순수한

윤동주의 세 번째 시비 - 우지宇治 2017 11 28

영혼을 떠올려 본다.

뵤도잉平等院, 우지의 대사찰과 뮤지엄에서 고대 백제의 냄새를 물씬 맡고는 5시면 어둑해지는 밤길을 달려 다시 교토 시내의 윤동주가 살던 하숙 터에 세워진 시비 앞에 선다. 지난해까지 동지사대학에서 하루에도 몇 번을 바라보던 시비에 새겨진 '하늘과 바람과 별과 시'의 서시 '죽는 날까지 하늘을 우러러 한 점 부끄러움이 없기를~' 이 새겨져 있다.

치안유지법 위반으로 교토의 시모가모 경찰서로 잡혀 가기 전 동지사대에 한 학기를 다니며 머물던 하숙집은 교토 조형미술대학의 설립자가 그 하숙집터 일대를 사서 교사로 짓고는 그 앞에 반듯하게 그의 시비를 세웠다. 동지사에서 가까운 거리임에도 나는 귀국 후 재방문을 해서야 처음으로 그걸 보게 된다.

 내가 사는 서울 동네 가까이의 윤동주 하숙집을 떠올렸다. 거기에 현판은 있으나 집주인 아들이 그 앞에서 군밤을 구어 팔고 있었다.

 윤동주 시인 탄생 백주년 끄트머리에 나도 이렇게 그의 시비 세개를 하루에 보게 된다. 교토 윤동주 기념회의 박희균 회장이 친절히 안내하고 자료들을 보여준 덕분이다. 그의 윤동주 사랑과 열정은 대단했다.

 한국에서 덕혜옹주 영화가 있을 무렵 알게 된 일본 작가 타고 키치로 선생은 덕혜옹주가 일본에 있을 때에 지은 단가시를 발견하여 그 영화를 만드는 데에도 기여했지만 NHK TV의 PD로 있을 때 여러 해에 걸친 기획으로 윤동주 다큐를 만들었다. 동지사 대학에 그의 시비를 세우려 아무리 시도해도 어려운 것을 타고 선생이 다큐를 만들어 방영된 후 그 캠퍼스에 시비가 세워지고 우지의 아마가세 다리에서 찍은 시인의 마지막 사진도 그가 발견하여 그 사진 한 장의 인연으로 마침내 시인의 세 번째 시비가 서게 된 것이다. 그는 윤동주 백주년에 맞추어 짧은 생애의 평전도 펴냈다.

 일본에 윤동주 정신을 사랑하는 그런 분들로 인해 교토 지역에 시비가 세 개나 서다니 생각하면 대단한 일이다.

 겨우 27년 1개월의 삶. 1917 12 30 ~ 1945 2 16

'요절의 특권이란 젊음과 순결을 고대로 동결하는 것'이라고 일본 시인이 말했다지만 윤동주의 그 시대적 요절은 더욱 비참하다. 그러나 깊은 골짜기일수록 바로 곁에 더 높은 산이 우뚝 서있다는 말은 진리여서 75년 후 갈등의 양국 국민에게 그 순수한 영을 빛으로 발하고 있음을 본다.

옥사한 후쿠오카 시는 시비 세움을 거절하고 있으나 얼마 후 동경에는 그의 네 번째 시비가 세워진다고 한다.

요절한 그가 마땅히 누려야 할 특권이다.

가장 큰 축복의 날 오리라

가장 깊은 골 곁에
가장 높은 산이 있듯

아마가세天ヶ瀨 구름다리 - 우지宇治 2017 11 28

윤동주 하숙집터 앞의 시비 - 교토 2017 11 28

향 수

  10여 년 전 교토의 동지사同志社 대학 캠퍼스의 윤동주 시비를 찾았을 때 그때야 비로소 우리의 시인 정지용이 오래전 그 대학을 다녔고 바로 곁에 그의 시비도 있다는 걸 알게 되었다.

  1995년 정지용의 좋은 시로 만들어진 '향수' 노래는 우리 국민이면 누구나 다 알고 사랑하고 있다.

넓은 벌 동쪽 끝으로
옛 이야기 지즐대는 실개천이 휘돌아 나가고
얼룩배기 황소가
해설피 금빛 게으른 울음을 우는 곳
그 곳이 차마 꿈엔들 잊힐 리야

그 노래가 들려오면 나처럼 대도시 서울 토박이인 사람도 시냇물 굽이쳐 지나는 고향 산천이 눈앞에 절로 그려지곤 했는데 이제 조국을 멀리하고 들으니 더한 실감이 난다. 시와 예술의 힘이다.
한국 모더니즘 시의 대표 격인 정지용의 시는 산수화를 보듯 서정적 회화적이고 절제된 시어가 독특하여 윤동주의 시보다 더 좋아하는 이들도 있다. 조지훈 박두진 박목월 박남수 등 많은 시인들이 그에게 영향을 받았고 좋은 산문과 신앙의 시를 많이 남긴 시인이다.
그 대시인이 1923년에서 1929년까지 교토의 동지사 대학 캠퍼스에서 영문학을 공부하고 시를 지은 것이다. 90여 년 전의 일이다. 1940년 대, 나의 모교인 이화여대 영문과에서 가르친 것도 그제사야 알게 되었다. 그 생각을 하며 작은 시비를 만지고 그 앞에 가득 놓인 꽃다발을 가지런히 하고 손으로 먼지를 닦아내면 무언가 가슴에 찡한 따스함이 스며온다.
그 캠퍼스에 몸을 담고 있고 클라스 바뀔 제마다 하루에도 몇 번이나 그 앞을 지나며 우리 국민 시인의 두 시비를 이렇게 바라볼 수 있다는 것은 내 삶에 과연 무슨 의미일까.
일제 강점기 바다 건너 조국을 그리던 시인의 마음과 그 시혼이 절절하다.

향 수

정지용

넓은 벌 동쪽 끝으로
옛 이야기 지즐대는 실개천이 휘돌아 나가고
얼룩배기 황소가
해설피 금빛 게으른 울음을 우는 곳
그곳이 차마 꿈엔들 잊힐 리야

질화로에 재가 식어지면
뷔인 밭에 밤바람 소리 말을 달리고
엷은 졸음에 겨울 늙으신 아버지가
짚베개 돋아 고이시는 곳
그곳이 차마 꿈엔들 잊힐 리야
흙에서 자란 내 마음

파아란 하늘 빛이 그립어
함부로 쏜 화살을 찾으려
풀섶 이슬에 함추름 휘적시던 곳
그곳이 차마 꿈엔들 잊힐 리야

전설 바다에 춤추는 밤물결 같은
검은 귀밑머리 날리는 어린 누이와
아무렇지도 않고 예쁠 것도 없는
사철 발 벗은 아내가
따가운 햇살을 등에 지고 이삭 줍던 곳
그곳이 차마 꿈엔들 잊힐 리야

하늘에는 성근 별
알 수도 없는 모래성으로 발을 옮기고
서리 까마귀 우지 짖고 지나가는 초라한 지붕
흐릿한 불빛에 돌아앉아 도란도란거리는 곳
그곳이 차마 꿈엔들 잊힐 리야

시인 정지용 시비 - 교토 동지사대학 2015 6

거 목

나는 커다란 나무를 좋아한다.

어린 나무가 자라 일정한 연륜을 지나면 하나의 생명으로 내게 다가온다.

현재 내가 다니고 있는 도시샤 대학은 역사도 길지만 오랜 연륜의 커다란 나무들이 많이 있다. 학교를 척 들어서면 오래된 붉은 벽돌의 건물들이 눈에 띄지만 그 사이사이 커다란 거목들이 눈에 들어온다. 적어도 서너 명이 아니 그 이상이 팔을 벌려야 둘러쌀 수 있을 굵은 나무둥치들이다.

매일 보아도 반갑고 새로워 나는 아침마다 교문에 들어서면 보이는 그에게 말로 인사를 하고 손을 갖다 댄다.

그러면 그도 나에게 화안한 미소를 보이며 나뭇잎을 흔들고 가지를 움찍거리며 뭐라고 말을 하는 듯하다. 내 비록 하늘나라와 인간세계의 중간쯤 되는 그 언어를 다 알아듣는 건 아니지만 어쩌다 눈치를 챌 때도 있어 좋아한다는 말에 미소로 답을 하기도 한다.

하루에도 몇 번을 잘 자라난 그 나무들을 지나며 잘생긴 그 아름드리 나무를 올려다본다. 내 키의 몇 배가 되고 내가 태어나기 훨씬 전에 태어난 그가 한참 어른으로 보이며 우러르게 된다. 그러면 그는 나를 아이 취급하듯 귀엽다며 머리를 쓱쓱 쓰다듬어 준다.

아버지 어머니 할아버지 할머니 삼촌들 내 위의 어른이 다 가시어 내가 집안의 가장 어른이 된 게 도저히 믿겨지지 않고 조심스럽기만 한데 나를 보다듬어 주고 사랑과 이해와 포용을 베풀어주는 한참 어른이 내 곁에 있는 듯한 느낌이 참 좋다.

서울에서도 내가 좋아하는 큰 나무들이 있었다. 사직공원 대문 바로 곁에 5백년은 될 법한 굵은 나무에 어려서 학교 가는 아침마다 정을 들였었는데 어느 날 사라져 버렸고 그 공원 한가운데 나란히 서 있던 세 그루 느티나무 중 한 그루 밑동이 토막내어 베여나가 낙망을 했었지만 집 뒤 배화여고 운동장 끝에 아름드리 크고 굵은 나무는 그대로이고 경복고교 운동장 저 끝의 커다란 플라타너스도 내가 기대 온 나무이다.

Upstate 뉴욕 집 뒷숲으로 이어지는 마당에 키 큰 나무 위를 기어 올라가면 전에 살던 주인이 아들을 위해 지어놓은 편안한 Tree House가 있었고 오래 살았던 워싱턴 집 주위의 크고 풍성한 느티나무 Elm Tree에도 정을 들였었다.

나무는 동물과 달리 자유로이 움직일 수가 없고 한 곳에만 뿌리를 내리고 사는 것이 가엾은 생각이 들 때가 있다. 그러나 내가 언제든 그곳에 다가가 만져보고 올려다보고 바람에 흔들리는 가지와 눈부신 잎사귀를 철마다 바라다보고 그리고 나를 그에게 보이는 것이 좋았다.

미국에서 귀국 후 처음 미국을 다시 방문했을 때가 떠오른다. 가까이 했던 지인들 만나는 것도 반가웠으나 집 뒷숲의 내가 이름까지 지어 정겹게 불렀던 나무들, 동네 어귀에 그네가 매달려 있던 커다란 아름드리나무를 다시 마주하며 서로 기뻐했던 기억이 새롭다. 그렇다. 연륜과 크기를 더한 나무는 분명히 살아 있는 생명으로 다가온다.

아침마다 일찍 일어나 책을 가득 넣은 백팩을 메고 내가 지금 다니는 도시샤 교정에 들어서면 여기저기 내가 눈길 주는 나무들이 반겨하고 하교할 때면 역시 그들이 캠퍼스에서 뛰듯 내게 다가와 늦은 나이 오늘도 수고 많이 하고 고생했다고 팔을 뻗어 안아주는 듯하다.

매일 드나드는 도서관 바로 앞의 거목도 몸통에 녹빛 세월의 이끼를 벨벳처럼 잔뜩 입고 섰는데 밤 10시 도서관의 불이 꺼지고 내가 제일 늦게 유리문을 밀고 나오면 캠퍼스에 안개처럼 깔린 아름다운 조명과 함께 그 이끼나무가 수고했다고 '고쿠로사마데시다 !' 고단했겠다고 '오쯔까레사마데시다 !' 인사를 해준다.

그 감미로움에 절로 미소가 지어져 화답하고 그를 살짝 안아주며 큰 나무 잎사귀 너머의 짙푸른 하늘을 올려다 본다.

지나온 시간의 역사를 죄다 바라본 그 나무는 내가 이다음에 가고도 다시 긴 시간을 그 자리에서 자신만의 언어를 구사하며 펼쳐질 이 땅의 역사와 하늘의 역사를 두 눈으로 바라볼 것이다.

동지사대 도서관 앞의 거목 - 2015

졸 업

졸업식 날 동지사대 캠퍼스 - 교토 2016 3 20

  언젠가 해외 뉴스에서 하버드대 유명 교수가 학생들의 심리를 알아보기 위해 학생이 선택하는 코스를 한 학기 직접 해보니 도저히 따라갈 수 없을 정도로 힘에 겨웠다고 했다. 일본에서 풀타임 대학 코스를 택하며 떠오른 생각이다.

  지난 이력을 내며 적당히 객원교수 자리 하나 차지할 수도 있었다. 그러나 다시 학생이고 싶었다. 아아 이 공부와 이국의 삶은 정말 어려운 것이로구나 라고 깨달았을 때는 이미 늦었다.

 중도 포기의 유혹이 몇 고비 있었으나 꾹 참고 마침내 20과목을 통과해 냈다. 영어권이 아닌 일본에서 그 코스를 마칠 수 있었다는 것이 꿈인 듯 어떤 학위보다 자랑스럽다.

 그날 동생과 친구들이 서울에서 와, 2층 가족석에서 내려다보는데 앞자리에 가 앉으면서도 이거 진짜 해낸 거 맞나, 멀리서 온 분들이 깜빡 속는 건 아닌가 조마조마 했으나 드디어 내 이름을 호명하는 걸 듣고는 그들도 놀라고 나도 놀랐다.

 졸업은 역시 철이 한참 들어 할 일이다. 멋쟁이 무라다 코지村田晃嗣 도시샤대 총장의 졸업 축사가 귀에 쏙 들어온다.

'이제 도시샤는 여러분 인생의 소중한 일부가 되었습니다. 졸업하는 올해는 브라질 올림픽이 있고 4년 후 2020년에는 동경에서 두 번째 올림픽이 열립니다. 그리고 다시 5년 후에는 도시샤대학이 150주년을 맞이하게 됩니다. 그런 때에 여러분은 어디에서 무엇을 하고 있는지, 되고 싶은 이미지를 그려 보세요. 실현을 위한 첫 걸음입니다'

 '관용이 스스로를 지키기 위해 불관용에 대해 불관용이 되어야 하는가' 라는 질문을 했던 동경대학 프랑스 문학교수인 와타나베 가즈오渡邊一夫 의 '관용' 이야기와 인재가 아니라 인물, 더한 지식과 교육, 인품을 겸비한 세계의 양심을 육성하려 했던 도시샤 대학 창업자인 니이지마 조新島襄의 '양심'에 대해 이야기를 했다.

사회와 세상에 나아가 그런 관용과 양심의 인물이 되기를 바란다는 요지의 축사는 감명 깊었다.

그런 훌륭한 말과 생각을 스물두 살 오늘의 대학 졸업생이 이해하기는 쉽지 않은 일이다. 오래전 서울의 초등학교, 중·고등학교 대학과 미국 유학의 대학원 졸업식에서도 스승들의 그런 훌륭한 축사를 나는 들었을 것이다. 그러나 기억해 내려도 기억이 나지 않는다.

스무 살 나의 도시샤 동기생들도 오로지 주어진 인생을 살아가며 수많은 체험과 깨우침 후에 그러한 말씀이 오늘의 나처럼 가슴에 와 닿을지 모른다. 늦은 나이 무모하게 용기를 내어 와 고생을 많이 했다. 그 생각을 하니 오늘이 있기까지의 일본의 삶과 만학의 공부가 주마등처럼 눈앞을 지난다.

일본은 정말 대단한 나라다. 수많은 짧은 방문으로 일본을 좀 안다고 생각한 것은 맞지 않았다. 우리나라 사람들이 바로 이웃인 일본을 얼마나 모르고 있는가도 깨달았다.

하루에도 여러 번 지나는 도시샤대의 대선배 정지용 윤동주의 두 시비는 고국을 사무치게 했고 교정 한가운데 우뚝 서 넉넉히 품어주는 역사 깊은 거목들, 총장 공관 앞 다섯 그루의 내가 이름 지은 '사랑 나무'는 새순으로 돋는 잎 하나하나가 사랑스런 하트 모양으로 다가설 제마다 살랑살랑 내게 손짓을 해주었다.

12시 반에 기도한 채플과 내 발길이 닿은 건물 하나하나를 누볐고 교내 식당과 베이커리, 카페에서 내 옆에 앉은 일본 학생은 나

제일 많은 시간을 보낸 동지사대 도서관 - 2016

의 즉석 가정교사가 되어 주었다.

 온화하고 헌신적인 나의 스무 분 스승들은 물론, 도움을 준 수 많은 일본 학생들의 친절한 가르침이 오늘의 나를 있게 했다.

 북 스토어와 편의점 점원들이 어린 학생들에게 몇 번이나 종일 고개 숙이는 것을 눈여겨 바라보았고 늦은 밤 도서관을 나서 교문 쪽으로 가면 마주하는 수위마다 수고하셨습니다 '오쯔까레사마데시다' 직역하자면 고단하셨습니다 인데 그 소리를 들으면 어떻게 내가 고단했는지를 그가 알아주나 싶어 하루의 고단함이 즉석에서 풀리는 듯했다.

 입술을 통한 말 한마디가 그렇게 귀한 것이라는 걸 매번 느끼는 순간이다.

도서관이 닫히는 한밤, 교문을 나서면 우편에 커다란 고쇼御所, 고도古都의 천황 궁이 아무나 들어가게 문도 없이 서 있고, 왼편으로 동지사 대학과 동지사 여자대학 캠퍼스 긴 담을 끼고 한 십여 분 빠른 걸음으로 달려가면 왼편 골목으로 전통 시장이 나오고 그 앞에 육첩방 내 거처가 있다.

좁은 문과 부엌 모서리에 부딪치지 않으려 조심스레 들어가 책가방을 풀고 뒷창을 열어젖히고 방을 얻자마자 꽃집서 사다 창밖 땅바닥에 늘어놓은 열 두어 개 작은 화분의 꽃에 물을 준다.

씻고 밖으로 나오면 거기에 달빛에 반짝이는 가모가와, 늘어진 수양버들과 벚나무가 죽 늘어선 그 긴 강가를 걸으며 90년 전 같은 강가를 걸었을 시인 정지용의 애끓는 서러움을 생각해 본다.

주말에는 과제물을 들고 전차로 구라마 온천을 찾았고 봄 가을, 교토 시내 유서 깊은 사찰의 세계 최고급 정원을 걸으면 내 나라에선 사라진 내 나라 천년 전의 냄새가 났다. 반만년 역사에 유일하게 해외로 본격적으로 뻗쳐나간 우리의 문화다.

어디에서나처럼 하루는 길었으나 시간을 보내놓고 보면 후루루 지나간 세월이다. 그러나 그것은 실로 의미 있는 시간이었다.

사계를 거치며 일본의 모습과 그 생각을 바라보았고 이웃 민족의 속마음을 느꼈고 현해탄을 사이에 둔 나의 조국을 생각했다.

우리의 천년 전 역사가 깃든 고도古都 교토의 명문 도시샤同志社에서 언어의 습득과 위대한 가치의 유산인 문학을 접했고 한 줄의 고대 시 만엽집의 단가 연구와 천년 전 시인의 마음을 우리말로 옮겨도 보았다. 그 배움과 깨우침이 내 인식의 지평을 넓힐 수 있기를 바란다.

 천년 넘게 좋은 사이이다가 근현대에 와서 35년 간 한 나라가 다른 한 나라를 지배함과 해방이 있었고 그리고 최근 몇 년의 안개 속 두 나라의 관계가 있다.

 서로의 생존을 위해 반드시 풀어야 하는 과제, 서로 달라진 문화, 사람, 생각과 발상을 조화롭게 아우르는 미래로 끌어가기에 이웃 공간에 몸담았던 나의 체험이 보탬이 될 스 있기를 바란다.

  만학의 졸업을 하며 지나간 졸업들이 떠오르네
  돌아가지 못하는 세월

  우리는 어디서 무엇이 되어 다시 만날까

남매와 빛나는 졸업장 - 교토 고쇼御所 2016 3 20

졸 업 축 사

 2016년 3월 20일 동지사대학의 졸업식이 있었습니다. 그날의 무라다 코지村田晃嗣 총장의 축사가 감명 깊고 지금의 일본 지성인의 생각을 엿볼 수 있지 않을까 싶어 여기에 그 전문을 싣습니다.

*　　　*　　　*　　　*

여러분 졸업을 진심으로 축하합니다.

여러분은 2016년에 도시샤 대학을 졸업합니다. 올해처럼 서기西紀가 4로 나뉘어 떨어지는 해에는 세계에 두 가지 큰 일이 있습니다. 하기 올림픽과 미국 대통령 선거입니다.

올해 8월 5일부터 21일 동안 브라질 리우데자네이루에서 하기 올림픽이 개최되며 우리 대학에서도 재학생이나 졸업생이 출정할 예정입니다. 많은 성원을 보내주고 싶습니다. 그리고 그 4년 후인 2020년에는 도쿄에서 두 번째 올림픽이 예정되어 있습니다. 그때 여러분은 어디서 무엇을 하고 있을까요? 이렇게 하고 싶다, 이렇게 되고 싶다 하는 이미지를 그려 보세요.

그것이 실현을 위한 첫걸음입니다.

아시다시피 첫 번째 도쿄 올림픽은 1964년에 개최되었습니다. 패전국이던 일본이 일본에서 첫 번째일 뿐만 아니라 아시아에서 처음 올림픽을 개최할 수 있을 정도로 부흥, 성장한 것을 세계에 보여주는 절호의 기회이기도 했습니다. 당시 일본은 급속한 경제 성장의 파도를 타고 있었고 그 4년 후인 1968년에는 서독을 제치고 드디어 미국에 이은 세계 제2위의 경제 대국이 되었습니다.

큰 사회적 경제적 변화 속에서 올림픽 개최 당시의 총리이던 이케다 하야토池田勇人는 '관용과 인내'를 슬로건으로 내걸었습니다. 물론 경제 성장이나 물질적인 풍부함만이 전부는 아닙니다만 첫 번째 도쿄 올림픽 전후로는 그러한 것들이 명백한 내셔널 골이었습니다.

그러나 두 번째 올림픽에 임하여 유감스럽게도 우리는 올림픽을 넘을 내셔널 골을 다 그리지 못하고 있습니다. 다음의 내셔널 골, 더 나아가 내셔널의 테두리를 넘어서는 골을 그리고 추구하는 것이 여러분 세대의 중요한 과제입니다.

한편 미국 대통령 선거가 갈수록 격해지고 있습니다. 물론 미국국민의 민주주의적인 판단을 기다릴 수밖에 없습니다만 워낙 일본에 있어 세계에 있어 중요한 초강대국에 관한 일이다 보니 일부 후보자가 이민 배척 등 과격한 주장을 반복하고 있는 것이 걱정이 됩니다.

아마 그 배경에는 빈부격차나 인종, 종교, 젠더 등 사회의 다양화에 대한 사람들의 불안이나 초조함이 있을 것입니다. 이질異質적인 것을 배제하려는 움직임은 유감스럽게도 유럽에서도 볼 수 있습니다.

일본은 구미처럼 많은 이민이 없으니 이민 배척론이 없습니다만 그런 만큼 다양성에 대해서는 둔할지도 모릅니다. 그러한 일본에서도 서로 다른 의견이나 입장에 대한 관용의 정신이 후퇴해 가고 있는 것처럼 보입니다. '관용과 인내'의 관용 즉 Tolerance입니다.

여기에 한 에세이를 소개합니다. 도쿄 대학에서 프랑스 문학을 강의한 와타나베 가즈오渡辺一夫의 에세이입니다. 와타나베는 소설가로 노벨문학상을 받은 오에 겐자부로大江健三郎의 은사로 알려져 있습니다. '관용이 스스로를 지키기 위해 불관용에 대해 불관용이 되어야 하는가'라고 와타나베는 묻습니다.

 와타나베에 의하면 인류의 긴 역사는 관용과 불관용의 역사였습니다. 그리고 종종 관용은 불관용에 패해 왔습니다. 왜냐하면 불관용이 공격적인 반면 관용에는 단 두 가지 무기 즉 설득과 스스로를 되돌아보는 반성밖에 없기 때문입니다.

 하지만 보다 위험한 것은 관용이 불관용과의 싸움 속에서 어느 덧 스스로도 불관용이 되고 마는 일이 너무나 많다는 것입니다. 이 또한 와타나베에 의하면 고대 로마는 종교에 지극히 관용적인 사회였는데도 원시 기독교가 자기만이 올바른 종교이며 하나님에게 통하는 삶이라는 불관용을 보여줬기에 로마에 의한 박해라는 불관용을 유발했다는 것입니다.

 '관용이 스스로를 지키기 위해 불관용에 대해 불관용이 되어야 하는가' 와타나베의 답은 '아니다'이고 우리는 어디까지나 관용이어야 한다고 했습니다.

 최근 글로벌화라는 말을 너무 자주 듣습니다. 이 글로벌화란 영어를 말하거나 해외에서 배우고 일하는 것이 아니라 다양성을 존중하고 자신과 다른 문화와 가치관, 사고방식에 대해 겸허하고 관용하는 것입니다. 여러분이 그러한 의미의 글로벌한 인물이 되어주었으면 합니다. 도시샤의 창립자 니이지마 조가 바로 그 좋은 예입니다.

 여러분은 여기 도시샤에서 배웠습니다. 호불호를 불문하고 도시샤는 여러분 인생의 소중한 일부가 되었습니다. 니이지마는 인재가 아니라 인물, 더한 지식과 교육, 인품을 겸비한 '나라와 세계의 양심'을 도시샤에서 키우려 했습니다.

'양심'이란 무엇인가, 이것도 아주 어려운 물음이고 정해진 답이 있는 것도 아닙니다. 다만 확실하게 말할 수 있는 건 양심이란 자신을 정당화하거나 타인을 공격할 때 사용하는 것이 아니라는 것입니다.

양심이란 스스로를 반성할 때에 의미를 가지는 것이기 때문에 앞서 언급한 관용의 정신과도 연결되어 있습니다. 신념을 가지는 것과 자신을 반성하는 것은 모순되지 않습니다. 그러한 작업을 거듭함으로 자신과 입장이 다른 사람에게도 관용해지고 공통점을 확대해 나갈 수 있습니다. 또 나라와 세계의 양심이 되기 위해서는 사회성이나 조직력도 필요합니다.

두 번째 도쿄 올림픽 5년 후에는 우리 도시샤가 창립 150주년을 맞이합니다. 그때 여러분은 어디서 무엇을 하고 있을까요? 이에 대해서도 상상해 보세요. 그리고 그때 오늘 말씀드린 관용과 양심이라는 말을 함께 상기해 주었으면 합니다.

끝으로 니이지마 조가 141년 전 도시샤 제 1기 졸업식에서 여러분의 대선배들에게 보낸 말을 저도 보내 드립니다.

Go go go in peace !

Be strong !

Mysterious Hand guide you

Good Luck !

무라타 코지村田晃嗣 총장 - 서울

위로처럼

고다이지高台寺 이야기

고다이지高台寺의 한 그루 벚꽃

벚꽃 피어있으면
못 보았을
꽃잎 깔린 길

어느 순간에나 아름다움이 있네

신록이 나오고 있지만 4월에 본 교토의 벚꽃 인상이 강렬해 짚고 넘어가지 않을 수가 없네요.
 벚꽃이라면 제주가 발원지라는데 이제 우리나라에도 전국 어디에나 많이 있어 익숙해졌고 제가 오래 살아온 서울 종로구 필운동 집 바로 앞에도 이번 4월에 시에서 두 그루의 어린 벚나무를 낯설게 심었습니다.
 워싱턴에 오래 살면서도 그 유명한 제퍼슨 메모리얼 앞 포토맥 강가에 오래전 일본이 보내어 심기 시작한 수천 그루의 멋진 벚꽃을 매해 봄 인파에 섞여 보았고 제가 살던 동네인 베데스다는 집 앞 벚꽃 가로수 길이 대단해 수많은 사람들이 몰려오는 것을 매 봄 경찰이 통제했습니다.
 그러다 귀국 후 어느 봄날 교토에 가게 되었습니다.
 교토는 우리의 백제가 멸하고 많은 사람들이 천년 전 일본에 건너간 것이 나라 아스카 오사카 교토 지역이어서인가 왠지 낯설지가 않았습니다. 특히 교토는 일본의 유서 깊은 천년 넘는 도읍지로 궁과 절이 3천개가 넘는다고 합니다.
 거기서 벚꽃을 보게 되었는데 그 조화가 말로 다할 수 없이 아름다웠습니다. 비행기로 1시간 10분인 이 짧은 거리를 긴 겨울이 다한 봄에 보아주지 않으면 안 된다는 생각이 들게 했습니다.
 그러나 생각일 뿐 일상을 무 토막처럼 자르는 것이 쉬운 일은 아니고 더욱이 그 짧은 며칠의 타이밍을 맞추는 것은 더 어려운 일이었습니다. 늘 덜 피었거나 지고 난 후인데 이번에 제 강연으로 간

날이 4월 14일, 지고 있어도 아름다웠습니다.

　그 많은 중 몇 군데를 꼭 추천하고 싶은데 그중에서도 한 군데를 꼽으라면 제가 머문 료칸 바로 앞의 '고다이지高台寺'입니다. '네네노 미치'라는 길인데 도요토미 히데요시가 죽고는 부인 네네가 지어 그를 위해 기도하다 간 집으로 정원 예술의 극치라는 교토에서도 참으로 아름다운 정원입니다.

　처음 보았을 때의 그 장면을 잊을 수가 없습니다.
밤 조명이 깔려 있는데 들어가니 고요한 밤인데 수많은 사람들이 긴 마루에 무릎을 꿇고 앉아 단 한 그루의 벚나무를 바라보고 있었습니다. 몇 시간이고 앉아 있는 듯했습니다. 늘어진 한 그루의 벚꽃도 살랑이는 바람결도 거기에 앉아있는 단아한 모습도 꿈인 듯 신비롭기만 했습니다.

　이제 오래간만에 다시 고요히 바라보는 한 그루의 둥근 벚나무, 그것을 창조한 손길과 다듬은 손길의 조화는 여전히 예술의 극치라는 생각을 합니다.

　거기다 우리 선조의 숨결이 배어 있는 듯 다소곳한 집 몇 채와 정원의 조화 그리고 혹한의 긴 겨울을 거치고 마침내 찬란한 빛과 마주하고야마는 깊어진 바라보는 이의 눈길까지 합한다면 무슨 어휘로 그 장면을 표현할 수 있을까요.

　그때에 맞추어 보실 수 있었으면 해서 여기에 '고다이지 이야기'를 해 봅니다.

홀로 보기 아깝고
두고 가기 아까운 교토
두고 가기 진정 아까운

이 세상

고다이지高台寺 가레산스이枯山水

고다이지 오르는 길

꽃 소 식

기타노텐망구北野天滿宮 한겨울의 홍매 - 2015 12 25

 관직에 계셨던 아버지 덕에 어려서부터 나에게 설은 양력이었다. 미국 생활의 설도 물론 양력이었다. 그러던 게 귀국을 하고보니 어느 샌가 우리나라의 설이 음력 위주로 바뀌어 있었다.
 같은 동양인데도 이곳 일본의 설은 양력이다. 오봉이라는 우리의 추석 같은 명절도 여기는 양력 8월 15일이다.
 설날 즈음의 일본 인사말은 '아케마시테 오메데토오고자이마스 明(あ)けましておめでとうございます' '새해를 맞아 축하드립니다' 이다. 그 말을 주로 하나 '初春하쯔하루노 오요로꼬비오 모오시아게마스　初春(はつはる)のお喜(よろこ)びを申(もう)しあげます' '초봄의 기쁨을 전해드립니다' 라고도 한다. 1월이 겨울이라 해도 벌써 초봄의 기운이 돋아나니 그 새봄 기운을 잘 받으시라는 희망의 인사말이다.

　이곳의 12월 1월은 저녁에는 기온이 떨어지지만 낮에는 12도 정도로 햇살이 나오면 따뜻하다.

　지난 12월 초, 가까이 있는 단풍진 기타노텐망구北野天滿宮에 갔을 때에 잎파리 하나 없는 매화나무가 많이 있는 것이 눈에 띄었다. TV에서 해마다 2월 25일에 일본의 대표적인 매화 마쯔리(축제)를 교토에서 하는 걸 보아서 그곳에 있는 직원에게 매화 축제는 교토 어디에서 하나요? 라고 물으니 바로 거기라고 했다. 반가웠다. 교토에서 드디어 매화꽃 축제를 볼 수 있으니까.

　세계적 불교 도시인 교토는 크리스마스 이브인 12월 24일, 도시샤 대학이 크리스천 대학임에도 수업이 있다. 이브 날 고전문학 교수가 다음 날인 25일에 크리스마스와 전혀 상관없이, 기타노텐망구에 가면 입구에 대단한 장이 서니 가보라고 했다.

　기대는 안 했지만 권유를 받아 그곳을 찾아갔다. 장에는 일본 특유의 먹거리들이 있었다. 큰 장을 지나 정원 안으로 들어가자 깜짝 놀랄 광경이 펼쳐졌다.

　아니 이게 웬일인가.

살을 에는 긴 겨울을 지나 이른 봄이 되어야 첫 꽃으로 피어나는 매화가 크리스마스에 활짝 피어 있는 게 아닌가. 빨갛게 하얗게 오래 묵은 나무들에 피어 있었다. 해마다 2월 25일에 최초 매화 축제가 그곳에서 벌어지고 일본 전국으로 생중계를 하는데 만 두 달 전인 12월 25일에 이미 다 피어난 것이다.

 지구 온난화로 점점 빨리 피어난다고 했다. 하기야 한겨울인데 벚꽃이 어디엔가 피어난 것도 보았었다. 십여 년 후인 2030년에는 우리나라도 12월이 가을이 될 것이라고 한다.

 1월이 되니 도시샤 대학 채플 앞 네 그루의 매화도 어여삐 피어났다. 도시샤의 상징이 매화이다. 창립자 니이지마 조新島襄가 사랑한 매화는 그의 매화 시 두 수로 널리 알려져 있다.

　　한겨울 이겨낸 매화처럼

　　진리 또한 어려운 환경에도 그 꽃을 피워내리

　　　　　　　　　　　　니이지마 조

1월 20일 교토에는 아침에 단 몇 시간 함박눈이 왔다. 눈을 맞고 등교한 캠퍼스가 하얀 세상으로 새롭게 아름다웠고 홍매 위에 내린 눈은 환상이었다. 기말 시험 보러 교실에 들어가기 전에 한 컷을 찍고 후에 제대로 찍어야지 했는데 90분 시험을 머리 싸매고 치고 나오니 해가 나와 눈이 다 녹아버렸다.

도시샤대 채플 앞의 눈 덮인 홍매

 바쁜 걸음에 젖은 핸드폰을 꺼내 한 컷을 찍은 것만도 다행이다. 어느 누가 1월에 매화가 피어나고 그 위에 눈까지 내린 걸 믿겠는가, 그 증명사진이 없다면.
 일 년에 한 번 올까 말까 하는 교토의 눈은 다음 날 조간신문 프론트 페이지를 장식했다.

 한국에서 서설이면 좋은 일이 있다고 한다.
 함박눈이 내린 홍매와 다급히 피어난 주위의 어여쁜 꽃들을 초봄의 꽃소식과 함께 만사가 순조로운 새해가 되기를 바라는 마음으로 그리운 친구에게 전하고 싶다.

혹한의 인고를 거쳐야 피어나는 꽃
이제 깊은 그 의미를 바라보게 되네

이승신

동지사 채플 앞 한겨울의 홍매화 - 2016 1

사쿠라하나미花見

묘신지妙心寺 정원에 넓은 폭으로 피어나는 시다레자쿠라

사쿠라라고 하면 우리에겐 묘한 기분이 든다.

35년간의 상처가 그 아픔과 앙금이 아직 해결되지 않아서일까. 프랑스 영국 미국 서양 사람들이 반해서 바라보는 것과는 다르다.

지난 십여 년 '교토의 사쿠라 이야기'를 나는 여러 번 썼다.

우리보다 한 보름쯤 먼저 피어나는 봄꽃을 보고 그 아름다움과 피워낸 수고에 놀라, 열 달을 배에 품어 호된 진통으로 새 생명 피워내듯, 일 년 내 진통하다 단 며칠 피워내는 그걸 보아주지 않으면 안 된다는 생각이 들었고 그 후 봄마다 1시간 여 비행기를 탔다. 그리고는 그 꿈틀거리는 생명을 조용히 바라다보았다.

 그러나 이번엔 일본 오기 45년 만에 공부로 처음 장기간이 된 점도 있고 몸담은 도시샤同志社 대학의 하드 스케줄로 캠퍼스에 핀 꽃 말고는 못 보다, 져 내리는 것이 안타깝기만 하여 마침내 끝에 못 참고 보러 나섰다.

 집 앞 고쇼御所 속, 품위 있는 소나무 곁에 우아한 여왕으로 피어나는 하늘이 내린 몇 그루의 사쿠라, 그 절제와 표현할 길 없는 아름다움의 '고다이지高台寺' 정원의 딱 한 그루의 사쿠라, 그 앞길 '네네노미치' 길에 피어난 꽃무리, 기요미즈테라清水寺 오르는 언덕길 돌계단 위로 홀로 높이 서 그 안에 쏙 들어가 서보는 커다란 우산처럼 둥글게 피어나는 꽃 우주, 헤이안징구平安神宮의 밤하늘 별보다 더 많은 야간 조명의 분홍 꽃 별천지, '묘신지'의 땅 끝까지 늘어진 수 십미터 너비의 진분홍보다 더 붉은 시다레자쿠라, '철학의 길' 2 키로 운하 도랑 양 옆으로 길게 늘어선 2, 3 백년은 족히 되었을 연분홍 소메이자쿠라 무리, 빠른 전차를 타고 20여 분 가면 나오는 '아라시야마嵐山'의 30미터 키로 자유로운 춤사위를 보이는 우아한 시다레자쿠라의 숲.

 교토의 수도 없이 많은 봄꽃 가운데 여러 해 발품으로 꼽아 본 삼십여 군데 중 이 봄에 내가 마주한 대여섯 군데의 꽃들이다.

 내가 워싱턴에서 일본이 일찍이 건네 준 6천여 그루를 보고 그랬

듯, 많은 관광객들이 눈에 들어오는 그 화려한 빛과 눈부신 아름다움에 경탄을 한다. 만일 세계에 사쿠라 올림픽이 있다면 교토의 사쿠라가 단연 월등한 금메달임에 틀림이 없다.

그러나 지난 세월, 삶을 좀 살아보고 바라보는 꽃은 같은 꽃이라도 그 수고함과 단 며칠을 피워내기 위해 긴 겨울 물을 끌어 올리고 끌어 올리고 몸통이 헤지고 갈라지는 고통을 껴안은 채 피워내는 그 애처로움이 달랐다.

더 시간이 흘러 차분히 바라다보는 지금, 16세기 우리를 침략했던 도요토미 히데요시가 죽고는 부인 네네가 기도하려고 지었다는 고다이지高台寺의 한 그루 사쿠라, 교토가 천년의 도읍일 때 천황의 성이었던 고쇼御所의 굵고 커다란 아튼드리 사쿠라 무리, 저들이 말없이 바라보았고 하나하나 몸에 새겨져 있을 그 역사가 가슴에 들려온다.

하얀 핑크 연둣빛 노란 보라 진홍의 여러 꽃빛깔과 겉모습에만 넋을 잃었던 것을 부끄러워하며 그 홈집 난 굵은 몸에 귀를 갖다 대었다.

해마다 하나씩 늘어났을 그 영혼의 나이테를 그리며 내 속의 나이테를 헤아려 본다.

깨닫는 만큼 보인다고 했던가.

꽃을 피워내는 것도 바라다보는 것도 삶을 살아가는 것과 많이 다르지 않았다.

역사의 상처
그 눈물을 별꽃으로 피워내는가
사쿠라 하나미花見
그 꽃구경

손짓하며 그 꽃이 바라보는
사람 구경

위로처럼

 긴 겨울이었다.
4월 말로 향하는데 아직도 찬기가 있으니 지난여름의 무더위를 어서 벗어났으면 하고 간절히 기다렸던 게 이 긴 추위였던가. 거기에 침체된 경기와 시도 때도 없는 북의 협박성 글로벌 뉴스, 그리고 각자 감당해야 하는 고뇌까지 생각하면 실로 그 냉기는 길고도 길었다.

그것만으로도 꽃구경을 맞이할 수 있는 충분한 이유가 된다. 그러나 늘 시간과 마음의 여유가 충분하지 않은 듯 느껴지는 건 왜인가. 그럴 때면 떠오르는 어머니의 시

앞으로 십 년을 더 살아도 꽃구경
　　　　열 번밖에 더 보지 못 하겠네
後十年生きるとしても櫻花ただ十回の花見とならむ

이 시를 짓고서 꽃구경 두 번 하고 어머니는 가셨다.
열 번도 기막힌데 이 땅의 꽃을 두 번만 더 보신 것이다.
그렇다.
그것은 어떠함에도 꽃구경을 해야 할 이유가 되었다.

교토의 독자들 모임에 가기로 하고 예술로도 빚을 수 없는 고다이지高台寺의 그 한 그루 벚나무의 노고를 보아주지 않으면 안 된다고 생각했다.

그런데 가보니 지난해 같은 때 보았던 교토의 벚꽃은 이번엔 일주일을 일찍 피어 다 져버렸다. 꽃이 지고 잎이 다 나와 버려 실망이 되었으나 수없이 많은 중 어딘가에 나를 위해 기다리고 있는 꽃이 꼭 있을 거야 하고 마음을 돌렸다.

늘 잠시 머무는 고다이지 앞에 방이 없어 좀 떨어진 고쇼御所 앞에 짐을 풀었다. 그리고 꽃이 있을 만한 곳들부터 갔는데 역시 다 진 후였다.

아침을 먹고 호텔 바로 길 건너 고쇼御所로 들어갔다.

교토가 일본의 도읍이었을 때 천황의 궁으로 그 드넓은 궁을 시민에게 무료로 공개하고 있다. 기대를 전혀 안 하고 갔는데 이게 웬일인가. 깊숙이 들어가니 아직 한 무더기 꽃이 피어 있었다.

길게 늘어진 수양벚꽃 시다레자쿠라가 바람에 살랑살랑 어서 오라고 손짓을 한다. 와아 이 진분홍 빛 물감은 어디로부터 내린 것일까.

움직일 수 없는 식물을 늘 가엾어 했다. 그러나 그 긴 수많은 가지들로 마음껏 춤추는 모습은 눈부시게 자유로운 움직임이었다.

몇몇 관람객들이 찬사를 보낸다.

감탄사가 쏟아지고 그것이 공기를 통해 내 귀에 들려오는 것이 그를 더 아름답게 한다. 그중 한 그루가 눈에 돋보인다. 20여 미터 키에 폭도 15미터나 되는, 폭 넓게 땅끝까지 댄싱하는 모습이 경이롭기까지 하다. 수백만 송이 아니 수억이 넘을 듯한 진한 핑크를 피어낸 생명이 신비롭다.

지난해 꽃잎을 다 떨구고 우리는 그를 완전히 잊었는데 그는 다시 반복하여 그 생명 작업을 쉼 없이 해왔고 지금 이렇게 내 앞에 그 생명의 빛을 펼쳐 보이고 있다. 이 위대한 작품을 보아주지 않았다면 그의 마음이 어땠을까. 보고 또 보고 기억 속에 듬뿍 넣어도 얼마 안 가 우리는 다시 또 그를 잊을 것이다.

발길을 돌려나오며 아쉬워 아쉬워 뒤돌아보니 그제서야 문득 내

고쇼御所의 땅 끝 시다레자쿠라

눈에 들어오는 것이 있었다. 모두가 그리고 나도 핑크빛 폭포로 쏟아져 내리는 그 화려하고 빛나는 꽃잎들만 바라다보았다.

 그런데 꽃잎 저 끝 잘 안 보이는 곳에 그 꽃을 피워 올린 시커먼 나무 기둥이 서 있고 온 몸체가 터져 있었다. 그렇게 억만 송이의 위대한 작품을 온 힘을 다해 들어 올리고 있었다.

 아 그렇구나.

 우리에게만 긴 겨울이 있었던 게 아니었구나. 전혀 핑크빛이 아닌 몸속에서 저토록 아름다운 꽃송이를 무리로 피워내려 그렇게 참고 그렇게 기다리고 그렇게도 희생을 한 거로구나.

 애처로우나 위대한 모습이었다. 도로 달려가 그를 꼭 안아 주었다.

모두들 황홀한 분홍 꽃잎만 쳐다보고 있었다.

고요히 물 위에 떠있기 위해
쉼 없이 발을 젓는 오리처럼
거기에 수없는 꽃송이
분홍빛 별로 피워 유유히 춤을 추고 있었다

상처난 몸체로
흙속에 발을 묻고
위로처럼 그렇게 서 있었다

벚꽃

니넨자카二年坂의 연둣빛 벚꽃과 어머니의 머플러 - 2015

꽃이 된 하트

 일본 천년의 도읍지, 교토의 천황이 살던 고쇼御所는 내가 며칠 머무는 호텔 바로 앞에 있었다.
 몇 해 전 교토에서 가는 곳마다 벚꽃이 다 져버렸는데 우연히 길 건너 산책하러 들어간 고쇼 속, 한참을 걸어 제일 끝에 열 몇 그루가 눈부신 화려한 핑크로 그것도 20여 미터의 큰 키와 땅끝까지 내려온 가지마다 맺힌 꽃 알알이 선들바람에 흔들리는 모습은 그게 그저 나무가 아니요, 살아 꿈틀거리는 생명 그 자체로 다가와

놀란 적이 있다.

 늦게 피는 고쇼의 꽃은 다른 데가 다 지고 가도 볼 수가 있었다.

 그러다 우연히 그중에서도 더 눈에 띄고 더 찬란한 벚나무를 보고 나오다 아쉬워 다시 뒤돌아보니 저 뒤끝, 숨겨진 나무통이 흉하게 상처투성이여서 그가 피워내고 온몸 다해 높이 떠받치고 있는 화사한 꽃을 새삼 다른 눈으로 보게 된 적이 있다.

 스고이, 우쯔꾸시이 아름답다는 찬사는 물론 인적조차 전혀 없는 한겨울, 그곳에 간 김에 일부러 찾아가 본 적도 있다. 분홍빛이 없는 나무는 알아볼 수도 없이 초라해 그 주위를 한참이나 찾아 헤맸다. 아무것도 없는 뿌연 몸의 나무 둥치가 거기 서 있었다. 아무런 아름다운 흔적이 보이지 않는 이 나무가 지난봄 폭포처럼 쏟아져 내리던 분홍빛 그 나무 맞나 싶었다.

 그 이야기를 지난겨울 나는 글로 썼었다.

다시 새 봄. 벗은 몸으론 상상도 할 수 없던 그만의 작품이 어김없이 대지에 또 펼쳐진다. 반가운 손짓을 내게 했고 나도 화안히 웃어 주었다.

 키도 크고 옆으로 뻗친 꽃가지도 20여 미터 너무 넓어 사진 한 컷에 그를 다 담을 수도 없다. 여기저기 여러 각도에서 찍다 여직 못 보았던 새로운 것을 또 발견하게 된다. 내 앞에 좍 펼쳐진 앞면의 왼쪽 모퉁이에 서니 내 앞에 갑자기 커다란 분홍빛 하트가 한아름 눈에 들어온 것이다.

지난 번 못 보았나, 아니면 매번 다른 형태로 피어나는가.
와~ 하며 놀라는데 내 귀에 '사랑 사랑 사랑' 바람에 살랑이는 소리가 엷게 들려온다.

 김동길 선생이 언젠가 감옥에 있는데 매일 들리던 새소리가 어느 날 갑자기 '사랑 사랑~' 하는 소리로 들리더라 했던 말이 생각난다.

 많은 사람이 그 앞에서 사진을 찍어대는데 다들 못 알아보아 1미터만 떨어지면 커다란 하트로 된다고 한국에서 간 내가 알려준다. 아, 정말 그러네 하며 환한 웃음들을 짓는다. 공통의 화제로 기뻐한다. 그 하트를 담아 그들의 사진을 다시 박아 주었다.

 떨어지지 않는 발길을 떼며 나오다 다시 저만치 그를 뒤돌아보니 바람에 살랑이며 여전히 '사랑 사랑 사랑' 이라고 내게 말해 주었다.

 서울을 떠나던 새벽, 쌓였던 무거운 마음을 편지에 담아 보냈었다
'사랑 사랑 사랑.'
 아 그보다 어려운 주문이 또 있을까.

돌아보면 세상 모두는 메시지

이 봄
　　　내게만 보이는
　　　꽃으로 피어난 하트의
　　　깊고도 어려운 그 메시지

　세월호의 시신이라도 찾았으면 하는 부모를 보며 동일본에서 3년 걸려 잠수부 자격증을 따 하루에도 몇 번이나 바다 저 밑에 내려가 아내를 찾는다는 남자 생각이 났습니다.
　그 어린 생명은 분명 이 봄에 여여쁜 꽃잎으로 태어나 귀한 메시지를 우리에게 전해 줄 것입니다.

천황 궁이던 고쇼御所의 땅끝으로 내린 벚꽃 - 2016

요시노야마吉野山에 꽃이 피면

안개 저 속은 보이지 않아도
보이는 데까지는 사쿠라 천지

일본의 국보로 치는 만엽집은 천년 전의 훌륭한 단가들을 집대성한 일본 최초의 문학집인데 거기에 요시노야마에 대한 단가가 많이 나온다.

 당시 660년 전쟁으로 무너진 백제에 살아남은 민족이 아스카, 나라, 오사카, 교토로 건너갔고 거기서 가까운 산인 요시노야마吉野山를 좋아하여 그런 단가를 읊었던 것일 게다.

 그 깊은 역사를 다 알 수는 없지만 1998년 어머니가 일본 천황의 어전가회에 초청을 받은 후 일본 대학과 국회 헌정회관 등 몇 군데에서 특강을 하시고 그 해 늦가을에는 일본 다까오까高岡에서 열리는 만엽축제에 한국 시인으로는 처음으로 만엽집의 단가를 낭송하도록 특별 초청을 받아 가신 적이 있다.

 72시간 쉼 없이 2400 여명이 만엽집의 단가 한 수를 호수 위 배 선상에서 읊는데 그들이 입은 천년 전 의상이며 배의 치장이 모두 오래전 우리의 백제 스타일이었다.

 어머니는 연노란 한복을 입고 가시어 일어와 내가 번역을 도와 드린 한국어로 읊으시고 스스로 창작한 한국 춤사위까지 자연스레 하셨는데 그것이 그날 저녁 NHK 뉴스로 전국에 몇 번이나 나가 일본의 옛 친구들에게 연락을 받았다고 반가워 하셨다.

 그때 읊은 만엽집의 요시노야마 단가 한 수가 인상에 남는다.

 하루에 네 번 투석을 하시어 모시고 갔어야 했는데 별 것도 아닌 스케줄로 바쁘다고 못 간 것이 두고두고 후회가 된다.

 가신 후 손호연 다큐멘터리를 만든다고 일본에 촬영을 가며, 어머니가 단가 한 수를 낭송하신 그 단가의 모음집인 만엽집을 편찬한 오토모노 야카모치의 고향으로 그의 동상이 크게 우뚝 서있는 다까오까에 어머니의 발자취를 찾아 간 적이 있다.
 여러 해 벼르다 이번에 일본 친구 모녀가 안내해주어 어머니가 낭송하신 시에 나오는 그 유명한 요시노야마를 가게 된 것이다.
 우리가 1400년 전 전해준 단가시를 일본인들은 '마음의 고향'이라 하고 만엽집도 '마음의 고향'이라고 하는데 당시 요시노야마에 관한 단가가 많은 그곳도 당연히 마음의 고향으로 생각하고 그들은 일생에 한 번 거기 방문하기를 소망한다고 한다.
 그러나 이 시대에 여기저기 흩어져 있는 그들이 현실적으로 그 먼 곳을 찾아가는 건 쉬운 일이 아니어서 내가 간다니 놀라워들 했다.
 동경서 신칸센을 타고 두 시간 반, 교토에 내려 다시 두 시간 넘어 기차를 타고 내리면 요시노야마 산에 오르기 위해 케이블카를 타야 하는 찾아가기 참 어려운 노선이다.
 드디어 그 위를 오르면 거기에 아담한 마을이 나오고 료칸식 호텔이 있다.
 일본 친구 모녀는 아침에 세 시간이나 걸려 동경의 나에게 왔기 때문에 요시노야마를 내게 보여주기 위해 종일 차를 탄 셈이다.
 먼 길이었다.
 요시노야마의 벚꽃이 옛부터 유명한 것은 산에 올라 바라보면 천 그루의 꽃이 한눈에 들어오고 또 그것이 천년 전 단가에 등장하기 때문이다.
 친구가 봄꽃 절정의 때에 맞추어 미리 숙소를 정한 것이, 가보니 다른 도시들은 꽃이 다 한창인데 여긴 산 위에서 기온이 낮아 아직이었다. 겨우 며칠, 그 피는 때를 미리 맞추기란 쉬운 일이 아니다.
 천 그루 꽃이 만개하지는 않았으나 고전 단가에 나오는 요시노야마에 오른 것이 의미가 있고 산 그 아래를 걸으며 본 가녀린 벚꽃은 보라빛 제비꽃들과 함께 사랑스러웠다.
 어머니가 여기를 와 보셨는지 나는 알 길이 없다.
그러나 오셨었다면 만엽집에 나오는 수많은 요시노야마 벚꽃 이야기와 자신이 만엽축제에서 낭송한 그 사랑의 시를 떠올리며 감회에 젖으셨을 것이 분명하다. 그리고는 일본에서 평하듯, 누에가 명주실을 뽑듯이 무수한 시가 나왔을 것이다.
 예스런 호텔 창밖으로 동경이나 교토, 일본 어디에나 많은, 벚꽃의 근원지인 이곳의 이름을 딴 '소메이요시노' 연분홍 벚꽃이 하늘하늘 먼 곳에서 온 나에게 손을 흔들어 보인다.

요시노산 길에 계속 내리는 비를 맞으며 걸었네
계속 떠오르는 그대처럼

손호연이 일본 만엽축제에서 한·일어로 낭송한 만엽집 작가미상의 단가

천 그루 꽃이 한눈에 보이는 一目千本

전국에 그 이름을 준 소메이요시노 벚꽃 - 요시노야마

겨울나무

고쇼御所

　교토는 세계인이 사랑하는 도시다.
특히 서양인들은 서양에서 맛볼 수 없는 교토의 그 독특한 매력에 푹 빠진다. 그러나 1400여 년 전 백제가 멸하고 많은 백제인이 일본의 아스카 나라 교토 쪽으로 이주해 건축과 많은 유적들을 짓고 면면히 살아서인지 나에게 교토는 이국의 매력이라기보다 우리의 오래전 역사와 그 영이 느껴져 갈 제마다 그 역사, 천 년 속을 걷는 기분이 된다.

　그중에 교토의 봄 벚꽃과 가을 단풍은 그 깊은 역사와 겹쳐져 어디에서도 볼 수 없는 예술이 해마다 연출된다. 지극히 아름다운 밤 조명의 예술까지 더해지면 야경은 더욱 특별해진다. 그러나 기간이 짧아 그때를 딱 맞추는 건 여간 어려운 일이 아니다.

　돌아오면 잊게 되지만 그것을 보는 순간엔 비행시간 겨우 1시간밖에 걸리지 않는 곳의 아름다운 자연이 가미된 그 음숭깊은 역사를 보아주지 않는다면 열과 성을 다한 그 꽃도 잎도 가엾고, 보지 못하는 사람은 더욱 가엾다는 생각이 든다. 단풍이 우리나라보다 늦게까지 12월 중순에도 있는데 이번엔 모임이 연말이어 기왕 가는데 그 아름다움을 보지 못하겠다는 아쉬움이 있었다.

 아주 작은 엄지 손톱만한 꿈같은 빨간 단풍잎들이 졌으니 남은 시간 무엇을 보나 하다 지난 봄 땅까지 늘어져 억만 송이로 내 앞에서 하늘하늘 춤추던 천황의 성 고쇼의 벚나무 생각이 났다.

 그때도 때를 놓쳐 꽃이 다 졌었는데 내가 묵은 곳 바로 앞의 고쇼御所에 산책하러 갔다가 그 깊숙이에 있던 어마어마한 꽃무리를 보고 쓴 나의 '벚꽃 이야기'에 많은 분이 교토를 보고 싶다고 했었다. 나는 그때 폭포같이 쏟아지는 꽃무리에 가려져 보이지 않다가 떠나며 아쉬워 휙 돌아본, 그 꽃 저만치 터져버린 나무 원통이 그제야 눈에 들어와 놀랐었다.

 포근한 13도여도 12월 말 겨울이어 회색빛인 교토에서 그 나무를 찾아 나섰다. 고쇼御所는 동경으로 수도를 옮기기까지 천 년 넘게 수도였던 교토에서 천황의 성으로 서울서 내가 매일 지나는 집 앞 경복궁보다 훨씬 크다.

 단풍의 야경도 끝이 나 사람이 드물어진 고요한 큰 마당을 가로지르고 수많은 소나무 커다란 나무들을 지나 더 속으로 속으로 들어가니 고만고만한 갈색 가지들 속에 빨간 단풍이 몇 그루 아름다운 선물처럼 숨어 있다. 여기 어딘데 하며 비슷비슷한 특징 없는 벚나무 가지들을 한참 두리번거리다 드디어 지난봄 만났던 그 나무를 찾아냈다. 꽃이 피어 있지 않을 때 이 나무를 일부러 찾는 이는 없을 것이다.

그런데 나는 화려한 핑크빛으로 가려지지 않은 헐벗은 그가 보고 싶었다. 온몸이 갈라진, 와아 세상에 이렇게 흉한 나무가 또 있을까. 그러나 그 안에서 한시도 쉬지 않고 물을 올리고 색감을 끌어 올리어 오는 봄 마침내 피우고 잉태해 내고야 말 그 아름다운 생명의 꽃잎을 상상하면 눈물이 난다. 경험에 의하면 앞으로 석달 후면 피워낼 그 작품, 그 생명을 위해 한시도 쉬지 않았을 그다.

겉으로 보고 거기에 귀를 대보아서는 도저히 상상이 가지 않는 일이다. 그러나 그는 길고 차가운 겨울을 견디고견디고 기다리고 기다리어 마침내 우리와 마주하게 될 빛나는 환희의 선물이다.

희생하여 새로운 계절 새 작품으로 또 다시 빛으로 설 그를 생각하며 온 힘을 다해 애쓰고 있는 그를 안아 주었다. 갈퀴갈퀴 상처뿐인 허름한 색조의 나무통이 내 눈에는 눈부시게 보인다.

교토에 가게 되면 고쇼 깊은 마당에 있는 그에게 그대여 가보시라. 어느 책자에도 없지만 일부러라도 가서 긴 걸음걸음, 내면의 성찰을 한 연후, 위대한 작품으로 기도처럼 어느 순간 문득 그대 앞에 나타날 그를 꼭 만나 볼 일이다.

생명의 기와 1400여 년 전 이곳으로 온 우디 선조의 기가 분명 느껴질 것이다.

꽃 지고
오색 단풍 소리 없이 져
보이지 않으나

영험한 알몸 되어
고요와 성찰의
영이 느껴지는 계절
저 깊은 마당에 두 발을 묻고
헐벗은 채
홀로
물을 끌어 올리고 생명 키워내는 소리 크니
범인의 눈에 흉한 몸체 하나이나
심안이
영안이 트이면 보이리

눈부신 환희와 절절한 기도

겨울나무 - 고쇼 2017 2

봄꽃 - 고쇼 2017 4

상　처

　교토에 가게 되면 봄 가을이 됐든 어느 계절이든 도시샤 대학 바로 앞 길 건너의 고쇼, 옛 천황의 어소御所를 들어가 보게 된다.
　그곳은 입장료도 없고 문이 늘 열려있어 너른 궁을 의젓하게 걸어보기도 하지만, 한적하고도 스케일 있는 그 궁터를 가로질러 그때마다 가려는 곳에서 가까운 문으로 나가려고 들어가기도 한다.
　키가 훤칠하게 크고 수 백 년은 됐음직한 아름드리 잘생긴 나무들이 눈에 들어오고 한국의 궁에서도 그런 생각이 들지만, 교토의 고쇼에서도 잘생기고 품위 있어 보이는 나구를 보면 이들은 무슨 인연과 빽으로 이 궁터에 뿌리를 내리어 귀하게 대접을 받는 것일까 하는 생각이 문득 든다.

철따라 여러 종류의 꽃이 어여삐 피어나고 우거진 푸른 잎의 여름이 싱그러우며 가을의 색색 단풍과 노오란 열매, 손바닥보다 훨씬 커다란 은행잎도 눈에 띈다.

내가 처음 그곳에 들어간 때는 여러 해 전의 4월 중순, 사쿠라 철이 좀 지난 때였다. 20여 만 평 넓디넓은 터의 북쪽 끝 도시샤 대학과 담하나 사이로 담 안쪽에 십여 그루의 땅까지 늘어진 정말로 놀라운 시다레자쿠라 수양벚꽃을 만나게 된다. 세계의 벚꽃을 보았지만 그건 정말 특별한 꽃무리다. 그 후 비교적 늦게 피어나는 그곳 사쿠라는 교토의 다른 곳들 꽃이 다 지고도 늦은 봄 화안한 자태로 나를 맞아 주었다.

그렇게 그것을 만나기 위해서는 4월 중반이 제 철이다. 다른 곳은 이미 뚝뚝 진 후다. 바라보는 이마다 얼굴이 밝아지고 아 아름답다고 찬양을 한다. 기인 겨울을 지나고 맞는 화사함에 움츠러든 마음을 다시 펴고 낯선 이들을 오랜 지인인 듯 서로를 미소로 마주하며 바라다본다.

몇 번을 이미 본 나는 여러 곳에서 온 처음 보는 사람들에게, 꽃 앞에서 만났다는 공통점 하나만으로 그 꽃의 특징과 보는 각도에 따라 달리 보이는 것을 설명해주며 좋은 위치에서 사진도 자진해 찍어주었다. 나와 모든 이의 눈은 오로지 화사하면서도 수줍은 그

흐드러진 꽃에만 가 있었다.

 그러던 어느 날 그 꽃에서 물러나 나오며 두고 가기 아까워 뒤돌아보는데 20여 미터 폭의 저 끝 꽃에서 멀리 떨어져 있는 나무 밑둥의 흉한 상처가 눈에 들어 왔다. 뭉클한 그 순간의 감동을 잊을 수가 없다. 화려한 꽃 저 아래 울퉁불퉁 웅그러진 그 못생긴 흉터를 보는 이는 하나도 없었다.

 그 여린 꽃들이 거저 피어난 것이 아니라는 걸 벼락처럼 깨우친 순간이다. 그 고생과 고통, 1년 중 단 며칠을 피워내기 위해 연중 연일 해온 그의 희생과 헌신과 노동이 퍼뜩 떠올랐다. 나는 되돌아가 관리 번호표가 붙어 있는 애처로운 그 몸통을 쓰다듬어 주고 안아 주었다.

 봄철에만 북쪽 끝의 그 꽃을 찾았는데 그 후 꽃과 잎이 다 떨어진 쓸쓸한 계절에도 기회가 되면 나는 그를 찾았다. 전혀 다른 환경과 전혀 다른 모습이어 여긴가 어딘가 늘 두리번거리며 찾아야만 한다. 이게 그 나무 맞나 하며 몇 번을 확인하기도 한다. 누구도 거기엔 없다.

 봄에 꽃이 져 내리고 푸른 잎들이 무성히 나오고 그 싱그러움이 사라지면 벚나무 잎은 다른 어떤 나무보다 가장 먼저 붉게 물이 든다. 그리고 다른 나무들이 물들기도 전에 잎을 다 떨구고는 나목이 된다. 그리고는 거기에 커다란 동공 같은 휑 뚫린 상처가 적나라하게 드러나는 것이다.

 한겨울 목숨이 다한 것만 같은 그 나무는 온 목숨을 다해 흙 속

물을 빨아올리고 생명을 키우고 있었다. 나는 그를 오랜만에 다시 쓰다듬으며 '잘 있었어? 다시 또 핑크 물꽃으로 피어나 세상을 놀래줄 거지? 긴 혹한을 견디어 낸 사람들에게 그렇게 또 희망을 보여줄 거지? 그렇지?' 하면, 그 몸통에 타싹 갖다 댄 내 귀에 쏴쏴 - 물 오르는 소리로 그는 답한다.

누구에게나 고난은 있다. 누구에게나 상처는 있다.

상처는 아프다. 그러나 더한 생명으로 제때에 그것은 피어나고야 말 것이다.

저 품 넓은 벚나무처럼.

누군들 시련이 없겠는가
누군들 상처가 없겠는가
상처보다 더 큰 건 사랑

그것으로 상처를 덮는다

천황의 궁 고쇼御所의 상처

봄이 오면 상처의 눈부신 변신 - 고쇼御所

숨기고 싶은 교토의 명소

꽃이 지면

고다이지高台寺

교토의 수없이 많은 정원과 꽃구경 중에 하나만 꼽으라면 그건 아주 어려운 일이지만 나는 역시 고다이지高台寺를 꼽지 않을 수 없다. 그 아름다움과 절제미와 신령이 함께 하는 듯한 고요함과 맑음, 정갈함과 그윽한 깊이가 거기엔 있기 때문이다 .

몇 해 전까지만 해도 바로 그 앞 리키야 라는 료칸에 머물렀고 그 옆 상점들 중에 아담한 서점이 있는데 내 책을 본 여주인이 나를 꼭 보고 싶다고 료칸에 편지를 남기고 갔다.

교양이 있는 그 부인은 자신이 감격한 나의 시들을 읊었고 앞의 고다이지에서 자원봉사도 한다며 어서 가보라고 입장 티켓을 주었다. 짧은 여정, 갈 곳이 많아 바로 앞집은 뒤로 미루었는데 900엔 티켓을 들고 긴 돌계단 입구를 오르니 언덕 위 거기에 고다이지가 나를 기다리고 있었다.

우리에겐 침략의 이미지이지만 제일 밑바닥에서 정상까지 올라가 일본을 처음으로 통일한 도요토미 히데요시가 죽고 그 부인 네네가 집을 짓고는 그를 위해 17년을 기도한 곳이다. 뒤가 히가시야마東山 산이기 때문에 정원이 높은 언덕받이로 되어 있는데 신을 벗고 안으로 들어가니 아담한 모래 정원이 나오고 거기에 딱 한 그루 둥그런 벚나무가 절반의 꽃잎을 땅에 떨구고 고결하게 서 있었다.

아름다움이 지나치면 소리도 못 내는가. 아무도 소리를 내지 않고 앉아 그 고매한 아름다움을 고요히 바라보고 있었다.

그렇게 몇 번을 보았지만 이 봄 처음으로 단개한 절정을 보았다.

여전히 세계에서 온 많은 사람들이 무릎을 꿇고 앉아 있었고 나는 다시 만나는 하늘에서 온 한 그루의 꽃소식도 보았지만 그걸 바라보는 사람들의 표정과 마음을 바라다보았다. 그 마음이 순화되고 표정이 온화해지며 영이 맑아지는 듯한 표정도 작품이었다.

꽃철에는 light up 이라고 교토 여러 곳에서 저녁 조명을 꽃에 비추는데 고다이지의 밤 조명 작품은 글로벌 수준의 예술이다. 모래 저 속에서 솟아오르는 듯 특이한 설치 미술이 자리하기도 하고 무대가 펼쳐지기도 하고 매해 특별한 아이디어를 내는데 이번은 바다를 상징하는 모래 바닥 세 군데에서 영상 예술이 속도감 있게 펼쳐진다.

프랑스와 세계에서 이 예술을 배우려 와 인턴 하는 청년들이 보인다. 며칠 있다 다시 들르니 하늘에서 내린 그 꽃잎들이 땅으로 속절없이 뚝뚝 져 내린다. 아 아깝지만 어찌 할 수가 없다. 360일을 다시 기다려야 하는 것이다.

그러나 믿음이 있다.

기다림과 인내와 견디어 냄은 길고도 지루하지만 믿음과 소망을 가지면 딱딱한 나무에서 기적처럼 꽃이 피어나듯 불현듯 이루어지고 답이 보이고 우리의 가슴은 어느 결에 따스함으로 다시 채워질 것이다.

믿고 기다린다면.

언제나
이루어 내는 건 시간
맡겨야 하는 건 인간

땅에 펼쳐지는
light up 작품

고다이지高台寺
에 꽃이 지면

시인의 정원

시센도詩仙堂

　이곳은 지금 그야말로 만추, 무르익은 늦가을이다.
내가 사는 곳에서 전차를 타고 10분 남짓, 한눈에 보아도 유서 깊은 이치조지一乘寺에 내리면 옛 마을의 모습이 그대로 남아 있고 작은 골목에 역사 깊은 여남은 사찰들과 전설의 무사 미야모토 무사시宮本武藏 가 그 아래에서 결투해 수십 명을 물리쳤다는 한 그루의 소나무가 나온다.
　거기에 시센도詩仙堂 '시인의 정원'이 있다.

 몇 해 전 우연히 그 이름을 접하고는 가슴이 뛰었다.
일본 정원은 사찰이나 신사神社, 천황과 다이묘大名의 몫인데 '시인의 정원'이라니 놀랍지 않은가.
 물어물어 찾아갔고 그 정원은 나를 실망시키지 않았다.
대나무 검소한 문을 밀고 들어가 대나무 양벽으로 난 돌계단을 올라가면 다다미방이 나오고 그리 들어서서 소리 죽여 가만히 앉으면 다다미에 이어진 툇마루가 보이고 문 없이 확 트인 앞 정원이 한눈에 들어온다. 아담한 이 정원이 왠지 정감이 가고 끌리며 정성스레 지은 공이 깊숙이 느껴진다.
무리 진 철쭉꽃으로 5월의 정원이 특별하고 등나무가 늘어져 있으며 한여름의 신록이 상쾌했으나 이 늦가을, 짙은 오렌지 빛 단풍도 그윽한 깊은 맛을 준다.
 이 정원을 직접 지은 이시카와 조잔石川丈山 1583-1672 은 16

세에 이미 도쿠가와 이에야스德川家康 측근에서 도운 유명한 무사였다. 도쿠가와 이에야스가 쇼군이 되고 도요토미 히데요시를 무찌르는 데 혁혁한 공을 세우고는 물러나 히로시마에서 어머니를 모신 효자였고 그 어머니가 돌아가자 교토로 와 59세에 이곳에 이렇게 시인의 집을 지은 것이다.

한 가지에 뛰어나면 다른 것들도 잘 하는가.
무술뿐 아니라 시와 학문에도 탁월한 그는 경관 건축가로도 뛰어나 언덕받이를 잘 활용한 변화와 세심한 조화의 정원이 편안하고 아름답다. 이층에는 달을 바라보는 작은 방도 있다. 이름이 달을 바라보는 방(소월루嘯月樓)이라니 얼마나 시적인가.

중국 시를 흠모하여 36명 중국 시인의 시와 초상을 그렸고 그 액자들이 주실主室에 걸려 있다. 그래서 시센도詩仙堂라는 이름이 붙혀졌다. 이런 아름다운 정원을 지은 시인이 흠모한 시라면 얼마나 멋질까 그 내용을 알고 싶은데 옛 글이기도 하지만 멋지게 흘겨 쓴 것을 알아보지 못함이 아쉽다.

 방 입구에는 영국의 Charles 황태자와 Diana 황태자비의 언제 적 방문 사진이 유일하게 걸려 있다. 교토의 수많은 명찰을 두고 다른 곳에 비해 자그마한 이 시인의 정원을 Charles 황태자가 방문한 것은 왜일까. 누가 추천했는지, 그 스스로 오래전 동양 시인의 향취를 맡고 싶었던 거였는지 모르겠으나 동양의 고요한 정원에 한 장의 사진으로 서양의 향취 한 점이 스며드는 게 신선하다.

 우리는 그들의 현재를 아나 그들은 자신의 미래를 전혀 모르던 싱그러운 왕자 공주 시절의 한순간을 그곳에 가면 그렇게 슬쩍 보게 된다.

 안쪽 문의 맞은편에는 하얀 모래를 깐 앞뜰이 펼쳐지고 흰 모래를 빗질로 낸 아름다운 선이 문양처럼 그려져 있다. 벗은 신을 다시 신고 백사를 지나 몇 걸음 내려가면 작은 폭포가 얕은 연못으로 흘러 들어가는 것이 보인다. 그 폭포 소리와 함께 대나무 물받이에 떨어지는 물소리가 시내임에도 깊은 산사에 와 있는 듯 고요한 분위기를 돋구어준다.

 1641년에 지어진 이 시인의 집과 정원은 이시카와 조잔이 30년 이상 정원을 가꾸며 시를 짓고 예서와 한시의 대가가 되어 화려했던 무사의 삶을 뒤로 하고 90까지 당대 최고의 문필과 예술인들을 맞으며 조용히 산 곳이다.

400년 후에도 시인의 시심詩心과 기氣는 그가 지은 정원에 맴도는가. 가슴 속 깊이 숨겨져 있는 시적 감흥을 이끌어 내기 꼭 알맞은 사랑스런 공간이다.

이 정원만큼은 나만이 아는 비밀의 공간이었으면 하는 마음이 살며시 들기도 한다.

詩로 지은 정원에서
고요를 듣다
가슴 속 깊숙이 태어나기를 기다리고 있는

태고적 아름다움

시센도詩仙堂 툇마루 - 2015 7

은각사 銀閣寺

은각사 입구 키 큰 동백나무 가로수

　은각사 깅가쿠지銀閣寺는 들어가는 입구가 독특하다. 6미터 높이의 동백나무 정원수가 일렬로 네모반듯하게 세워져 있어 마치 거대한 녹빛 성벽 사이를 걷는 기분이다.
　붓글씨로 쓴 크고 근사한 티켓을 받아 안으로 들어가면 바로 잘생긴 소나무 두어 그루가 왼편에 눈에 띄고 언제 와보아도 누군가 갈퀴로 바다의 파도를 의미한다는 그 아래 백사를 정성스레 고르고 있다.

더 안으로 들어가면 다시 또 하얀 모래가 깔린 가레산스이枯山水 정원에 커다랗게 쌓아올린 독특한 모래더미 코게쯔다이向月台가 보인다. 섬나라 일본의 파도와 후지산의 모습을 형상화한 것이 아주 특이해 자꾸 바라다보게 된다.

그 너머로 이 절의 주인공인 은각 깅가쿠銀閣가 서있는데 정식 명칭은 칸농덴觀音殿이며 층마다 건축양식이 다르다. 그 꼭대기 누각에는 금동 봉황이 동쪽을 향해 세워져 있다. 이곳은 중세 일본의 무장武將 문화와 선종 문화를 융합한 '히가시야마東山 문화'의 발상지로 의미가 깊다.

금각사金閣寺의 누각이 금칠로 되어 있어 흔히들 은각사에는 은이 어디에 있는가? 라고 묻는다. 금각사 식이라면 은각이라는 이 누각에 은빛을 칠해야 마땅하나 오래 묵은 시커먼 목재 그대로 국보이고 그 앞에 서면 오래된 역사의 기품이 배어나온다.

순로順路 길을 따라 산 중턱을 조금 오르면 깅가쿠지銀閣寺와 가레산스이枯山水 정원이 내려다보이고 교토 시내 일부가 내려다보인다. 교토의 한겨울이 그리 춥지 않아서이겠지만 벨벳 카펫 같은 밝은 연둣빛 이끼가 한겨울 12월에도 유난히 반짝이며 빛나는 것이 아름답다.

교토에는 볼거리로 3천여 개 사찰이 있는데 거기를 여행하는 관광객들은 그 고대 건축과 아름다운 정원을 보려면 사나흘에 겨우 여나무개를 뽑아야 하고 교토가 세계 여느 도시들처럼 며칠에 보는 것이 아니로구나를 절실히 깨닫고는 반드시 다시 오게 되지만 그 몇 개에 금각사 은각사 중에는 가이드 북 영향이겠지만 주로 금각사를 꼽게 된다.

누각을 금으로 둘렀다는 것이 특이하여 엽서나 캘린더에 눈 덮인 금각사 누각이 으레 나오기 마련이고 그리고는 미시마 유키오三島由紀夫의 소설 '금각사'가 유명하기 때문이다.

금각사 정원이 볼만한 건 사실이나 둘 중에 꼭 하나만을 골라야 한다면 나라면 번득이는 금빛보다는 품위 있고 그윽한 아름다움의 은각사를 고를 것이다.

그렇게 나는 은각사를 선호하고 그 정원의 기품과 세련됨을 사랑한다. 어느 계절이나 좋지만 봄의 신록이 좋고 가을 단풍이 아름다우며 무엇보다 벨벳 이끼를 따라 은각사의 언덕배기를 오르면 나무 하나하나와 돌멩이 하나하나에 들인 지극정성과 고요함과 절제로 인한 그윽한 평안이 가슴속으로 들어온다.

은각사 입구가기 바로 전, 왼편으로 난 작은 골목으로 들어가 그 뒷산을 오르면 큰 大자가 그려진 다이몬지 산을 한 시간 정도에 오르게 된다. 내 집 앞 가모가와 강에서 늘 바라다 보이는 그 산을 보면 서울에서 매주 하던 등산이 생각나 물어물어 3번을 갔다. 오르는 길도 좋고, 땀이 촉촉히 배어 정상에 마침내 오르면 8월 15일 일본의 추석인 오봉 날, 파여진 큰 大자에 불을 붙이는 그 터를 보게 되고 그 아래로 교토 시가지가 120만 인구에 비해 꽤 널찍하고 정리정돈 잘 된 게 한눈에 시원하게 내려다보인다.

교토가 분지여서 한여름 40도로 오르는 것이겠지만 사방이 산으

후지산富士山을 표현한 모래더미 긴사단銀沙灘 코게쯔다이向月台

로 둘러싸여서인지 그렇게 후텁지근한 기분이 들지는 않는다.

나는 고향 서울을 자랑할 적마다 이렇게 산이 많은 큰 도시는 세상에 없다, 동경 뉴욕 워싱턴 파리 로마 런던을 보라, 어디에 이런 산들이 있느냐고 했었다. 교토의 이 산에 오르면 도시 전체가 산으로 완전히 둘러싸인 것을 볼 수 있다. 서울 같은 산 도시가 세계에 없다는 말은 이제 못하게 생겼다.

교토에 단지 이삼일 가려는 분이 물어와도 내가 추천하는 중에는 은각사가 꼭 들어간다. 간 김에 입구에서 교토의 명물인 슈크림 한 입을 물고 시간 내어 그 뒤 다이몬지 산까지 올라 교토 시가지를 한눈에 본다면 그것을 미처 보지 않은 사람과의 안목의 차는 분명히 있게 될 것이다.

국보 칸농덴觀音殿 이
비치는 연못

한겨울의 벨벳 이끼

은각사銀閣寺 본당 - 2016

고쇼御所의 가을

 교토京都는 1100여 년 간 일본의 수도였다. 그 기간 중 교토의 고쇼御所는 1869년 동경으로 수도를 옮기기 전까지 538년 간 일본 천황이 살던 궁이다.

 1653년에 발생한 첫 화재를 시작으로 7권이나 건물들이 전소하여 끊임없이 수리가 이어졌는데 지금의 건물은 1855년에야 완성이 되었다고 한다. 드넓은 고쇼에는 옛 모습을 상상해 볼 수 있는 여러 건물이 가득하다. 역대 천황의 즉위식이 여기서 치러졌고 지금도 중요한 의례행사는 여기서 행해진다.
 고쇼는 24시간 무료 개방인데 천황이 일상생활을 하던 세이료덴 淸涼殿이나 센토고쇼仙洞御所는 일반 관람이 불가능하며 궁내청에 신청허가를 내야만 한다.
 내가 고쇼御所를 처음 찾은 것은 여러 해 전의 일이다.
교토에 가면 가장 교토다운 길인 네네노미치에 위치한 리키야 료칸에 며칠을 묵었는데 몇 해 전부터는 방이 없어 구한 적당한 호텔이 고쇼 바로 앞에 있어 자연스레 길 건너 그곳을 산책하기 시작했다.
 그러던 것이 고쇼의 북쪽문 길 건너에 있는 도시샤 대학까지 산책하게 되었고 그리고는 몇 해 후 아름다운 캠퍼스의 그 명문 대학을 신청하여 입학까지 하게 된 것이다.
 이번에 서울에서 함께 간 열 분이 교토의 단풍을 사흘 보고 돌아간 후 나는 며칠을 남았고 시내의 머문 곳에서 나와 길을 건너면 고쇼 공원의 남쪽 문이 바로 나왔다. 고쇼 공원은 20만 평인 고쇼의 일부를 시민에게 공원으로 공개한 것으로 자연스레 궁이 있는 고쇼에 연결이 된다. 근처에 가게 되면 두 발이 절로 빨려 들어가 정원 같은 널따란 공원과 고쇼를 한참 걸어, 다니던 동지사 대학을 매일 갔다. 버스로는 몇 정거장의 긴 거리이다. 이 계절 기가 막힌 단풍 볼 곳이 많은 때인데 아침마다 뛰어가던 대학에 버릇처럼 발길이 가는 것이다.
 동지사 다닐 때는 시간 부족으로 학교 바로 앞인 고쇼도 잘 못 들어갔고 담을 훌쩍 넘은 키 큰 나무들을 바라만 보며 고쇼의 긴 담을 끼고 도서관을 나온 한밤, 걸어서 집으로 갔었다.

 오랜만에 고쇼 안을 걸으며 찬찬히 보니 과연 수백 년 왕궁답게 나무들이 하나같이 잘생기고 기품 있어 보인다. 단풍나무 은행나무의 오염 안 된 단풍색이 선명하다. 유명한 사찰처럼 궁에도 단풍나무 벚나무 소나무가 주를 이루는데 새빨간 단풍잎이 푸른 소나무를 배경으로 하니 그 빛깔이 도드라져 더욱 아름답게 보인다. 특별한 의미가 있거나 오래된 나무에는 현판에 설명이 붙어 있다.

 언젠가 현재의 아키히토 천황이 생일 기자회견에서 '간무 천황의 어머니가 백제에서 온 분이어 한국과의 연을 특별하게 생각한다'라고 말한 적이 있다. 간무는 교토를 수도로 정한 천황이다. 우리의 조상이 바다 건너 이곳으로 와서 천황의 선조가 된 그 역사를 하늘이 유난히 높고 새파란 날 천천히 걸으며 바라다본다.

 서울 집 앞의 경복궁도 자주 걸으며 나무들을 바라보지만 이 교토 고쇼의 나무들을 바라보면서 동물처럼 움직이지 못하는 나무들이 각기 제 자리에 이렇게 수백 년 자라 온 역사와 그들이 바라본 인간의 역사를 생각해 보게 된다.

 거기에 인적은 드문데 커다란 나무에 오색 단풍이 폭포처럼 내 앞으로 쏟아지고 오른편으로 보이는 숲속 저 깊이에는 어여쁜 가지와 잎들이 땅에 늘어져 바람결에 흔들리는데 노오란 열매와 감들이 가지 높이 매달려 있고 정원 어느 지점에는 작은 도서관에 책들이 꽂혀 있다. 누구든 보고 놓고 가라는 암묵의 표현이 미소를 짓게 한다.

 또 어느 지점에는 아이들 놀이터에 그네와 미끄럼틀이 있기도 하다. 수수백 년 왕들이 이 뜰을 걷다 갔고 하늘을 찌르는 우람한 나무보다 짧게 살다 가는 인생의 무상함, 권력의 허망함을 떠올리는 고색창연한 궁과 져 내릴 찬란한 잎들을 오늘은 내가 남아 바라다본다.

왕의 궁궐
왕의 정원
파아란 하늘과
새빨간 단풍

다 남기고 간 결
오늘은
내가 남아 바라보다

고쇼御所의 가을 - 교토 2016 12

쇼렝잉몬제키青蓮院問跡

 교토에 여러 해 발길 간 곳이 많아 웬만해선 감탄을 안 하는데 이번에 처음 간 곳 중 앗- 하고 놀란 2곳이 있다. 아라시야마嵐山의 호공잉寶嚴院과 시내 한복판의 쇼렝잉青蓮院이다.
 지하철 안의 작은 포스터에 쇼렝잉의 '큰 나무 아래 서서' 라는 글을 보았다. 어린 소녀 때에 놀라며 올려다보았던 그 큰 나무, 어른 되어 찾아와 그 아래 다시 서도 그때의 작은 소녀 되어 큰 힘을 다시 받는다는 가슴에 와 닿는 인상적인 글이다. 그래서 그 나무가

보고 싶어졌다.

 교토 한복판, 일본 사찰 중 대문이 제일 크다는 '지온잉知恩院' 바로 왼쪽에 있었다. 일본 자체가 그렇지만 교토만 해도 보아도보아도 알아도알아도 양파 한 겹 벗겨내듯 끝이 없고 한이 없다.

 엄청나게 큰 900살 나무가 그 앞에 우뚝 서있었다. '구스노키くすの木녹나무'라고 했다. 그 우람함에서 나오는 기氣에 놀라지 않을 수가 없다. 네 그루가 대문 앞에 서있고 정원 속 한 그루까지 다섯 그루가 천연기념물이다.

 1788년 교토 고쇼(御所 황궁)의 화재로 임시 황궁으로 쓰였던 쇼렝잉의 대문에는 쇼렝잉몬제키라고 쓰여져 있다. 몬제키問跡란 천황이 승계자를 세우면 나머지 공주나 왕자를 유명 사찰의 주지로 보내는 곳으로 그만큼 천황가와는 깊은 관계에 있는 특별한 곳이다. 교토에 몬제키가 다섯 군데에 있다.

 안으로 들어서니 이건 또 다른 우주이다. 다다미방에 올라 왼편 앞 모서리에 가만히 앉아 바라보는 양면의 정경은 표현할 길이 없다. 아름다움이 지나치면 고요해지는가. 누구도 감탄사 하나 발하지 않고 오묘한 그 단풍 모미지 빛깔을 바라보며 태고적 만추를 고대로 누리고 있다.

 문 없는 긴 툇마루로 나가 앞에 펼쳐지는 늪고 낮은 언덕배기, 오색 모미지와 울창한 대나무 숲의 조화를 고요히 바라다보는데 곁에 미국 남자가 영상을 찍고 있다. 그 조심스런 손길이 Beautiful Incredible 어떠한 표현보다 더 섬세한 표현으로 들려온다. 외국인으로 우리는 이 문화에 말없는 공감을 한다.

1500년도 더 전 우리가 처음으로 일본에 많은 문화를 전했고 한참 후 우리가 문 닫아 걸고 쇄국 정책을 할 적에 이들은 150년도 더 전에 서양 문화를 받아들였으나 그것을 일본화하여 자기의 것으로 만들었고 서양은 고도의 문명임에도 자기네에게 뭔가 부족한 것을 오히려 일본에서 찾았다. 이 고도의 문화를 일찍이 우리가 가르쳐 주었는데 서양인들에게 동양은 일본이었다.

마침 Light up 밤 조명이 끝나는 날이어서 밖으로 나와 길 건너 찻집에서 쇼렝잉의 대문과 그 우측의 900살 녹나무를 바라보며 1시간 반을 기다렸다. 그간 나만 몰랐지 줄이 몇 키로 서기 시작한다. 어두워져 다시 들어가니 안내인이 내가 낮에 평안히 앉았던 그 방이 천황이 와서 단가를 짓던 방이라고 했다. 단가를 번역도 해보고 짓는 시늉도 하는 이로서 아무 설명 없이도 거기에 들어서자마자 그런 느낌을 스스로 받았다는 것에 단가를 일본에 전해준 우리 선조의 후예로 가슴 뿌듯함을 느낀다.

거기엔 단가 액자 36개가 걸려 있다. 그 단가를 지은 이는 거개가 오래전 천황들이다. 한국 유일의 단가 시인으로 1998년, 현재의 천황이 지은 단가를 자작 낭송하는 걸 대가로 들어주는 초청을 받았던 어머니가 옛 천황이 지은 이 단가를 본다면 무어라고 하실까. 생전의 어머니에게 그 교육을 받지 않은 것이 애석하기만 하다.

미국에 있을 적에 필운동 어머니 집에 돌아가면 둥근 소반 앞에

앉으시어 당시에 지은 시

보라빛 브라자를 가슴에 대보네, 팔십 된 생일의 사치로

 스스로의 시적 유머로 딸을 향해 수줍게 읊으시면 나는 팔뚝 시계를 들여다보며 '나 약속 있어 엄마, 나 가요~'
 두 번을 그랬다. 어머니는 매번 바쁘다는 딸아이가 엄마의 시는 물론, 문학이라곤 관심조차 없다는 생각에 다시는 시 이야기 따윈 꺼내지를 않았다.
 어머니 갑자기 가시고 그 마음을 좀 들여다본다는 게 '손호연 가집歌集' 네 권을 번역해 출간했고 나의 시집만도 다섯 권이 나왔다. 어머니 살아 계시다면 상상못할 일이다.
 소우주小宇宙인 특별한 아름다움의 쇼렝잉 정원과 작가의 초상화를 곁들인 단가 액자를 바라보며 단가를 지었다는 방에 앉아, 순수하고 아름다운 시심詩心의 어머니 생각을 했다. 일본인들이 사랑한 것은 어머니의 시라기보다는 행간에 숨겨져 있던 그 마음을 알아본 것일 게다.

 교토를 찾는 분에게 쇼렝잉몬제키靑蓮院問跡 는 놀라움으로 다가올 것이다. 내게 그랬듯.

깊어가는 가을 오솔길을 창 너머 내다보니
　　액자 속에 가을이 담겼네

손호연

천황이 단가 짓던 방에서 바라보는 정원

쇼렝잉青蓮院 앞의 900살 거목 구스노키くすの木

단가 짓던 방에서 내다보이는 오색 단풍 - 쇼렝잉 2016

숨기고 싶은 명소

가을의 여왕 호공잉寶嚴院

롯데관광의 기획인 '**이승신 시인과 떠나는 교토 감성문학기행**'으로 사흘을 교토에 갔다. 그때는 천년의 고도古都 교토의 모미지 단풍의 절정기인데 11월은 우리나라 해외여행으로는 가장 비수기여

서 열 분이 모여 회사로서는 손해였겠지만 움직이기에 아주 좋은 숫자였다.

 나의 역할은 '교토와 문학' 특강이었는데 짜인 일정을 보니 좀 미비한 스케줄이었다. 관광에도 격이 있다. 시인과 함께 하는 여행을 택한 분들이라면 처음이 아닐 테고 안목과 수준이 있을 터이다.

 교토는 어느 철이나 세계에서 사람들이 몰려오지만 일 년 중 관광객이 가장 많이 오는 시즌은 역시 늦가을, 11월 말의 단풍철이다. 교토 인구가 백 십만 명이 조금 넘는데 내국인을 포함해 일 년에 5천 6백만명이 다녀간다. 특히 최근에는 중국인들이 몰려 와 방이 품귀 상태이다.

 철따라 가야 할 곳을 조금 아는 나는 기존의 일정을 버리고 시간상 조금 무리이나 12군데를 뽑았다. 기온祇園의 시라가와白川 쇼렝잉青蓮院 고다이지高台寺 엔도쿠잉圓德院 산넹자카三年板 기요미즈데라清水寺 시센도詩仙堂 엔코지圓光寺 기타노텐망구北野天滿宮 아라시야마嵐山의 치쿠린竹林 노노미야 신사野宮神社 호공잉寶嚴院, 거기에 방이 귀해 한 시간 거리인 비와코琵琶湖, 일본에서 가장 큰 호수로 관광객이 많이 찾아가는 곳에 머물게 되니 그 호수까지 동시에 볼 수 있고 온천 료칸이니 참 잘 된 일이다.

 이미 몇 번 교토를 방문한 분들이 가는 곳마다 처음이라고 했고 26년 교토를 안내한 베테랑 가이드도 처음 보고 듣는 곳이라 했다. 다행히 내가 오래전 처음 보고 놀라고 감격한 대로 그들도 일생을 잊지 못할 것이라며 감격해 했다.

교토는 다시 오고 싶어지게 만드는 묘한 매력이 있다. 켜켜이 역사와 문화가 쌓인 천년 너머의 수도, 교토를 돌아보기에 사흘은 너무 짧은 것이나 마침 단풍철이어 단풍이 아름다운 곳 위주로 택했다. 넋을 잃고 바라들 보았다.
 다 보인 후, 그중 어디가 제일 마음에 드는가고 물으니 많은 분이 쇼렝잉을 1위로 뽑는다. 그 품위나 아름다움이 마땅히 그러하나 그 신비롭기로나 황홀함으로는 단연 아라시야마嵐山의 호공잉寶嚴院일 것이다.
 아라시야마는 교토 중심에서 한 20분 거리로 아라시야마 산이 있고 가쯔라桂 강이 흐르는 아름다운 곳이다. 옛 귀족들의 별장이 있고 하룻밤에 3천불 하는 초일류 호텔과 맛집과 화려한 기념품 상점들이 즐비하다. 거기에 유명한 텐류지千龍寺 라는 큰 사찰이 있고 호공잉은 바로 그 왼편에 보물처럼 숨겨진 정원으로 일 년 중 단 한 번단풍철 한때만 공개를 한다.
 동지사대를 다닐 때 시간도 잘 없었지만 버스 전철 전차로 세 번이나 갈아타야 해 잘 못 갔는데 지난해 12월 아라시야마 산을 바라보며 산책을 하다 거기에 긴 줄이 섰기에 나도 한참을 기다려 들어가니 세상에 이런 비경이 있을까 싶게 황홀한 풍광이 몰려왔다.
 수많은 단풍나무가 하나같이 품위 있으며 그 가운데로 가느다란 냇물이 나릇나릇 흐르는데 12월에 깔린 두터운 벨벳만 같은 반짝이는 연둣빛 이끼에 눈이 부시다. 어느 각도에서 바라보나 아름다움이요 놀라움이다. 작은 시냇물에 걸친 1미터 다리를 건너면 그

호공잉寶嚴院 입구 억새 초가지붕에 켜켜이 쌓인 이끼

곳의 상징인 이끼 낀 사자바위가 있다. 다른 커다란 정원에 비하면 아담한 정원이지만 레이스처럼 땅끝까지 늘어진 단풍이 바람에 날리고 걷는 길 곳곳마다 사랑스러움에 눈길이 간다.

처음 본 지난해에는 밤 야경까지 연거푸 세 번이나 가 꿈처럼 그 속에 몸을 담은 적도 있다. 같이 한 팀이 표현이 적어 '천년을 내가 이리 만들고 심고 키우느라 애를 썼는디 어때요?' 우스갯소리를 하니, 여기 다시 돌아보면 안될까요? 그 한마디로 감격해 한다는 걸 알 수 있었다.

기막힌 그 오색의 단풍은 져 내리겠지만 눈과 가슴에 새겨진 그 정경만은 오래오래 잊히지 않을 것이다.

우리의 관광 수준도 이제는 먹고 자고 겉핥기로 둘러보는 수준을

지양하여 역사와 문화가 살아 숨 쉬는 것을 깊이 느끼며 생각해보는 수준으로 끌어 올릴 때이다.
 짧은 시간, 역사 깊은 교토의 속살을 함께 들여다 본 것은 행운이었다

아라시야마
호공잉의 태고적 가을 빛 정경 그 깨달음을
가슴에 새기네

첫사랑처럼

나는 오직 족함을 아노라

료안지龍安寺

료안지龍安寺의 석정石庭 가레산스이枯山水

 료안지龍安寺는 전설이다.
 교토를 좋아하고 연구하는 사람이 세계에 많은 중 그들이 교토의 여러 명소 중 첫째를 어디로 꼽느냐는 물음을 받으면 한참을 고심하다 답하는 곳이 '료안지龍安寺' 인 경우가 많다. 그만큼 료안지는 유명하고 널리 사랑받는 곳이다. 서양 사람들은 료안지를 유난히 좋아한다. 그래서인지 언제 들러도 거기엔 프랑스인과 유럽인이 눈에 많이 띈다.

 그곳의 명성이 드높은 이유는 많지만 1450년 경에 지어진 대표적인 선종사찰로 세계문화유산이며 그 규모가 크고 방장 안에 들자마자 초입에 도연명의 장시 '음주飮酒' 의 서예 병풍이 펼쳐지고 방장의 방 규모나 그 안 문짝에 그려진 그림들의 수준도 대단하나 그 방 앞의 길다란 툇마루에서 바라다 보이는 큼직한 규모의 석정 石庭 가레산스이枯山水가 으뜸으로 유명하다.

 특히 그 명성은 서양 선진국에서 대단하다. 우리는 같은 동양권에 약간 익숙한 면이 있으나 그들은 극도로 발달된 그들의 정신 문명에 무언가 미진한 것을 일본 정신에서 마침내 찾아냈고 그것이 눈에 보이는 조형으로 드러난 것이 료안지의 석정, 그 고요함 정갈함 절제 지극한 영성의 아름다움이다. 그 석정에 영감을 받은 서양의 사상가 문학가 예술가 건축가는 부지기수로 많다. 료안지는 그렇게 전설이 되었다.

 동서로 25미터 남북으로 10미터인 가레산스이枯山水 석정은 백사와 돌만으로 이루어진 일본 고유의 선종 사찰의 정원으로 그것은 온 우주와 바다와 육지를 뜻한다. 그에 대한 깊은 사상과 연구가 많은 중, 그 육지와 섬을 뜻하는 모래 위에 놓인 15개의 돌 중 작은 것들이 큰 돌에 가려져 흔히 13개 14거로만 보인다는 것이 화제로, 나도 재미로 세어 봐도 늘 모자랐는데 이번 봄, 몇 번을 세어서야 겨우 그 숫자를 맞힐 수 있었다. 그런 우스갯소리가 심오한 그 의미를 저해한다는 비평도 있기는 하다.

도연명 시의 병풍　　　　　　료안지 방장의 방

　가레산스이 뒤로 길게 바라다 보이는 흙담의 자연스럽고 조화로운 색조도 아름답기로 유명한데 오래전 그 흙에 기름을 두텁게 바른 것이 세월의 켜로 쌓여 그런 독특한 브라운 색깔이 되었다. 지붕 덮인 그 담 너머로 피어나는 한 그루 진분홍 수양 벚꽃 시다레자쿠라가 기념품을 파는 판매대 위 커다란 포스터로 보면 유별난데 여러 번 갔어도 다른 곳에 만개한 때인 4월 10일 올 봄에도 담벼락 뒤로 솟아 오른 그 벚나무만은 꽃봉오리 열 생각을 통 하지 않아 아쉽다.

　방장을 둘러싼 네모 꼴 긴 툇마루를 한 바퀴 돌면 뒤편에 일본서 수령이 가장 높다는 동백나무가 있는데 그 옆 현판에 '조선전래朝鮮傳來' 라고 쓰여 있다. 많은 건축과 유물이 고대 백제와 고구려에서 온 것이거나 거기에서 온 이들이 만든 것인데 최근에 와선 그것을 중국에서 온 것이라고 지워진 것을 목격하기도 하여 마음이 착잡한데 이 동백 곁에는 '조선전래로 가장 오래된 동백' 이라고 쓰여 있어 반갑고 애처롭기까지 하다.

봄철 료안지 문을 들어서면 머리 위 대나무로 떠받친 수양 벚꽃枝
睡れ櫻이 레이스 터널로 피어나고 진분홍 복사꽃 등 좋은 나무들
이 많이 있지만 일본의 사찰답게 단풍나무가 제일 많이 보여 가을
에 그 단풍이 붉은 아름다움으로 드러나는 것도 보아야만 한다.
  료안지에는 보물 유물이 너무 많아 단풍 명소라는 소리를 따로 못
들어서, 볼 것 많은 가을에 거기까지 갈 생각을 못하다 동지사대
가을학기 9과목 시험을 마치자 불현듯 '료안지의 가을 풍경은 어
떠할까' 생각이 들어 버스를 잡아탔다. 12월 중순, 대문 앞서부터
단풍잎 뚝뚝 져 내리고 있어도 그 자태는 눈부시고 품위 있었다.
  널따란 정원에 경용지鏡容池 큰 연못이 나오고 그 연못을 따라 둘
레 길을 걷다보면 어느 훌륭한 절에서든 음식하는 곳을 본 적이 없
는데 료안지에는 사찰식 두부요리 하는 곳이 일본식 집과 정원으
로 울타리 안에 자리하고 있어 좋은 계절 그 정원의 정서를 앞뒤
창으로 내다보며 담백하게 먹는 맛이 깨끗하다.
  이곳은 2011년 12월, 이명박 대통령과 일본의 노다 요시히코野
田佳彦 총리가 한일 정상회담을 한 후 돌아본 곳이기도 하다.
  역사논쟁을 하다 어설프게 끝이 났고 그때부터 금이 가기 시작한
한일관계가 지금에 이르지만 일본으로서는 수도 동경도 아니고 교
토에서도 좋은 곳이 많은 중, 딱딱하고 신경 곤두세우는 정치 수뇌
회담 후, 자유롭고 깊이 있으며 부드러움이 넘치는 곳을 고르려 고
심한 중에 택한 곳이 이곳일 것이어 여기에 올 적마다 2천년 이웃
인연에 갈등 많은 두 나라 수뇌가 무슨 환담과 생각을 하며 이 너

료안지 다실의 츠쿠바이蹲踞

른 뜰을 거닐었을까 궁금해진다.

  그런 여러 스토리가 있는 료안지이나 최근 거기에서 깨우친 문구 하나가 가슴을 친다. 큰 스케일의 석정石庭을 여러 사람 틈에 끼어 긴 마루에 앉아 바라보다 일어나 활짝 방문이 열린 방장의 예술작품이 그려진 방을 들여다보며 마루를 휘~ 돌아 그 뒤편으로 가면 인공적으로 만든 앞편과 달리 자연 그대로의 숲이 나오고 왼편 마당 아래로 옛 엽전 모양을 한 돌에 대나무 대롱으로 물이 떨어지는 것이 보인다. 여러 번 보았으나 츠쿠바이蹲踞라고 다실에 들기 전 손을 씻고 입을 축이던 것이라 하여 그런가보다 하고 늘 지나쳤었다. 그런데 최근 그 앞에 사람들이 모여 있는 걸 보고는 나도 발길을 멈추고 찬찬히 들여다보게 되었다.

엽전 모양의 둥근 돌 상판 한가운데가 네모나게 입구口 자로 깊게 구멍이 파이고 그리 물이 떨어진다. 그런데 잘 보면 가운데 네모난 口자를 둘러싸고 동서남북 위치에 한자로 五 佳 矢 疋 이 쓰여져 있다. 그 네 글자마다 가운데 뚫린 입구口자와 조합을 하면 오유지족 吾 唯 知 足 의 글귀가 된다. '나는 오직 족함을 아노라.' 무욕 무소유 겸손 낮아짐 절제를 뜻하는 석가의 마지막 가르침인 유교경遺敎經의 '족함을 모르는 자는 부유해도 가난하고 족함을 아는 자는 가난해도 부유하다'에서 나온 말이다. 그 깨우침을 네모가 들어간 네 한자로 추리고 가운데 네모로 뚫어 공동으로 쓰이게 한 지혜와 발상이 놀랍기만 하다.

사찰 료안지는 그 안에 자연 건축 정원 그림 등 예술작품의 아름다움이 많아 짧은 시간에 보려는 욕심으로 맘이 분주하기만 한데 방장 뒤편 물확 츠쿠바이蹲踞에 새겨진 그 한마디의 깨우침에 마음을 가라앉히며 료안지 전체를 달라진 안목으로 다시금 바라보게 된다.

그 한마디 일침이 어찌 구경하는 데에만 쓰이랴, 우리의 삶 구석구석과 세상에 보이는 모습이 아닐 수 없다.

아 석정이 환히 웃고 있네 봄날의 료안지

한 여름 료안지龍安寺의 석정石庭 - 2015 7

세계최초 여성건축가 네네

엔도쿠잉 圓德院

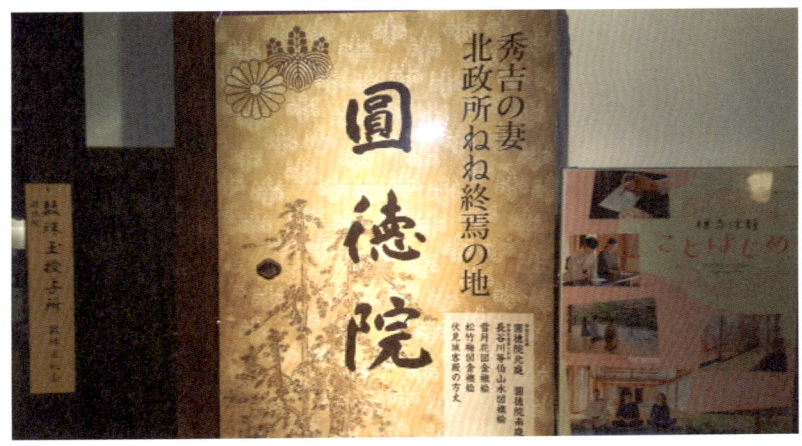

교토의 매력과 역사 전통의 냄새가 잘 밴 길 이름 하나가 네네노미치 'ねねの道' 다. 기온祇園에 가까운 히가시야마東山에 있는 비교적 짧은 길인데 오래된 돌로 깔려있는 사랑스런 길로 그 길은 언제나 세계에서 온 사람들로 붐빈다.

꽃철에는 그 길을 따라 사쿠라가 피어나고 거기에서 우리나라로 치면 불국사 쯤 되는, 관광객이라면 누구나 찾게 되는 청수사淸水

네네의 길 ねねの道

寺로 오르는 니넹자카 산넹자카로 이어지며 길 양쪽에 찻집이나 이런저런 어여쁜 가게들이 늘어서 있지만 무엇보다 세계인이 네네노미치로 몰리는 이유는 거기에 큰 지역을 차지하는 도요토미 히데요시豊臣秀吉의 집인 고다이지高台寺가 자리하고 있기 때문이다.

고다이지는 정확히 말하면 도요토미 히데요시豊臣秀吉가 죽고 그의 부인이 남편을 위해 기도하는 집과 정원으로 지은 공간이다. 사람들은 도요토미 히데요시의 집이라 하면 거기에 그가 산 줄 알지만 그곳에 산 적은 없다. 일본 역사를 조금이라도 접한 세계인이라면 도요토미 히데요시豊臣秀吉의 명성을 알 것이고 집과 언덕의 오르내림을 잘 활용한 아름다운 정원이 교토의 역사 깊은 명소여서 방문을 하게 된다.

그 집을 지은 부인 이름이 '네네ねね'이고 그 이름을 따서 지은 길 이름이 네네의 길 '네네노미치ねねの道' 일 것이다. 지난해부터는 그 길에 붙여진 큰 포스터에 캐리커처로 도요토미 히데요시 부부가 컬러풀하게 그려지고 '세계 최초의 여성 건축가 네네ねね' 라고 쓰여져 있다. 16세기 초, 그만한 큰 규모의 집과 정원을 조성한 여성이니 틀린 말은 아닐 것이다.

　그 길을 마주하여 고다이지高台寺 바로 앞에 그 규모와는 비교가 안 되게 작고 검소한 엔도쿠잉圓德院이 있다. 도요토미 히데요시豊臣秀吉의 사후, 그를 위한 기도의 집을 짓고 그 앞에 자신이 짓고 살았던 집의 이름이다. 고다이지에 들어가는 입장료는 6백엔, 네네ねね의 집인 엥도쿠잉과 미술관까지 함께 하면 9백엔으로 할인이 되는데 볼 곳 많고 바쁜 단풍 일정에 엔도쿠잉이 빠질 수도 있지만 나는 그 티켓을 들고 양쪽을 꼭 다 본다.

　그것은 엔도쿠잉의 첫 방문 때문이다.

1592년, 우리를 침략한 도요토미 히데요시이나 네네ねね의 남편

을 위한 기도와 정성이 갸륵하고 그때가 11월 말이었던가. 고다이지의 너른 정원을 언덕받이까지 오르며 구석구석 그 디테일에 감탄을 한 후, 들어보지는 못했으나 손에 쥔 티켓이 있어 바로 앞집 엔도쿠잉을 들어갔었다.

엔도쿠잉圓德院의 중정中庭

들자마자 이제는 이미 많은 정원을 보았다고 입구의 아담한 가레산스이 정원을 슬쩍 보고는, 좁은 복도를 지나며 오래된 다다미방들을 속성으로 지나쳤다. 그리고는 얼마 가지 않아 마지막 방의 확 트인 다다미방과 거기에 이어진 툇마루에 다다르게 된다. 아 그때 마주한 안 정원의 붉은 단풍잎이 밤 조명에 비추인 광경이란, 실로 신비로움이었다. 숨이 멎는 듯했다.

그 담장 너머가 수많은 세계인이 가득 메우고 걷는 네네ねね의 길

178

인데 담장 안 겨우 몇 그루의 나무와 바위의 작은 정원은 태고적 고요함을 깊이 불러일으키고 있었다. 툇마루와 다다미 경계의 그 자리에 한참을 그렇게 앉았었다. 담을 훌쩍 넘은 앞집 고다이지의 키 큰 나뭇잎이 남빛 밤하늘을 배경으로 슬쩍 보인다.

고다이지의 그 최상의 정원을 보고 티켓 구석에 적혀 있던 엑스트라 집 하나를 덤으로 본다는 생각에 기대를 하지 않아서인지 모르나 그 후 고다이지에서 나오면 놀라던 그 순간이 떠올라 발길이 절로 앞집 엔도쿠잉을 향하게 된다. 눈으로 보지 않은 걸 상상한다는 건 어려운 일인가. 다른 철에 함께 한 분에게 그 광경을 설명하면 못 알아듣는 듯하여 11월 말 그 속살을 스스로 보기를 권하게 된다.

단가 시인의 초상화와 단가 한 수를 새긴 36개 액자가 걸려 있는 작은 방도 인상적이다.

언젠가 천황의 궁이 불이 나 천황이 머물렀다는 쇼렝잉青蓮院과 시인의 정원인 시센도詩仙堂에서도 36분의 시인 초상과 단가 시 한 수가 새겨진 액자들을 보았으나 남겨진 어떠한 유적과 유물보다 인간 마음의 핵심을 표현한 시를 새긴 것이 후에 가장 귀한 유물이 되는 것을 본다.

병풍처럼 둘러선 부드러운 능선의 히가시야마東山를 배경으로 해 밝은 곳에 고다이지와 엔도쿠잉을 지어 17년을 기도하다 간 네네의 흔적을 보면 그가 격이 있는 시인이요 예술가요 건축가임을 알 수 있다.

거기에 천년의 도읍, 교토京都의 가장 매력적인 길 이름으로 남아 그 돌길을 밟는 세계인이면 누구나 네네ねね가 걷던 길을 걸으며 그 이름을 새기고 4백 년 전 사랑한 한 남자를 위해 탁월한 건축과 정원을 지어 기도했던 그 여인을 자연스레 떠올리게 될 것이다.

36 단가 詩聖의 단가 액자 - 엔도쿠잉 교토 2015 11

엔도쿠잉圓德院의 속 정원 - 교토 2017 12 3

가모가와

가모가와鴨川를 걸으며

교토의 좁은 내 방을 나서면 곧 강이 나온다.
가모가와다. 3월에 와서 내가 제일 많이 걷고 의지하는 자연이다. 평시 교토에 며칠 와서는 한 번을 들르지 않았던 곳이다.
한 나라의 수도도 아닌 백만을 조금 넘는 이 조용한 도시에 일 년에 찾는 관광객이 6천만이라니 그만큼 세계 으뜸 관광 도시로 보아야 할 곳이 많아 가모가와 강은 차로 다리를 건너며 차창으로 흘깃 내다보는 정도였기 때문이다.

그런데 학기 시작 전에 교토로 와서 대학까지 걷는 거리에 구한 집 바로 옆이 그 강이다.
가모가와는 유명한 문인들 작품 속에 많이 나온다. 동지사 대학 캠퍼스에 세워진 정지용 시인의 시비에도 그의 대표 시 중 하나인 '가모가와 十里ㅅ벌'이 한일 두 언어로 새겨져 있다.
 31키로의 길이로 물 위에 열 몇 개의 다리가 보이고 그 강을 따라 도심 한복판을 죽 내려가는 대로大路 이름은 가와바다 도리川端通다.

 강이라고 해야 한강에 익숙한 사람에게는 시냇물처럼 보이는 아담한 폭으로 좁은 곳은 청계천만하고 좀 넓어지면 한 두세 배가 될까. 이쪽 편은 가모가와, 저쪽 편은 다카노 강으로 불리우는 두 물이 내 집 있는 쪽에서 하나로 합쳐져 길게 내려간다.
 그 강이 시내를 관통하는데도 강둑과 들풀과 돌멩이들이 마치 시골 풍경처럼 펼쳐지는데 내가 첨 도착해선 양편에 수 키로 늘어 선 굵은 벚나무들에 꽃망울이 맺혀 있었고 곧 활짝 피어나 추운 나라에서 온 나를 따뜻한 빛으로 맞아 주었다.
 그 분홍잎이 지고는 노오란 유자꽃이 물가에 무리져 피어났고 연이어 보라빛 클로버 꽃무리가 그리고 지금은 연한 빛 키 큰 들풀과 하얀 치자꽃이 아름답게 무리져 있다.
 듣기론 천년 전 백제 도래인이 시작한 세계 최초의 토목공사라고 한다. 두 강이 합쳐지는 곳이 아주 자연스럽고 예쁘게 단장되어 있고 적당한 거리마다 1미터 높이로 물이 시원하게 떨어져 내려 그 소리가 귀를 즐겁게 한다.

 멀리 눈을 들면 동양화에 나오는 여러 겹의 산들이 연하게 보인다.

 천년이란 소리만 들으면 660년 전쟁에 멸해 죽음을 피하려 이리로 왔다는 백제인들이 만든 거로구만 하는 생각이 즉각 들지만 그 자랑도 이젠 수그러졌다. 천년 넘도록 지극정성 유지 관리 발전시켜 온 공이 더 크다는 게 있어보니 느껴지기 때문이다.

 그 강을 거의 매일 걷고 있는 것이다.
같은 원적 본적 현주소로 내가 오래 살아 온 서울 필운동에서는 매일 서촌의 골목길과 집 바로 뒤 배화여고 교정, 사직공원과 수성계곡으로 이어지는 인왕산, 경복궁 담을 걸었고 걸음을 조금 넓히면 삼청동과 청계천을 걸었다.

 300년 너머 된 한옥이 바라보기엔 운치 있으나 겨울이면 춥고 불편하여 세계 첨단의 신감각을 가지신 아버지는 이제 그만 편한 양옥으로 가자고 했고 어머니는 일생 시를 짓고 사랑의 추억이 절절이 배인 그 집을 차마 떠날 수가 없었다. 다들 강남으로 가, 시내 한복판, 가장 좋던 주택가의 땅값이 폭락하고 일생 시를 지어 온 시인의 고택 한옥이 길로 그렇게 뭉턱 잘려 나갔어도 어머니는 가신 아버지와의 사랑과 영혼을 가슴에 품고 그곳을 수십 년 지키셨고 그 어머니마저 가시자 그 지킴을 내가 물려받게 된 것이다.

 그 집은 소유의 개념보다는 아버지 어머니의 혼과 정신이 살아 숨

쉬는 생명의 공간으로 생각되었다. 어쩌다 몇 평이냐 땅값이 뭐냐고 묻는 이도 있으나 나는 그저 웃는다. 벽지를 바꾸어도 아버지와 함께 산 벽지 한 면은 남기고 바르신 어머니 일생, 그 집을 향해 품어 온 지극한 마음을 조금 아는 나는 그 집이 흔히 생각하듯 돈으로 환산할 수만은 없는 사랑의 생명체라는 걸 알기 때문이다.
 물이 새고 어디가 터지고 어느 거 하나라도 손보지 않은 날이 없었고 유지 관리 보수 세금의 어려운 하루를 보내고는 한밤 집 뒤 배화여고 운동장을 혼자 걸었다.
 이런 효녀가 없다고 하는 이도 가끔은 있다.
청개구리가 엄마 개구리 말을 안 듣다 그 엄마가 가시며 반대로 해야 저놈이 제대로 하겠구나 싶어 엄마 시신을 시냇물 가에 묻으라고 유언을 했더니 엄마 가시고 그제야 정신이 든 아들 개구리가 첨으로 엄마 말 곧이곧대로 시냇가에 어머닐 묻고는 떠내려 갈까봐 그 옆을 지키며 개골개골 한다는 생각도 났다.
 어깨의 무거운 짐을 내리고 좀 쉬어 본다는 게 느닷없이 타국의 삶, 동지사 대학 많은 양의 공부에 걸려 종일 끙끙대다 후유~ 한밤의 가모가와 긴 강둑을 걷는다.
 삶이라는 짐을 어깨에 메고 걸을 수 있는 곳이 곁에 있다는 것은 얼마나 감사이고 위안이며 그 얼마나 아름다운 일인가.
 물을 마셔야 살기에 지구 어느 도시든 강을 끼고 시작되었겠지만 우리의 마음을 쓰다듬고 영혼을 적시기에 물만한 자연도 없다.
 가모가와鴨川(오리강) 이름에 걸맞게 거기엔 오리들이 노닌다.

어느 나라 어느 물에서나 오리는 꼭 쌍으로 붙어 다니는 게 신기하다.

그런가하면 내가 걷기 시작하는 얕은 물가에 잘생긴 하얀 두루미 하나가 홀로 서 있고 한 3백미터 다시 걸으면 또 하나가 거기에 우아하게 서 있어 혹시 쌍인데 서로 떨어져 찾고 있는 건 아닐까 어떻게 알려 줄 방법은 없을까 볼 제마다 안쓰럽다.

한 번은 강물을 파며 공사하는 이들이 보이기에 두루미가 멀리 떨어져 따로따로 물속에 발을 담그고 있는데 내가 그 위치를 아니 함께 붙여줄 수 있느냐고 묻기도 했다. 그 엉뚱한 발상에 그들이 얼마나 웃었을까 하는 생각이 거기만 가면 난다.

'데이트 상대가 생기면 교토에서 함께 하고 싶은 곳' 1위가 가모가와로 뽑힌다고 한다.

후에 이곳을 떠나게 되면 제일 많이 그리워질 내 마음의 풍경이다.

가모가와鴨川의 돌의자

두 강이 하나로 만나는 지점의 가모가와 - 교토 2016. 6

베개 아래 물은 흐르고
시라가와白川

흔히 여행지에서는 가이드북을 보고 찾아다닌다지만 나는 발길이 닿는대로 가다가 매력이 있거나 독특한 감동이 내 마음을 당기면 가슴에 새기고 언젠가 다시 찾아가보게 된다.

몇 해 전 교토에 갔을 때에 하루는 택시를 타고 그가 안내하는대로 한번 가보자 하는 생각이 들었다. 택시비가 비싸기도 하지만 세계 어느 나라의 택시 서비스와는 비교가 안 되게 친절하기로 유명한 것이 일본 택시다. 그중 교토의 MK 택시는 예의와 친절로 명성이 세계적인데 오너가 한국 사람이다.

 마침 교양 있어 보이고 뭘 좀 알 것만 같은 MK 기사를 만나 당신이 교토에서 내게 보여주고 싶은 곳들을 오늘 데려가 달라고 주문했다. 그는 자기가 아는 그럴듯한 해설을 곁들여 가며 몇 군데를 데려다 주었는데 그중 한 군데가 작은 규모이나 내 마음에 꼭 들었다

 기온祇園 신바시新橋의 시라가와白川.
그때까지 누구에게서도 들어보지 못한 곳이다. 그것은 교토에 가볼 곳이 너무 많기 때문일지 모르나 교토의 핵심, 기온의 한 중심인데도 나로선 처음 가보는 곳이었다.

 교토를 대표하여 옛 모습을 잘 간직한 기온의 많은 골목 중 한 작은 골목을 들어서면 역사 깊어 보이는 이자카야 (술집) 들이 나오고 좁고 얕은 물, 시라가와白川가 나온다. 잔잔히 흐르는 그 물길을 따라 오래된 찻집과 음식점들이 나오는데 역사의 무게가 있으면서 매력적인 독특한 지역이다. 그 물을 따라 벚나무와 수양버들이 서있고, 3 미터 폭이 될까 말까한 물길이 아주 얕은 시냇물 같은 강을 따라 걸으면 물 너머의 음식점들이 로맨틱해 보이고 창 너머로 부지런히 움직이는 셰프들 모습이 따뜻해 보인다.

 서양인들이 이런 곳에 반하고 빨려들어 가는 건 그네들과 전혀 다

른 동양적 분위기인 데다 오래전 옛 모습을 그대로 간직하고 있기 때문일 것이다. 그러나 동양인의 눈에도 비슷하면서도 다른, 더구나 우리 같으면 명동 같은 번화한 곳으로 옛 분위기가 천년 그대로 이어져 온 것에 놀라움을 금할 수 없다. 그렇게 유지해 온다는 건 말이 쉽지 결코 쉬운 일이 아니기 때문이다.

 2차 대전 때 미군이 일본공습을 하는데 일본을 사랑하는 라이샤워, 헨리 스팀슨 같은 일본 전문가들의 적극적인 설득으로 교토는 폭격을 피할 수가 있었다. 당시 일본의 분할을 요구하는 소련에 맞서 일본의 보존을 극구 주장한 것도 그들이다. 전쟁으로 세계의 수많은 아름다움의 역사가 사라져 간 것과 일본대신 한국이 분할된 것을 생각하면 참으로 안타까운 일이나 그만큼 일본을 사랑한 전문가가 미국 내에 많이 있었다는 얘기다.

 기사가 안내해 준 물에 면한 찻집을 들어가 몇 백 년 내음의 다다미방에 앉으니 우편에 다다미 바닥까지 내려온 옛 창살 사이로 냇물에 노니는 하얀 두루미가 보인다.

 찻집을 나와 그 물을 따라 다시 걸으니 늘어진 벗나무 아래 단가 시비가 보인다.

 강 건너에 지금은 나란히 음식점들이 늘어서 있는데 예전엔 그 좁은 강에 걸쳐 여인숙이 있었다고 한다. 기온은 예전에 유곽遊廓이 있던 곳이어 여인숙이나 여관이 있었을 터인데 기온을 가장 사랑한 유명 가인歌人 '요시이 이사무吉井勇' 의 단가 한 수를 나지막

하게 옆으로 누운 돌에 새긴 것이다.
 매해 11월 8일에는 이 시비歌碑 앞에서 '어찌됐든 마쯔리, 카니가쿠니 제祭'가 열리고 기온의 게이샤藝妓가 몇 송이 국화를 거기에 바친다. 기온 주민들이 자신의 마을을 아끼고 사랑하는 지극한 마음의 표현이다.
 처음 거기를 갔던 건 파란 수국이 피어난 6월이었는데 그 후 동지사대를 다니며 3월에 사쿠라가 피어날 때 시라가와에서 본, 물로 늘어진 벚나무 가지들이 생각나 버스를 타고 갔다. 기온 대로에 난 옛 골목들이 촘촘히 많아 한참을 여기저기 들어가 보다 찾았는데 양켠에 즐비한 이자카야를 지나 얕은 물이 나오고 그 강가 코너 집 담벼락에 내려온 수양 벚꽃 시다레자쿠라가 매혹적인 손짓으로 나를 끈다.
 강에 걸친 작은 다리에서 앞뒤로 바라보이는 길게 늘어진 사쿠라는 아 말이 불필요한 예술이다. 물과 다리와 늘어진 연분홍 가지와 연둣빛 새순이 돋는 수양버들, 그 틈새로 보이는 노란 조명의 찻집과 음식점, 핸폰 카메라를 찍어대는 세계에서 몰려 온 사람들로 가득하다. 교토를 그렇게 여러 번 오고도 나만 처음 보는 기온의 시라가와 좁은 물가로 분홍 꽃잎이 흘러내린다.
 수국이 피었던 철과는 또 다른 풍경이다. 마침 사진을 눌러 달라는 서양 할머니가 내가 오래 살던 워싱턴에서 온 미국인 모자母子다. 꿈속 같다고 했다. 아름다움에 마음이 녹았는가 워싱턴에 오면 언제든 자기 집에 머물라고 한다.

이 봄, 시라가와白川에 매력적인 요소는 다 있다.
절절이 아름다워 한숨이 나온다.
 어떠한 문화유산보다 힘이 센 歌人의 섹시한 단가 한 수의 시비가 거기에 길게 누워있다.

　　　　　어찌됐든 기온은 사랑스럽네
　　　　잠이 들 때 베개 아래 물이 흘렀었지
　　　かにかくに祇園はこひし寝るときも枕の下を水のながるる
　　　　　　　　　　　　　　요시이 이사무吉井勇

요시이 이사무吉井勇의 사랑의 단가 시비 - 2016 4
'～잠이 들 때 베개 아래로 물이 흘렀었지'

가야할 길을 나는 간다

철학의 길 哲學の道

 묵직한 길 이름이다. 교토의 '철학의 길'.
입구 바위에 그렇게 새겨져 있다.
 긴가쿠지銀閣寺 있는 데서 시작하여 에이칸도永觀堂까지 수로를 따라 이어진 길이 2 키로 남짓, 이 산책로틀 왼편에 흐르는 수로와 그 뒤켠의 깊은 숲을 바라보고 오른편의 예쁜 상점들을 보며 급하지 않게 죽 걸으면 한 50분이 걸린다.

일본의 철학자 니시다 기타로西田 幾多郎가 즐겨 산책했다고 하여 그런 이름이 붙여졌다는데 교토를 찾는 사람들 거의가 한 번은 들르는 곳이다.

교토에 공부하러 처음 도착해서는 집에서 은각사로 가는 방향을 몰라 택시를 탔으나 알고 보니 집골목을 빠져나와 왼편으로 곧장 한 30분 걸으면 나오는 길이고 버스를 타도 가까운 거리다.

나는 심심하면 그 길을 걸었다. 아니 생각보다 공부가 많아 심심할 겨를은 없었고 적적해지면 걸었다고 해야 맞는 말일 것이다.

봄에 한 2백년은 족히 넘을 벚나무들이 물길 따라 양 옆으로 길게 피어나면 수로의 물 아래로 늘어진 여린 꽃이 참으로 사랑스럽고 여름도 가을도, 교토에 한겨울 한 번이나 오다 마는 함박눈이 내릴 때면 그것도 보기에 참 아까웠다.

호타루 (반딧불)가 서식하던 곳이어 5, 6월이면 반딧불이 번창했다는 푯말이 있으나 내가 그 철에 가보지 못해서인지 이제는 사라진 것인지 여직 본 적은 없다.

초입에서 왼편으로 곧장 오르는 골목은 유명 관광지 은각사 가는 길이어 도란도란 상점들이 늘어서 있는데 거기에 쌀밥이 유난히 맛있다고 선전하는 집에서 고슬한 밥에 연어 한 토막 구운 것과 두어 반찬을 조금 먹고는 내려와 우편으로 난 긴 '철학의 길'을 걷기 시작한다.

거의 매해 봄이면 '철학의 길' 흐드러진 꽃무리를 바라보며 걷지만 언제 보아도 진력이 나지는 않는다. 긴 겨울 견디어내고 바라보

아서인가, 희망이 있어~!! 연분홍 그 메시지를 산들산들 손짓하며 이 봄도 전해준다.

 꽃구경 물구경 사람 구경하며 한참을 걷다보면 중도에 잘 생긴 둥근 돌비석이 나온다. 이 길을 걷던 철학자 니시다 기타로의 한 줄 詩 "남은 남 나는 나, 어찌됐든 내가 가야할 길을 나는 간다" 가 새겨져 있다.

 더 걷다보면 다시 왼편으로 묵직한 숲이 나오고 수 십 미터 키의 나무들이 빼곡히 들어서 있는데 왠지 공기 맛이 달라지고 영험한 분위기에 발을 멈추어 서게 된다. 여러 해 꽃과 물에 눈이 팔려 못 보던, 물에 접한 깊은 숲을 이제서야 첨 보는 듯해, 해마다 보는 눈이 이렇게도 달라지는구나 하며 스스로 놀라게 된다.
 세계 각처에서 온 사람들과 함께 좁은 산책로를 걸으며 서로 눈을 마주치기도 하는데 그러면 서로의 마음을 안다는 듯 화안하게 웃는다. 다른 언어를 굳이 통역 안 해도 그 테마를 서로 알아듣는다. 간간이 이름 모를 노란 꽃과 보라 꽃이 발아래 피어나고 2. 3 미터 좁은 수로에는 팔뚝보다 큰 새카만 물고기도 보인다. 작은 다리를 건너면 왼편으로 난 골목길에 찻집, 도자기 집이 나오고 그리로 들어가면 숲 속에 오래된 사찰도 숨겨져 있다.
 50여 분 걸어 수로의 거의 끝이 나오면 동지사 대학을 세운 '니이지마 조와 니이지마 야에의 묘지' 가 왼편으로 오른다는 팻말이 나오고 조금 더 걸으면 에이칸도永觀堂와 난젠지南禪寺가 나오는데 커다란 규모의 그 유명 사찰들을 들어가 한 바퀴 다 돌아보고 나오면 아주 긴 산책을 한 셈이 된다.
 시간이 넉넉해 그 코스를 끝까지 다 걸을 수 있다면 그것은 행운이다.
 천년 전, 수백 년 전 지어진 건축과, 기구도 제대로 없었을 때에 그것을 애써 지은 분들의 삶과 고뇌 그리고 그것을 천년동안 이어온 위대한 정신과 지금 사는 현세를 돌아보고 그 현세를 잇고 다음 세대에게 넘겨야 할 앞날을 바라보며 '철학의 길' 이름답게 생각에 잠겨 걸으면 주위의 자연과 물과 꽃과 바람과 바스락 나뭇잎 소리마저 메시지인 듯 가슴에 들려온다.
해지는 시간이면 대숲 흔들리는 소리와 함께 저편 하늘의 노을도

교토의 유명 화장품 회사 요지야 찻집 앞

바라다 보인다.

 우편 길을 따라 있는 상점에 들어가 누군가 에써 섬세하고 정교하게 만든 반지 팔찌 지갑 손수건 부채 등 공예품을 감상하며 또 걷다가 교토의 유명한 화장품 회사 '요지야よじや'에서 하는 찻집의 손질 잘 된 정원을 조용히 내다보며 선명한 초록빛 맛차 한잔 드는 여유를 가진다면 그것은 그날이 자신의 속사람이 충분히 보듬어진 날임에 틀림없다는 뜻일 수도 있다.
오늘따라 '철학의 길'에 보이는 예쁜 집 하나가 내 집이었으면 하는 생각이 든다.

비가 내린다
다시 피어난 이 계절 봄꽃 위에
흩날리는 내 머릿결 위에
철학의 길

천년의 古都 교토에서

교토 철학의 길哲學の道 초입

감 떨어진 집

라쿠시샤落柿舍

  라쿠시샤落柿舍는 하이쿠俳句 시인 무카이 교라이向井去來 1651-1704의 집이다.

  교라이는 마쓰오 바쇼松尾芭蕉 1644 -1694의 수제자이다. 바쇼芭蕉는 하이쿠의 전설적인 명인으로 '서일콘의 하이쿠俳句 일인자는 교라이去來 이다' 라고 쓴 적도 있다. 그가 칭송한 제자 교라이의 집, 라쿠시샤 (The cottage of the fallen persimmons)는 아라시야마嵐山에 있다.

 아라시야마는 교토 시내에서 전철과 전차로 한 20분 걸리는 서쪽으로 아라시야마 산 앞에 가쯔라桂 강이 흐르고 그 위로 도게쯔쿄 渡月橋라는 154미터의 긴 다리가 걸쳐져 있다. 시의 한 구절인 도게쯔쿄는 '달이 건너는 다리' 라는 뜻으로 해지는 저녁, 산과 강 위로 떠오른 달을 보면 마치 그 달이 살살이 강을 건너는 듯 해, 미소가 지어지는 그럴 듯한 작명이다.

 산과 강을 낀 대단한 별장지요 관광지인 아라시야마에서 텐류지 天龍寺 라는 유명한 사찰에 접한 우람한 대나무 숲, 치쿠린竹林을 지나면 사랑의 이야기로 유명한 노노미야野宮 신사가 나온다. 그곳을 지나 우편으로 가면 뜰에 옛 천황들의 단가 시비들이 서 있고 바로 그 앞에 가로지른 열차 선로를 건너면 색다르게도 고즈넉한 평원이 나온다.

 아라시야마 전 마을에 상점과 음식점이 많고 관광객이 엄청 많다가 갑자기 한발 차이로 인적이 드물어지고 평안한 시골 풍경이 나오는 그곳이 참 마음에 든다. 사가嵯峨라는 마을이다.

 거기에 두어 개 사찰로 오르는 길이 나오고 다시 우측으로 꺾어지면 왼편에 사가嵯峨 천황의 딸인 소헌昭憲 황태후의 시비가 있고 바로 그 옆에 라쿠시샤, '시인의 집'이 있다.

 사전지식 전혀 없이 걷다가 낮은 대문에 고개를 숙이고 발을 들여놓는데 머리 위로 붙여진 집 이름이 독특하다. 라쿠시샤,

하늘 높이 매달린 수많은 감들 - 2016 11

 글 그대로 보면 '떨어진 감의 초가' 이다. 아담한 초가집이 사랑스럽고 고즈넉한 게 과연 옛 시인의 글방답다.
 이 집이 하이쿠의 성인으로 불리는 '마쓰오 바쇼'가 멀리서 와 머물고 그의 제자들이 모여 하이쿠를 지은 곳이다.
 단정히 다다미가 깔리고 하이쿠와 글이 쓰여진 병풍이 있고 방랑에 썼을 법한 삿갓이 보인다. 열려진 미닫이 뒷문으로 정원이 살짝 보이고 거기에서 딴 꽃으로 단장한 꽃병도 보인다. 다다미 두어 장의 한 평 두 평 어여쁜 방들이다.
 시인의 작은 집 옆으로 예쁜 정원이 펼쳐진다. 철쭉에 모란, 등나무 그늘이 있고 크고 작은 잘 가꾼 나무들이 있다. 지난해 들렸을

때는 여름이었고 이번에는 늦가을, 아 거기 감나무에 주홍빛 감이 하늘 높이 주렁주렁 달려 있는 게 보인다.

받아든 팸플릿을 보니 사연은 이랬다.

뜰에 40여 그루의 감나무를 기르던 시인 교라이는 어느 가을 날 그 많은 감들을 팔기로 계약을 했다. 그러나 바로 그날 밤 갑자기 태풍이 몰아치며 새벽에 그 감들이 모두 땅에 떨어져 버린 것이다. 그 아침 그것을 바라본 시인 교라이는 거기에서 커다란 깨우침을 얻게 된다. 그것이 '감 떨어진 집' 라쿠시샤 이름의 내력이다.

섬세한 그 시인은 낙망의 그 아침 과연 무엇을 깨쳤을까.

상질의 많은 감을 팔아 큰돈을 마련하여 초가지붕도 고치고 월동을 나며 다음 해 식솔들을 먹이고 삶과 일을 꾸려가려던 계획이 하필 그날 밤 감이 다 떨어져버려 수포로 돌아갔으니 그 심정이 어땠을까.

 생각지도 못한 낭패를 당하며 낙망과 졸망으로 앞길이 막막하고 처참했을 것이다. 계획을 철석같이 세운다 해도 삶의 한 치 앞이란 알 수 없는 일이라는 걸 뼈저리게 깨우친 것일까.

 라쿠시샤를 두 번째 들른 날도 비가 내리고 있었다. 우비가 없어 비를 맞으며 그 강렬한 주홍빛 감들을 올려다보았다. 교라이가 바라본 바로 그 빛깔 그 감이다. 그리고 그 시인이 매달린 많은 감들을 바라봤을 때의 희망과 그 새벽 몽땅 다 떨어져버렸을 때의 비참한 심정을 생각해 본다.

 그 시인이 감이 떨어진 순간 깨우침을 얻었다는 글을 본 바로 그 순간, 내게도 깨우침이 왔다. 무엇이든 하늘의 손에 달렸다는 깨우침과 순종 겸손을 생각하며 무너진 의지를 곧추 세우려 애쓰던 힘겨운 시간, 그는 전혀 생각지 못한 일이었을지도 모른다. 300년 후 이 사가 작은 마을에 감이 떨어진 그 스토리에 세계의 많은 사람이 감동하여 찾아오고 '세계에서 가장 짧은 시' 하이쿠를 사랑하는 사람들의 '순례의 집'이 될 것이라는 미래를.

 사가의 라쿠시샤는 그렇게 하이쿠의 메카Mecca 가 되었다.
참으로 아름답고 눈물겨운 역전의 스토리이다.
어려움에도 그래서 인생은 살맛이 난다.

 하이쿠의 시성 마쓰오 바쇼는 이 수제자의 집에 1689, 1691, 1694년 세 번을 머물렀고 그 곳에서 유명한 '사가닛끼' 嵯峨日記

를 썼다. 나도 그 일기를 사 들었다.

　우연히 들른 사가의 라쿠시샤, 어느 한밤 모든 감이 떨어져 내린 시인의 아름다운 정원과 그 감격의 반전 스토리에 내가 힘을 얻었듯, 사람들이 이 어여쁜 '시인의 집'에서 힘을 얻어 미래를 굳게 믿고 나아갈 수 있기를 바란다.

　詩聖 마쓰오 바쇼도 무카이 교라이도 갔지만 그들의 감성과 스피릿은 이렇게 한 줄의 詩가 되어 오늘도 살아있다.

月かげに裾を染めたよ浦の秋
옷자락이 달빛에 물드네 가을의 해변

行秋や花にふくるゝ旅衣
가을 길의 옷은 길에서 딴 꽃으로 가득

　　　　　　　무카이 교라이의 하이쿠

秋風のふけども青し栗のいが
빨갛게 물들이는 가을 바람에도 밤송이는 파랗고

ぬれて行や人もおかしきあめの萩

비 맞으며 보러 가네 비에 젖은 싸리꽃

마쓰오 바쇼의 하이쿠

17음절 하이쿠 공부하는 소리가 들리는 라쿠시샤 글방 2017

기온 마쯔리祈園祭

  일본은 축제 마쯔리祭의 나라다.
47개의 현縣과 부府와 도都에서 많은 축제가 벌어지고 있다.
그 많은 축제의 원조가 교토의 기온 마쯔리祈園祭 이다.
  매일 아침 수업이 있는데 기온 마쯔리는 일 년에 한 번 뿐인 대축제이고 일본 전국 축제의 원조이니 꼭 가보라고 주위에서 권하여 모범생인 나는 한참을 망설이다 토론 시간을 빼먹고는 동지사 대학 건물과 연결된 지하철을 타고 교토 시내로 내려간다.

마침 이례적인 큰 태풍이 연일 오던 때였다. 태풍이 너무 심하면 취소될 수 있다고 당일 새벽 5시에 그 가부를 발표한다고 시시각각 알렸었다. 실제 기온 마쯔리가 취소되었다면 역사상 135년만의 일이었겠으나 다행히 축제는 태풍 속에서도 열렸다.

엄청난 비가 내리 쏟아지고 있었다.
비가 자주 오는 교토이지만 그 아침 빗줄기는 유난히 세찼다. 기온 마쯔리는 교토의 3대 마쯔리 중 하나로 전국 각지에서 참여하러 오기도 하지만 세계 여러 곳에서도 몰려온다. 실제 수레 위에 올라타거나 아래에서 굵은 밧줄로 끄는 이들을 보니 서양 얼굴이 많았다.
 커다란 육성으로 시작 발표와 음악 연주, 수레 끌기, 각도 진 곳에서 그 높고 무거운 수레 몸통의 방향을 합심해 일순간 손으로 돌리기 등, 많은 연습을 한 것이 보여 태풍으로 취소가 되었더라면 그 헛수고에 저들이 얼마나 실망했을까 하는 생각이 들었다.
 7월 내내 마쯔리로 교토 시내가 붐비고 전날 밤 대단한 전야제도 기온에서 있었으나 매해 같은 날 7월 17일이 축제의 핵심이다. 기온에 위치한 짙은 주홍 빛깔의 야사카진자八坂神社를 시작으로 시내 한복판을 23대의 화려하게 치장한 육중한 수레가 서서히 돈다. 연도에 늘어선 관람객의 숫자가 엄청났지만 비가 몹시 와 전년만큼의 숫자는 아니라고 했다.

 869년의 교토는 대단한 해였다. 전염병이 퍼져 수많은 사람이 죽어갔다. 원한을 품고 간 원령怨靈이 다니며 많은 사람을 괴롭힌다고 생각했고 전염병도 그 원령의 복수라고 생각했다. 그런 사회적 불안을 잠재우려 신에게 기온 어영제를 드린 것이다.
 그것이 기온 마쯔리의 기원이다.
그 한 해만 드리다 970년부터 지금까지 매 여름 드리고 있다.
 원래 일본축제는 농촌이나 어촌에서 봄 가을, 곡식이나 생선을 수확하며 감사를 드리는 것이었다. 그러나 기온 축제는 교토라는 당시의 수도 큰 도시에서 시작된 독특한 여름 축제이다.
 이 마쯔리는 형태에서도 전혀 새로운 것이었다. '다시山車' 라는 커다란 수레를 만들어 그 높은 지붕 위로는 창 같은 무기를 싣고 사람들이 올라타 손으로 움직인다. 무거운 것은 12톤이나 된다고 한다. 올라탄 여러 사람이 특이한 음악을 연주하며 마을 전체를 돈다. 북과 피리, 대금 등의 흥을 돋우는 리듬과 멜로디로 원령을 쫓

아낸다는 발상이다. 그래서 기온 마쯔리 하면 사람들이 그 독특한 음악을 연상하게 된다.

그러니 천년도 넘어 전, 교토의 사람들이 가족과 친족을 잃은 그 슬픈 심정을 아름다운 축제로 끌어올린 것이 기온 마쯔리다. 두려움에서 탄생한 이 여름 축제는 일본 각지의 수많은 축제에 커다란 영향을 주게 된다.

견딜 수 없었던 그 불안과 두려움을 한탄에만 빠지지 않고 아름다운 예술로 승화하여 세계적인 축제로 만든 것에 나는 큰 감동을 받았다. 그간 많은 사람들이 그것에 힘과 감동을 받고 일어서 자신과 공동체를 이끌어갔을 것이다

우리도 돌아보면 나라를 뒤흔든 불안한 사건이 얼마나 많았던가. 멀리에 혹독한 일제강점기 시절이 있었고 6·25 동족상잔과 피란, 가까이는 세월호와 메르스 사태가 있다.

나라와 온 민족의 삶을 뒤흔든 그런 쓰라림을 마음에 담아두고 한탄만 할 게 아니라 거기에 의식을 불어넣고 아름다운 예술로 승화하여 국경을 넘어 인류가 공감하고 나누고 치유되는 그런 축제로 만들었으면 싶어 주룩주룩 비 내리는 이국 교토의 세계적 마쯔리 祭를 바라보며 소망해 본다.

비오는 기온 마쯔리祈園祭 - 교토 시조 가라스마도오리 2015 7 17

비단잉어가 춤추는 찻집

라쿠쇼洛藏

　내가 매력적인 찻집 라쿠쇼를 발견한 것은 10여 년 전의 일이다. 교토에 유명한 '기온' 마을이 있고 그 가까이 '네네노미치ねねの道'라는 매력적인 길이 있다. 거기에는 17세기, 도요토미 히데요시가 죽고 그 부인이 그를 위해 기도하는 집, 고다이지를 짓고 그 맞은편에 엔도쿠잉, 자신의 작은 집을 지어 살았는데 바로 그 가운데로

난 길 이름이 부인의 이름을 딴 '네네노미치 네네의 길'이 된 것이다. 그 길은 바닥 전체가 예전의 돌로 깔려 있어 깊은 맛을 더해준다.

그 길에는 보기 좋은 인력거들이 줄을 이어 서 있고 세계에서 온 관광객을 싣고 오래되어 고풍스런 그 마을 일대를 도는데 인력거를 끄는 청년의 마을 안내와 해설이 그럴 듯하다.

주로 걷다가 한 번은 나도 올라탔는데, 오래전 빙수를 만들던 집, 국수를 뽑던 집을 알려주고 마에코 (게이샤가 되기 위해 배우는 인턴급)가 나오는 요정도 알려주는데 네네노미치의 어느 지점에선가 내려 그 안을 들여다보라고 하여 내리니 나무 창살 틈으로 작은 연못이 보이는데 작은 정원의 조경과 연못 속 굵은 금붕어들이 얼마나 아름다운지 입을 딱 벌렸다. 일본 정원에 붉고 노란 금붕어들이야 흔하지만 그렇게도 크고 잘생긴 것은 처음 보았기 때문이다.

 인력거를 30분 타고 내려 아까 본 그 연못으로 돌아가 들어가니 찻집이었다. 앉아 차 마시는 곳에 난 유리문을 밀고 나가니 한국인 눈으로는 작아 보이는 정원이 있고 거기에 좁고 기다란 연못에 자연석으로 된 이끼 낀 묵직한 돌다리가 걸쳐져 있고 그 아래로 붉고 희고 황금빛인 물고기가 한 40여 마리 노니는데 족히 내 팔뚝의 네 배는 넘어 보인다. 참으로 풍성하고 아름다운 정경이다. 인력거 청년이 그 앞에 멈추어 그것도 나무 창살너머로 보여준 매력이 아니었다면 한참 후에나 발견했을 모습이다.

 그 후 교토를 가면 그 찻집을 꼭 찾았고 그 도시에서 공부를 할 때에도 네네노미치 마을을 아름답게 가꾸기에 헌신해온 할아버지의 라쿠쇼洛藏를 나를 찾아오는 분에게 보여주었다. 하나같이 반하여 이건 '세계 제일의 찻집'이라며 감탄을 한다.

 나의 시집을 읽은 주인은 한국에서 작가가 왔다며 주위에 알리고 차를 대접하며 그곳에서 만드는 명물 와라비 모치를 내게 늘 안긴다. 와라비 모치는 날개같이 날아갈 듯 보드랗고 가벼운, 노란 콩고물로 무친 고사리 떡이다. 하루밖에 안 가는 그 떡을 한국으로 가는 날 사 가기도 한다. 많은 사람들이 찾는 도요토미 히데요시의 집인 고다이지 바로 곁이어 늘 사람들이 붐비며 카운터에 산같이 쌓인 와라비 모치는 동이 난다.

 교토에 가면 늘 찾는 매력덩어리 연못을 가진 라쿠쇼는 주인 할아버지가 그곳에 살며 일생을 가꾼 곳으로 자기 집뿐 아니라 네네노

미치 그 길을 가꾸고 그 길 따라 벚나무들을 죽 심어 3월이면 온통 연분홍 물이 들어 교토에서도 가장 교토답고 고급스러운 길이 되었다.

　유유히 춤추는 굵은 그 비단 잉어를 바라보면 느낌과 감성이 있어 보여 그들을 하나의 생명으로 대하게 되는데 도시샤 대학 공부를 할 때는 시간 부족으로 잘 가보지를 못했다.

　만 98세로 3년 전 돌아간 할아버지가 마을을 위해 많은 것을 베풀고 그 길에 벚나무를 많이 심어 돋보이게 한 공로를 새긴 비석하나가 그가 간 후, 많은 세계인이 지나는 '네네노미치' 길에 세워져 있다.

　지금은 며느리가 경영하는데 마을을 위해 교토의 아름다움을 고수하기 위하여 많은 일을 하고 있다. 대를 이어 베푸는 아름다운 정신까지 라쿠쇼는 과연 '세계 제일의 아름다운 찻집'이다.

이들에게도 백제의 혼령은 스며있을까? 라쿠쇼의 비단잉어

라쿠쇼의 비단잉어

구라마의 로텐부로露天風呂

　한국 사람들이 일본 여행에서 가장 누리는 것이 온셍溫泉이다. 나도 그렇다.

　그런데 놀러 온 것이 아니고 공부하러 온 이유도 있지만 교토에 일본의 그 흔한 온천이 있다는 소리를 들어보지 못해 온천을 한 적이 없었다.

먼 곳에 좋은 온천이 있단 소린 들었어도 갈 시간이 안되고 그렇게 봄 여름이 가고 가을 학기가 되어서야 주위에 묻기 시작했다. 교토엔 온천이 없느냐고. 교토 시내에는 없고 전차를 타면 명천은 아니

구라마鞍馬 행 단풍 전차

나 구라마鞍馬와 아라시야마嵐山에 온천이 있다고 했다.

 아라시야마는 내 사는 데에서 몇 번을 갈아타야 해 가기가 복잡하고 구라마는 집 근처 가모가와鴨川 강 짧은 다리를 건너면 데마치야나기出町柳 역이 나오고 거기서 전차를 타면 20분 거리의 종점이다. 서울에서 급해 지하철을 탈적에 정거장을 지나치게 되면 시간이 오히려 더 걸려 잘 타게 되질 않았다. 일본서 전차도 마찬가지다. 그러나 종점은 문제가 없겠다.

 처음엔 구라마鞍馬를 간다는 게 사람들이 우르르 내리어 종점인가 보다 하고 따라 내린 곳이 작은 폭포들이 쏟아져 내리는 긴 계곡을 끼고 있는 고급스런 시골이었다. 산수가 수려하고 온천도 좋았다.

 아담한 마을이 아주 좋은 인상이어 다음 주 그곳을 다시 찾았다.

종점에 내리니 이번엔 전혀 다른 곳이어 물어보니 지난주 내가 내린 곳은 종점 구라마가 아닌 그 전 정거장인 기부네貴船였다고 했다. 결혼 인연을 맺어준다는 진자神社가 있고 온천도 있고 작은 마을 전체가 놀라우리만치 로맨틱한 분위기여서 커플이 데이트하기로 유명한 곳이다. 우연히 전차를 잘못 내리어 '기부네' 좋은 곳을 알게 되었고 한 정거장 더 타고 원래 듣던 구라마 온천도 가 보았다.

 두 군데 다 편안한 곳이나 수수한 구라마를 더 갔다. 값도 싸고 뭣보다 종점이어 역을 놓칠 염려가 없었다. 특히 시험 때는 꼭 갔다. 공부를 하기 위해서였다.

 6조 내 방이 좁아 택한 곳이 구라마로, 역에 내리면 기부네처럼 아기자기 달리 볼 것은 없으나 산속 울창한 스기나무 숲 공기가 가슴을 파고든다. 온천 승합차가 역전에 늘 대기했다 태워다 주는 것도 편리했다.

 작은 역전앞 왼편으로 유명한 전설의 무사가 수련했다는 구라마산과 그 산 앞에 구라마 마을의 상징인 전설의 무사를 가르쳤다는 커다란 붉은 코의 텡구 얼굴상이 보이고 다시 구라마진자鞍馬神社를 지나면 곧 구라마 여관 온천이 나온다.

여관방이 3개뿐이나 노천 온천이 마침 히가에리日歸り (여관에 묵지 않아도 할 수 있는 온천) 여서 손님이 많다. 보통, 여관에 있는 온천은 여관 손님만 하게 되어있고 값도 아주 비싸다. 한국에서는 잘 모르고 그저 여관 하나 잡아주세요 라고 하나 일본은 여관이 호

텔보다 훨씬 고급이고 비싸다. 개인별 고급 서비스가 있기 때문이다.

 인터넷 홍보가 잘 되어있어 한적한 시골인데 구미에서 오는 손님이 꽤 있다. 조용한 온천탕에 한국말로 떠드는 한국에서 온 사람들도 보인다.

 돌계단을 올라가 노천 온천(로텐부로露天ぶろ)을 하고 다시 내려와 여관의 소박한 식당에서 소바나 두부로 요기를 하고는 다음 날의 시험공부를 그 밥상에서 한다. 한겨울의 일석이조다.

 교토 시내보다 북쪽이고 그것도 산속이어 교토에 안 오는 눈이 날리면 그 눈을 맞으며 따스한 온천을 하는 맛이 있다. 사방으로 산이 둘러싸여 스기杉木 냄새가 신선하고 그 산 위로 뜨는 반달과 별을 바라보며 온천에 몸을 담근다.

주중 수업을 마치고 구라마 온셍 가는 주말을 어렵기만한 가을 학기 내내 손꼽아 기다리게 된다. 늦게나마 힐링 하는 휴식처를 찾았기 때문이다.

시험 공부하는 구라마鞍馬 온천의 밥집 - 2016 1

이타다키마스

어머니의 한베이 牛兵衛

　어머니 가시고 나서야 일본에서 나왔던 어머니의 전기집 '풍설의 가인'을 보았습니다. 살아생전 보고 물으며 관심을 보였었더라면 효가 되었을 텐데 전기집 속의 일어로 된 수백 수의 시를 이해할 수 없었고 늘 뒤로만 미루었던 것이 후회가 됩니다.

　그중 눈에 띄는 것 하나가 일본 교토에 가서 일본 만엽집 연구의 제 1인자인 나카니시 스스무中書進 선생과 '후麩' 요리를 먹었는데 맛이 좋았고 기차역에서 그 스승과 헤어지며 언제 또 만나게 될까 하며 몹시 아쉬워하는 작별의 장면이 인상적입니다.

 전에 뉴욕과 워싱턴의 저를 일 년에 한 번 보러 오고 가실 때면 생전 다시 못 볼 것처럼 손수건을 적시며 우시던 생각이 납니다. 어머니는 그렇게 잠시의 이별 장면도 슬퍼하셨습니다.

 어머니에게 직접 들은 적이 없어 후가 무슨 요리인지 궁금하여 일본에 가면 묻다가 얼마 전, 후 요리를 드신 한베이에 드디어 가 보았습니다. 밀가루에서 빼낸 글루텐으로 만든 독특한 요리였습니다.

 제가 글루텐 요리를 처음 먹어본 것은 캘리포니아 위마의 이상구 박사 건강 모임에 1986년 어머니를 모시고 가 한 달을 머물 때였습니다. 거기는 채식 위주였기 때문에 고기 대신 글루텐으로 불고기를 만들어 먹는데 졸깃졸깃한 것이 고기 씹는 기분을 냅니다.

 서울에도 건강 식당에 가면 밀가루에서 빼낸 글루텐으로 불고기 양념을 한 것이 있는데 고기 맛만 못해 잘 먹게 되진 않았습니다.

 한베이는 설립한 주인의 이름인데 1689년에 시작됐다니 328년의 역사요, 현재 15대 째라고 합니다. 여러 가지의 글루텐 상품을 개발해 팔다가 그 상품만으로 만든 요리 집을 하게 된 것은 20년 전이라고 합니다. 글루텐 요리를 널리 알리는 것이 목적이어 점심만 하고 한 코스뿐이며 몇 가지 요리가 다 글루텐으로만 만들어졌

는데 모양과 색이 아주 섬세하고 사랑스러우며 맛이 부드럽고 담백하고 독특합니다.

　얼마나 오랜 세월 대를 이어가며 지극 정성 연구 개발을 했는지가 깊이 느껴집니다. 그 맛과 정성에 감탄한 손님들은 나오다, 후 상품이 진열된 곳에서 아름답게 개발된 수많은 종류의 후 요리 제품을 사지 않을 수가 없습니다. 후 상품들이 하나같이 예술이요 포장조차 예술입니다.

　몇 백 년 간 만들어진 여러 형태의 아름답고 특이한 도시락 콜렉션이 진열된 대단한 박물관도 이층에 있습니다.

　1940년 대 동경에서 가정과를 나오기도 했지만 어머니의 요리는 어떤 면에선 어머니의 단가보다 특별하다는 생각이 들 적도 있습니다. 해방 전 귀국해 어머니도 가정학을 가르치셨지만 함께 유학한 동창생들인 서울의 여러 대학 가정학과 선구자 분들이 인정하는 것이기도 합니다.

 어머니가 맛있게 드신, 후 요리를 앞에 놓고 어머니에게 받아먹었던 그간의 요리와 그 사랑의 깊이와 불효에 목이 맵니다.

> 추석 후여서인지
> 이 새벽 글씨가 잘 안 써진다
> 너의 귀하고 소중한 몸 위해
> 현명한 건강 관리를 잘 하여라
>
> 꼭 하루 세 끼 고루고루 먹어라
>
> 엄마 2000 8 28

 인터넷 없던 시절, 워싱턴에 살 때에 비치는 얇은 종이에 단아한 글씨로 또박또박 써내려간 어머니의 긴 편지가 태평양을 건너오면 날아갈 듯 기뻐했던 때가 있었습니다. 그 편지들을 귀국할 때 가져와 다시 보아야지 한 것이 가시고도 그대로 농 속에 있습니다.

 못다 읽은 어머니의 편지들 중 얼마 전 불쑥 하나를 꺼내보니 단정한 이 글귀였습니다.

 전화로 밥 먹었느냐고 늘 하시어 그 말 좀 고만 들었으면 했는데 이제 새삼 듣고 싶어 밥상 벽에 그 글귀를 붙이고 매일 바라다봅니다.

우동 한 그릇

야마모토멘조山本麵裝

튀김과 키쯔네狐 우동

  네 시간이나 줄을 서 기다리다 먹은 우동은 일품이었다.
  교토 헤이안징구平安神宮의 기가 막힌 벚꽃 무리를 보고 나오다 좁은 입구 허름한 집 앞에 긴 줄이 보여 나도 거기에 섰다. 어디나 그러하겠으나 일본에서 줄을 서면 대체로 믿을만한 곳이고 특히

일본사람들은 줄이 있으면 으레 거기에 선다.

교토를 수도로 한 간무 천황을 기리며 지은 헤이안 신궁과 교토시립미술관이 있고 동물원이 있는 오래된 구역 길가에 있는 야마모토멘조山本麵蔵 라는 이름의 우동집이다. 몇 시간 너무 오래 기다려 몸을 뒤틀며 들어가니 낡고 어둑한 분위기에 20석이 채 안 되는 작은 곳이다. 나는 모르고 우연히 들어갔으나 이리 정보가 세계로 퍼졌다니 놀라운 일이다.

대부분이 관광객으로 중국인들이 많이 보인다.

카운터에 앉으니 머리를 질끈 맨 젊은이들이 손 빠르게 우동발을 만들고 삶는 모습이 보이고 튀김을 하고 있는 것이 보인다.

시킨 키쯔네 우동과 야채 텐푸라는 실망시키지 않았다.

2008년에 세웠다는 젊은 쉐프 오너 야마모토에게 칭찬을 아끼지 않았다.

 어려서 중학교 때 학교를 파하고 광화문을 지나 관철동 쪽으로 걸어가면 미진 신진 등의 간판이 붙은 우동집들이 나란히 있었다. 친구와 손잡고 가다가 먹는 냄비 우동 맛이 얼마나 좋았던지.

 어느 날 그 집들은 사라졌고 후에 새로 생긴 곳에 가보면 그 맛이 나지 않았다. 기술보다는 커서 내 입맛이 달라진 것이겠지만 예전의 그 맛이 늘 그립다. 일본에서 잘 만든 우동을 먹고 서울에 가면 그 우동 맛도 가끔 생각이 날 때가 있다,

 내가 그 우동 생각이 난다고 하면 그 말을 들은 주위 사람이 나도 그게 생각난다고들 한다. 그 말을 한 사람을 생각하며 내가 대신 그 맛난 우동을 먹는 즐거움을 살풋 누린다. 가쯔오부시 마른 다랑어를 넣고 여러 재료를 넣었을 국물이 맛깔지고 그릇 가득 널찍히 펼쳐져 나오는 여우빛 유부 (그래서 일어로 여우인 키쯔네라고 불리우는가)의 졸깃한 씹음이 좋고 무엇보다 그 자리에서 만들어낸 굵은 면발이 상질이다. 고구마와 양파, 버섯 덴푸라도 아삭아삭 상큼하다. 천 엔에 누리는 기쁨이다. 줄이 늘 길어 기다릴 엄두를 잘 못 내나 기다릴 가치는 충분히 있다.

 택시 기사에게 저 집은 왜 종일 줄이 저리 길고 다들 충성스럽게 기다리느냐고 물으니 고급 말고 교토의 이류 식당 중에 만두집 다음으로 2위로 뽑혔기 때문이라고 한다. 이류 식당을 따로 점수 매김 하는지도 처음 알았다. 재미있는 발상이다.

　그 동네를 지나면 으레 그 앞으로 가보게 되지만 줄에 서보다가는 포기하고 발길을 돌린다. 줄 섰던 한 시간이 몹시 아까우나 공부할 과제가 있기 때문이다.
　얼마 전엔 바로 그 곁에 우동 집이 또 생겼다. 줄이 길지 않은 장점에다 인테리어가 모던하고 어여쁜 정원에 맛도 모던하고 괜찮아 야마모토를 기다리다 지치면 그리로 들어가기도 한다.
　　우동 한 젓가락을 들어 올리면 오래전 여동생이 다니던 일본 쓰꾸바 대학 앞에서 아버지와 들던 맛난 우동, 넘 맛있어 점심 저녁 두 끼를 내리 먹었던 굵은 면발의 밍게이名藝 우동 한 그릇과 감동의 일본 문학 작품 '우동 한 그릇'이 떠오른다.
　　서울로 돌아가면 다시 그리워질 맛이다.

그 생각을 하며 줄에 세 번이나 네 시간을 인내하며 기다렸었다.

우동 한 그릇을 앞에 두고
서울 가면 그리워질 그 맛을 보다

무덤에 누워서도
세상의 맛은 그리워질까

명품 면을 뽑는 야마모토山本 오너셰프 - 2015

유자 요리

유즈야 료칸柚子屋旅館

맛집은 겉으로만 보아도 짐작이 간다, 맛이 있는 집인지를.

'유즈야 료칸柚子屋旅館'이라는 집이 있다. 교토 기온 한복판에 랜드마크로 서 있는 야사카진자八坂神社 바로 옆집으로 사람들 많이 다니는 큰 길 가인데 커다란 신사 곁 오래된 좁은 나무문 하나

만 있어서인지 눈에 잘 띄지를 않아 자주 가는 네네노미치 길을 가려면 그 곳을 꼭 지나야만 하는데도 늘 그냥 지나쳤었다.

그 앞을 여러 번 지나고서야 나무문이 눈에 들어왔는데 거기에 '유즈야 료칸'이라고 간판에 쓰여 있다. 유자집 여관이라는 뜻이다. 누가 나오거나 들어가면 그 문이 자동으로 열리면서 가파르게 오르는 까만 돌계단이 있고 그 위로 깊은 집 하나가 보인다.

오랜 역사의 향기가 나는 그 일본집이 호기심을 불러일으켜 그 계단을 올라가니 문이 스르르 절로 열리는데 까만 돌이 깔린 단아한 입구에는 큰 통에 노란 유자가 한가득 들어 있어 눈길을 끈다. 기모노를 입은 여인이 친절하게 맞아, 그저 느낌으로 '여기가 식사하는 곳이지요?' 하니 '네 그렇습니다. 위에는 료칸으로 온천물 욕실이 있습니다.'

　잠깐 들여다만 보려고 긴 돌계단을 올라왔다가 오래된 클래식한 분위기에 겉모습만 보아도 깊은 운치가 보여 안내하는 대로 자리에 앉았다.

　약간 어두운 은은한 분위기에 통 유리창 밖으로는 일본식 뒷정원이 보이고 바위를 타고 물이 흘러내린다. 적당히 구비구비 테이블 레이아웃이 보기 좋고 중국말도 귀에 들려온다. 나는 처음이지만 많은 내국인과 외국에서 온 사람들에게는 이미 소문이 나있는 모양이다.

　예약이 없으면 자리가 없다는데 운이 좋아 앉은 것이다. 점심은 5천엔과 만엔 두 가지, 둘 다 유자요리 코스이다. 좀 전 로비 큰 통에 쌓아놓은 노란빛 유자더미만 보아도 군침이 나왔었다.

전채 요리 15가지가 한 쟁반에 작고 둥근 접시 15개로 나오는데 그 색조와 모양이 눈을 끈다. 오손도손 예쁘고 먹음직스럽다. 새우와 생선, 가진 채소에 일본 특유의 아기자기함과 사랑스러움이 배어나온다. 마침 단풍철이어 아기 손 같은 붉은 단풍잎 가지 하나가 살풋 거기에 걸쳐 있다.

 허물기 아까운 하나하나의 맛을 일본 젓가락으로 조심스레 허물기 시작한다. 수프가 나오고 메인 요리로 구운 메로 생선이 나온다. 유자의 맛이 다 곁들여 있다. 끝에 나오는 질죽한 죽 위에는 보기 좋게 속이 으깨진 유자가 통째로 오르고 서브하는 기모노 의 직원이 숟갈로 그것을 꾹 눌러주어 한 입에 넣으면 밥과 섞이는 맛이 상큼하다.

 일본 요리 하면, 흔히 스시 사시미 덴푸라 그리고 가이세키 요리를 떠올리게 된다.

　일본의 요리는 세계적으로 높은 이미지를 가지고 있다. 고급 예술로 친다. 어느 나라에서나 가격도 비싸다. 일본에서는 그중에도 교토 요리의 섬세함이 극히 아름답고 맛이 좋아 제일로 친다. 교토 요리를 쿄료리京料理 라고 하며 동경에서 교토의 저녁 한 끼를 먹으려 2시간 15분 신캉센 급행 열차를 타고 일부러 간다는 이야기도 들었다.

　일본에서 이찌주 산사이一汁三菜를 기본으로 한다는 내 글이 나가니 일본에서 일어로 받아 본 몇 분이 밥 하나에 찬 하나로 먹는 일본 집도 꽤 있다고 전해 준다. 하기야 우리나라 편의점에도 속에 매실 하나를 박은 일본식 삼각 김밥이 있지 않은가. 어느 분야든 일본에서는 단정하고 차분하고 심플하면서 검소한 면이 있는데 요리에서도 그렇다. 무소유 검소 절제 겸양의 미덕이 우리가 전해 준 불교의 영향이 아닌가 하는 생각을 해본다.

　그런가 하면 어머니 시비가 섰는 아오모리 료칸의 아침저녁으로 나오던 식사는 우리 전주 스타일 못지않게 여러 가지의 찬이 한 상 펼쳐졌고 40년 전 교토의 고급 요정에서 아버지와 대접받았던 긴 코스로 나오던 요리의 추억도 화려하다. 그런 몇 만엔 이상의 고급 요리 집이 교토에는 꽤 있다.

　동지사 대학에서 공부하던 기간에는 그럴 시간도 여유도 내지 못했으나 그 전 후로 여러 곳을 스스로 탐식해 보고 과히 비싸지 않은 그러면서도 품위 있는 곳을 여나무 군데 알아내어 자산으로 삼고 있다.

  그중의 하나가 이 유자 요리다. 5천 엔 값에 비해 풍성하고 역사의 중후함이 있고 무엇보다 맛이 살아 있다. 어디서도 보지 못한 맛이다. 일본에서 나를 보러 오거나 서울에서 가는 분에게 알려주고 싶은 나의 숨겨놓은 자산 중 하나이다.

유즈야 료칸의 유자죽 - 2016 2

이타다키마스

동지사대학 바로 옆의 상국사相國寺

내 생의 첫 기억은 부산 초량의 피란 시절, 기도하시는 외할머니 품에 안긴 것이다. 새벽 4시마다 할머니는 기도하셨다. 독실한 불교신자셨다.

뛰어난 그 우윳빛 피부의 미모가 사람들의 감탄을 자아낼 제마다 곁에 있던 내가 으쓱해졌던 1904년생의 할머니는 한때 집안의 막강한 영향력을 갖고 계셨다.

당시 서울대 가는 것보다 어려웠다던 서울의 덕수초등학교 여학생 중 전교 1등으로 졸업한 나를 중학교 배정 날 오시어 이화 줄에 서게 하신 것도 할머니였다.
 80명 한 반에 20여 명이 대문을 마주하고 있는 경기로 가던 때였다. 친구들이 '너 거기 줄서는 거 아니야' 라고 했다.
경기에 가면 과부가 된다는 것이 이유였다. 할머니와 경기를 나온 할머니 친구들이 6·25때 납치와 그 전쟁으로 과부가 된 것이다.
 그렇게 할머니 손에 이끌리어 이화를 갔고 크리스천 학교의 영향으로 나는 후에 크리스천이 되었다. 불교신자인 할머니가 나를 크리스천으로 전도한 셈이다.
 그렇게 미국에서도 한국에 돌아와서도 신앙생활을 하고 있다. 그리고 이제는 내가 다니고 있는 교토의 동지사 대학이 마침 크리스천 대학이어 자연스럽게 그 채플을 다니고 있다.
 그러나 아주 어려서 할머니의 손을 잡고 절에 간 기억은 생생하다.
 한 번은 얼어붙은 겨울 날 서울 도선사에서 빙판길을 내려오다 할머니와 내가 계속 미끄러지고 엎드러지는데 지나던 청년이 붙잡아드리니 '아휴 구세주를 만났네' 하며 그 손을 붙잡고 긴 언덕받이를 소녀처럼 즐겁게 내려가시던 생각이 난다.
 여기 크지 않은 도시 교토는 어딜 가나 절이다. 크고 작은 절이 3천개가 넘는다고 한다. 불교는 우리가 6세기에 전해준 것인데 그 전통이 천년 넘어 이어져 왔고 역시 우리가 전해 준 그 안의 정원은 어딜 가나 기막히게 아름다워 교토 최고의 자산이요 세계인들이 몰려오는 관광 자원이기도 하다.

 천년 전 우리 선인들이 지은 목조건축과 그 정원 예술을 볼 적마다 나를 길러 주신 할머니가 이 아름다움을 보셨을까 하는 생각을 해본다.

 1920년대 와세다대 법대를 다니신 할아버지와 신혼살림을 동경에서 하셨고 1970년대에 아들인 나의 외삼촌이 오사카 공보원장을 하셨으니 혹시 보시지 않았을까 짐작해 본다.

 794년부터 1869년의 메이지 유신 때까지 천년 넘어 천황이 거주했던 고도古都 교토는 일본 문화의 정수가 켜켜이 쌓여 있는 곳이다. 세계문화유산 열아홉 곳 모두가 불교와 관련된 건축물과 조각품들이다. 한 도시에 불교 사찰만 수천 개이니 과연 세계적인 불교도시라 하겠다.

 올 초봄부터 그러한 도시에 그 문화를 바라보며 나는 살고 있다. 도시샤 대학은 아시아인으로 미국 대학 첫 학사인 '니이지마 조 新島襄'가 1875년 세운 일본 최초의 기독교 대학이다. 교토의 대표적 사찰이었고 조선통신사가 일찍이 묵었던 상국사相國寺 경내를 일부 불하받아 지은 학교다. 교내에 건물을 지으려고 땅을 파면 당시 그 사찰의 유물이 많이 나온다.

 그 상국사 절과 도시샤 대학의 채플이 바로 곁 담 하나를 사이에 두고 위치하고 명치유신 이후 국가 종교로 승격된 신도神道의 수장인 천황의 궁은 도시샤 대학 바로 앞에 있다. 세 종교가 한 지역

동지사대학 료신칸良心館을 지을 때 나온 상국사 유물

바로 곁에 붙어 공존하는 것을 보며 일본 문화와 의식을 여러모로 생각하게 된다.

신도는 우리 백제가 불교를 전해주기 전부터 있어 온 종교로 일종의 자연신 숭배사상이다. 불교의 전래는 기득권 세력의 저항이 있었으나 백제 후예인 성덕태자의 노력으로 일본 중심 종교로 정착하게 된다. 그 불교가 일본에 뿌리를 내리면서 신도교의 자연숭배사상을 수용하게 된다. 그중 눈에 띄는 것이 생명 존중사상과 환경보존사상이다.

대학 독해 시간에 그와 관련된 예 하나를 태웠다. 음식을 들기 전 일본사람은 누구든 '이타다키마스' いただきます(頂きます, 戴きます,받습니다) 하며 두 손 모아 예를 갖춘다. 이를 상대와 그 재료

를 기른 이와 그걸 만든 이에게 하는 감사로 나는 알고 있었다. 그 의식은 함께 하는 이나 기른 이에게가 아니고 고기나 생선, 곡식과 채소 등 그 생명에 깃든 영에게 하는 표현이라고 했다. 신도교 사상에서는 만물에 영이 깃들여 있다고 보는 것이다.

고개를 갸우뚱하며 내가 물었다. '그래도 기른 이에게 잘 먹겠다는 뜻도 있지 않겠는가?' 그렇지 않다고 잘라 말했다. 희생된 생명에 비해 기르고 만든 수고는 비할 바가 아니라는 듯했다. 귀한 생명을 죽여 조리해 먹는 것이니 그 야채와 물고기는 우리의 생명을 위해 희생되는 셈이다. 그러니 희생된 그 생명과 영靈에게 미안함과 고마운 마음을 표하며 '그 생명과 영을 제가 받겠습니다' 하는 것이 '이타다키마스'인 것이다. 이는 모든 생명을 귀히 여기는 불교 사상과 통한다.

세상의 모든 생명체가 인간만큼 소중함을 가르치며 살생을 금지하는 가르침이다.

창조된 주위의 생명체를 다시 돌아본다.
다양한 생명체와 함께 평화롭게 살아가야 하는 것이 우리 인류의 의무라는 생각이 새삼 든다.
교토는, 6·25 동란에 법원에 계시던 할아버지가 납치당해 가신 후, 첫 손주인 내게 지극한 사랑을 쏟으신 장복순 할머니의 생각을 유난히 많이 나게 하는 도시이다.

너무 일찍 갈 사람에게 정을 들이는 게 아니었다

아아 할머니

'이타다키마스' 동지사 대학 오므라이스 학생 식당 - 2016

아도리브アドリブ

 일어로 '아도리브'가 무슨 뜻인가 했다. 간판에 '밥집 아도리브'라고 쓰여 있었다.

 한참 생각해 보니 영어의 ad lib 이었다. ad lib은 영어로 즉흥적으로 말하다 즉흥적으로 하다라는 뜻이니 요리를 정해진 메뉴 없이 즉석에서 만들어낸다는 뜻이리라.

 교토의 동지사 대학 서문으로 나와 북쪽으로 몇 분만 걸으면 우측에 나오는 아주 작은 밥집 이름이다. 대학이 시작하기 전, 방을 미리 구하러 서울에서 며칠 갔다 학교에서 만난 학생이 그곳을 안내해 주었다.

 밥상이 겨우 두엇, 카운터에 걸터앉는 자리가 네댓 개가 다다. 그것조차 손님이 차지 않을 적도 있지만 즉석에서 만들어내는 요리를 주는 대로 받으니 메뉴를 고르는 고민이 없다.

 일본에 이찌주 산사이一汁三菜 란 말이 있다. 국 하나에 반찬 세 가지란 뜻이다. 기본이 밥과 국에 반찬 세 개를 놓고 먹는다는 거다. 그런데 아도리브는 다섯 가지를 준다. 국과 생선과 찬이 매일 바뀌는데 색채가 좋고 맛이 좋다. 무엇보다 편안하고 고향 집에서 먹는 밥 같다. 800엔이 너무나 싸다.

 방을 대학에서 걷는 거리에 정하고는 서울에 갔다가 학기 시작할 때 다시 오니 생각지도 못한 외국인거주자 등록증 만들기, 대학 입학을 위한 건강검진과 건강보험증 만들기 등 행정 일들이 기다리고 있었다. 그리고는 학기가 시작이 되고도 얻은 방에 일상에 필요한 것 매일 채우기도 일이었지만 공부 외에 다른 것은 전혀 할 수 없을 정도로 커리큘럼과 공부의 강도가 아주 높았다. 수시로 지목받기 때문에 예습도 철저히 해가야만 했다.

 하루 세끼를 해결해야 하는데 마침 집이 긴 전통시장 바로 앞이어 채소 과일 생선 등 먹을 것을 파는 가게가 많고 커다란 수퍼도 두 개나 그 안에 있어 좋은 식재료를 싸게 살 수 있었다.

 생선 사시미가 싱싱하고, 판매품인데 즉석에서 짠 듯 프레시한 두유가 맛이 있다.

빵과 과일 두유와 요구르트를 조금 들고는 아침 8시 40분쯤 학교를 빠른 걸음으로 걸어가 9시 시작을 맞춘다. 보통 90분짜리 수업을 두개 듣고는 점심을 드나 10시 반 수업이 없을 때는 료싱칸良心館 새 건물 1층의 베이커리에서 줄을 서 갓 구운 빵과 수프를 먹는다.

점심은 캠퍼스 몇 군데에서 드는데 주로 료싱칸의 드넓은 계단을 깊이 내려가면 수백 명을 수용하는 학생 식당에 간결한 건강식이 죽 늘어서 있고 식성에 맞게 이것저것 골라 일부를 카운터 저울에 올려놓으면 무게를 재어 비교적 적은 값에 들 수가 있다.

학교 밥은 백미여서 나는 시장에서 현미와 콩과 몇 가지 잡곡을 사 현미밥을 지어 한 웅큼 학교로 가지고 간다. 450엔 오므라이스를 만들어 주는 곳도 있는데 맛이 좋아 그것도 자주 든다. 내가 대학 구내식당에서 매일 먹는 것은 시간 절약이 큰 이유지만 그것 못지않게 매일 숙제와 시험과 페이퍼 써내는 것이 많기 때문이다.

일어도 어눌한데 과제물이 많아 도움을 받을 수 있는 학생 알바를 구하려 했으나 여의치가 않았다. 알바를 하는 학생은 많아도 가르치는 사람은 잘 보이지 않았다.

어느 날 학교 식당에 앉아 점심을 하며 곁에 앉은 일본 학생에게 이해 안 되는 것을 물으니 친절하게 가르쳐 주었다. 거의 매일 그 덕을 보았다. 그렇게 매일 캠퍼스에서 점심을 들고 저녁도 가끔 들며 열심히 공부를 했다. 어디에서나 나는 열심히 공부한 사람이었으나 언제 또 이런 기회가 올까 싶은 생각에 더 열심히 했다. 이제야 철이 난 것이다.

언젠가 아도리브에서 맛나게 밥을 든 것은 까맣게 잊고 있었다. 캠퍼스 밖을 잘 나가지 않았기 때문이다. 두 학기를 마치고 서문으로 나와 산책삼아 조금 북으로 걸으니 아도리브 간판이 보인다. 아 참 아도리브, 그 독특한 이름이 있었지, 반가워 들어가니 낯익은 부부가 반가이 맞는다.

오노 히로미大野廣美 부인이 부지런히 요리를 하고 오노 가오루大野薰 남편은 주로 서 있다가 음식 쟁반을 나른다. 전에는 남자가 커피를 좋아하여 음악이 있는 카페를 했다는데 그 후 식당을 한 지도 42년이 된다고 한다. 그래서인가 비틀즈와 오노 요코의 사진이 벽에 붙어 있다.

 두 사람의 모습이 허술하고 편안한 게 깍듯하고 예의 바른, 흔히 보는 일본사람보다는 수수한 한국사람에 가깝다. 한국관광객이 일본에서 좋아하는 것이 온천이고 음식이라고 한다. 평양이 고향인 아버지 영향으로 일생을 맵지 않고 슴슴하게 먹어 일본의 담백한 음식이 입에 맞는다.

 미소시루 된장국에 생선 한 토막, 오이 장아찌와 야채 반찬 두어 가지의 정갈한 쟁반을 받으면 내 집에 온 듯 편안해진다. 진작 왔으면 좋았을 걸 하는 생각이 든다. 맛있다고 칭찬해 주면 부인이 좋아하며 아 한국의 음식은 어떤 것일까요~ 궁금해 한다. 한국에 한 번 오세요, 맛있는 것들이 있어요 하면 하루 휴일밖에 없는데 외국을 간다는 건 먼 꿈이라는 듯 이국을 동경하는 표정을 짓는다.

 타국의 삶은 외롭다. 더더구나 늦은 만학의 생활은 힘들고 불편하고 외롭기 짝이 없다.

그래서 구석에 짐 보따리가 좀 보이고 완벽하지 않아도 집같이 푸근한 아도리브를 도시샤 대학에서 공부하는 동안 기대지 못한 것이 아쉬워 귀국하기 전에 몇 번이나 거기를 찾았다.

 내가 밥을 꼭꼭 씹어 맛나게 다 먹기까지 오오노 부부는 고향의 풍경같이 매번 거기에 푸근히 서 있어 주었다.

이찌주 산사이 一汁三菜
'아도리브'의 정갈한 밥상을 받으면
고향 생각이 난다
가신 어머니 생각이 난다

다시는 못 볼 그 손맛

'커피 스마트'에 줄을 서며

데라마치寺町 시장 속 왼편에 혼노지本能寺, 우편에 커피스마트

    교토는 로마처럼 도시 전체가 살아있는 박물관이다.
    어디를 밟으나 천년의 역사가 숨을 쉬는데 하다못해 일상의 장을 보는 시장 속에도 역사 속 영웅의 죽은 곳이 있다. 시내 한복판, 니시키錦 엄청난 크기의 시장에 연결된 데라마치寺町 시장 안의 혼노지本能寺 절 이야기다. 혼노지는 당대 권위 있는 절이기도 하지만 '혼노지의 변本能寺の變'으로 더 유명하다.
    전국시대에서 아즈치 모모야마安土桃山 시대에 걸쳐 강력한 세력

을 구축한 오다 노부나가織田信長는 서편의 강력한 적인 모리毛利 가家를 공격하기 위해 병력을 동원한다. 동원된 병력 중의 하나인 아케치 미쯔히데明智光秀가 오다의 명령으로 진군하던 중 갑자기 혼노지로 난입하여 거기에 숙소를 잡고 있던 오다 노부나가를 공격하여 그를 자결하게 만든다. 그렇게 오다 노부나가의 전국 통일의 꿈이 바로 눈앞에서 사라지게 된 사건이다.

당시 아키치 미쯔히데가 오다 노부나가에게 반역하여 자신의 부하에게 명한 '적敵은 혼노지本能寺에 있다' 라는 말은 지금도 의미심장하게 쓰이고 있다.

혼노지는 조선 통신사가 일본에 가면 머문 곳이기도 한데 1582년 오다 노부나가가 죽고는 불에 타 지금의 데라마치 시장 자리에 규모를 축소하여 이전했고 거기에 오다의 무덤을 세우고 수 많은 전투에서 쓴 그의 검과 유물이 그 안의 박물관에 전시되어 있다.

데라마치는 니시키 시장 속에서도 얼핏 보기에 고급스러운 상점들이 늘어서 있는 시장이다. 데라마치 시장 안의 역사 깊은 그 혼노지本能寺를 보고 나오는데 바로 앞에 줄이 서 있었다. 일본사람은 긴 줄이 있으면 무엇인지 묻지도 않고 무조건 줄을 서는데 나는 공부로 시간이 부족하거나 주로 짧은 기간의 방문이어서 긴 줄은 피할 수밖에 없다. 그런데 여기는 그저 네댓 명의 줄이어 나도 그 뒤에 따라 섰다.

차례가 오기 직전엔 안으로 들어가 작은 의자에 앉아 기다리는데 구수한 냄새가 풍기는 커피집이다. 안팎으로 'Coffee Smart' 그 집 상호가 쓰인 빨간 통의 커피 통들이 쌓여 있고 긴 역사를 상징하듯, 놓인 테이블과 의자가 수십 년이 더 되어 보인다. 대대로 이어지는 오래된 상점이 많은 교토여서 새삼 놀랄 일은 아니나 주위에 모던하고 멋스러운 커피숍도 많은데 이 오래되고 어리숙해 보이는 집에만 줄을 서 인내심 있게 기다리는 것이 신기하다.

나도 어느 쪽인가 하면 모던과 클래식 중에는 후자인 편이다. 현대적 모던은 확 끌렸다가 새로운 모던을 찾게 되지만 클래식은 역사가 더할수록 편안하고 끌어들이는 묘한 매력이 있다. 나같이 생각하는 사람이 거기에 그렇게 기다리고 있다는 것에 안도감이 든다.

나는 커피를 마시지 않는다. 어려서 서울에 서양식 레스토랑이 드물던 때, 집 가까이 북악산 스카이웨이를 오르면 '베어 하우스'라고 고급 레스토랑이 있었는데 그곳에서 식사하며 그 맛을 좀 보곤 했었다. 미국 유학가기 전날 밤, 다음 날부터 펼쳐질 삶의 역사를 모른 채 가족과 그곳에서 식사를 하며 끝에 마신, 크림을 듬뿍 넣은 커피는 그 맛이 지금도 기억에 생생하다. 그러나 그 후 미국에서도 한국에서도 그걸 마시지 않게 되었다.

  요즘은 서울에 커피집이 한 집 건너인 듯하고 멋쟁이 커피 드링커들은 블랙커피를 그것도 브랜드를 까다롭게 골라 마시는데 상대가 권하면 그저 한두 입 맛을 볼 뿐이다.

  차문화가 발달한 교토는 우리처럼 카페가 넘치지 않는데도 커피 맛이 아주 발달되어 있다. 우리보다 훨씬 전에 서양 식음료 문화를 공부하기도 했고 그들 특유의 연구하는 장인 정신 때문일 것이다. 음식이나 케이크이나 커피의 맛이 서양 맛을 그대로 받아들이는 게 아니라 동양의 입맛에 맞게 철저히 연구하고 변화시키어 우리 입에도 잘 맞는 느낌을 받는다.

'Coffee Smart' 는 오래된 분위기도 푸근하나 커피 맛이 극히 부드럽고 거부감이 없어 남들이 좋아하는 쏩쓸한 커피 맛을 꺼리는 나도 그곳에 가면 커피를 시킨다.

  거기에 딱 세 가지 메뉴, 프렌치 토스트와 핫 케이크, 캬러멜 푸딩이 있다. 계란에 푹 담가 고슬고슬 지진 프렌치 토스트는 일본 어디에나 일반화 되어 있으나 그곳의 프렌치 토스트는 특히 맛이 있어 그 위에 시럽을 뿌리고 커피와 함께 한 입을 물면 곧 행복해진다.

늘 네댓 명이 그 앞에 기다리고 있는데 긴 줄이 아니어 곧 내 차례가 오겠지 하고 기다리나 실제는 많이 기다리게 된다. 마침내 자기 차례가 되어 들어가 오래 묵은 의자에 푹 앉아 편안하고 친절한 서비스를 받으며 맛을 즐기느라 곧 나오게 되지 않기 때문이다. 그러나 밖에서 기다리는 사람들은 아마도 대개는 그 맛을 본 경험이 있어 기다리는 것이 지루하고 시간이 아까워도 그 행복감이 몸에 배어 있어 꾹 참고 있는 것일 게다.

일본사람이 우리보다 참을성이 많고 서두르지 않고 분노를 덜 내는 것은 앞으로 올 시간과 앞날의 행복을 그렇게 믿고 상상하며 참고 기다리는 것이 습관이 된 때문일지도 모른다.

두툼한 프렌치 토스트 한 점에 순한 커피를 곁들이면 기다린 보람이 있다. 프렌차이즈 카페가 온 세계를 휩쓸기에 역설적으로 이런 구식스러운 곳이 더 돋보이는 건지도 모른다.

거기가 교토의 커피숍 필수 코스인지는 알 수가 없다. 소문을 들은 적도 없다. 오로지 혼노지의 서슬 퍼런 역사를 둘러보고 나오다 바로 앞집에 줄을 서 대본산 혼노지大本山本能寺 푯말을 바라보며 노다 오부나가 시절에는 없었을 커피 맛을 체험했고 평시 커피를 마시지 않는 내가 교토에 가면 커피를 마시러 일부러 찾아가는 집이 되었으니 생각하면 그것은 신기한 일이 아닐 수가 없다.

프렌치 토스트 - 교토 커피 스마트 2017

인연

동경 소식

긴자 4정목의 와코 左와 미쯔코시 右

　오랜만의 동경東京이다.
일본에 유학을 하면 당연히 동경을 자주 가게 될 줄 알았는데 교토의 공부로 그게 여의치를 않았다. 어머니 시를 황병기 선생이 작곡하신 음악발표가 있어 지난 봄 하루 오고는 처음이다.
　동경은 실로 많은 추억이 있는 곳이다.
아버지 어머니와의 추억이 많지만 그 후의 추억들도 많이 있다.
　교토의 예술인, 땅 아래 늘어지는 사쿠라가 채 피지를 않아 못보고는 신칸센 기차로 2시간 10분, 교토보다 남쪽이고 동쪽인 동경을 오니 막 피어난 어린 꽃이 하늘하늘 맞아준다.

'청소년 국제회의'로 동경을 처음 온 것이 대학교 때였던가. 아지금도 교토의 대학생이네 하는 생각이 새삼 드나 그 사이의 세월은 긴 것이었다. 동경은 서울이나 다른 큰 국제도시에 비해 긴 세월 변화가 많다고 할 수는 없다.

일본을 간다는 건 서울을 가듯 주로 동경이었는데 이러저러 아는 인연들이 있어 조용히 공부에 집중하기에는 뚝 떨어진 교토가 낫지 않을까 하고 교토를 택했었다. 서울에서 1시간여 가깝고 잘 된 선택이었지만 그래서 외롭고 힘에 겨웠다.

옛 시대에 사는 듯, 옛 풍광과 풍물을 고이 간직한 교토에 비해 동경은 역시 대단한 국제도시이다. 동경시 안에만도 인구가 1400만이요 외곽까지 하면 2천만이 훌쩍 넘는다.

교토에서 옮겨온 황궁이 있고 에도시대에 흐르던 강이 있으며 도시가 바다를 면하고 있다. 하마리큐浜離宮나 리쿠기엔六義園 같이 역사를 품은 아름다운 옛 정원들을 간직하고 있으나 교토와 다른 점이 있다면 이곳 정원들은 주위의 높은 현대식 고층 건물들에 둘러싸여 있다는 것이다. 그래서 정원의 속살이 교토와 다른 느낌을 준다.

동경의 도심 가로수들의 가지치기 모습이 눈부시게 아름답다.

아버지와 머물고 어머니의 출간기념회를 주로 하던 추억의 데이코쿠帝國 호텔이 황궁 앞에 서 있고 그 천개의 방, 뒷문으로 나가면 맨하탄의 Saks Fifth Avenue와 파리의 샹젤리제에 맞서는 긴자銀座가 된다. 가장 번화한 긴자 4정목 네거리에는 와코와 미쓰코시 백화점이 예전 그대로 있고 많은 상호가 거기 그 자리에 여전히 있다.

어느 나라에서도 볼 수 없는 것은 동경의 긴자에는 딸기 한 개에 우리 돈 만원이 넘고 멜론 하나에 30만원이 넘는 것도 있다. 몇 십 년 전에도 그랬다. 미국에서 그렇게 싼 망고 아보카도 사과가 무슨 스토리를 입었는지 그리 비싸도 없어서 못 판다고 했다. 눈에 띄게 달라진 것은 긴자에 발에 차이도록 많아진 사람 거개가 중국인이라는 것이다.

10년 전 15년 전에는 긴자에 나가면 사람이 별 없었다. 그렇게 변화하던 긴자가 일본의 잃어버린 20년을 거치며 내가 걸으면 사람 구경을 잘 못할 정도였는데 한 4, 5년 전인가부터 사람들이 모이기 시작하는 것이 신기하더니 이제는 1, 2년 전부터 중국말만 귀에 들려오는 느낌이다.

중국인들이 한국에 못 오게 된 후로 그들이 대거 일본으로 오고 있는 것이다. 교토가 중국인들로 붐비고 동경도 그러하다. 총리가 직접 나서서 대대적인 관광책을 펼치고 있고 방문한 사람들이 일본인의 친절과 상냥함, 정직함, 대접받는 듯한 기분에 반해 그 수가 기하급수적으로 불어나고 있다.

여러 번 동경에 왔지만 사흘간의 짧은 것이었는데 오래전 대학 어느 방학엔가는 석 달을 머문 적도 있었다.

기억력 좋은 그때 일본어 공부를 했다면 이리 늦게 한 일본 유학

¥32,400짜리 긴자 멜론

이 조금은 덜 고생스러웠을 텐데 하는 생각을 해본다.
뒤늦은 후회다.

  1980년에는 고전문학인 만엽집 연구로 어머니가 동경 대학에 머무시어 미국에 살던 내가 방문한 적도 있다.

  그 겨울 긴자 4정목 교차로를 건너며 어머니가 점심을 데려간 곳은 어디였을까 그 생각을 하며 걷는다. 언젠가 같은 긴자 4정목, 아버지가 여기가 상송을 하는 유명한 곳이라고 소개한 그 집은 어디일까 이리저리 기웃거려 보게 된다. 사람이 아주 떠나간다는 건 상상도 못할 때여서 철없이 따라다니다 한참 후에야 사무친 그 기억을 더듬는 것이다.

  3년 전엔 나의 출간기념회도 이곳 일본 외신기자클럽에서 가진 적이 있다.

 황거의 너른 뜰과 그를 둘러싼 연못이 저 아래 내려다보이는 곳으로 미국을 비롯한 각국 정상급 인물이 스피치와 인터뷰를 하는 유서 깊은 20층 바로 그 공간이다. 오래전 미국 유학 시절 뉴욕에서 만난 일본 친구 마에다 슌이찌前田俊一가 늘 점심을 초대하는 곳이기도 하다.

 일본의 쓰나미 시절, 두 권에 실린 이웃인 일본인과 인류를 향한 위로와 우정에 감격해 하던 그들이 떠오른다.

 여러 사정도 있지만 일본과 우리는 지리적으로나 역사적으로 뗄래야 뗄 수 없는 관계로 서로 이해하고 보듬으며 앞으로 나아가야 한다. 그런 나아진 관계를 만들어 후대에게 넘겨주어야만 한다.

 그런 오래 묵은 생각들을 하며 나의 조국과 내 고향 서울을 생각하며 이 봄, 나는 동경을 걷는다.

부모님이 가시고야 철은 드는가
나보다 젊으셨던 아버지 어머니의 그 마음 헤아리며
돌아보는

봄비는 긴자 4정목
텅- 빈 그 네거리

37년 전 어머니와 차를 들던 동경 긴자 4정목 찻집

오뎅을 먹으며

야스코やす幸

벌써 오래전의 일이다. 갑자기 어머니가 서울에서 가시자 여러 추억이 몰려왔다. 그중 하나가 1980년 워싱턴에 살 때인데 서울 집으로 가면서 당시 동경대 대학원에서 만엽집萬葉集 연구를 하시던 어머니를 만나러 동경에 내렸다.

그때 어머니와 외식을 한 중에 가장 인상에 남는 것이 긴자 4정목 어딘가에서 오뎅을 저녁으로 들었던 오뎅집이다. 어머니가 언젠가 세상을 떠나신다는 생각을 해본 적이 없어, 긴자銀座에서 가까운 쯔끼지 つきじ築地 수산시장에서 먹은 스시, 긴자에서 든 하이라이스 그리고 오뎅을 먹으면서도 주위를 둘러보지 않아 거기가 어디인지 전혀 생각이 나질 않았다.

가시자 그제야 철이 좀 든 나는 일본에서 대가로 알아주는 어머니의 시심을, 가시기까지 일생을 산 한국에서 알려지지 않은 것이 아쉬워 여러 책을 기획하고 일생을 다룬 영상 작품의 기획을 했다. 한국과 일본을 오가며 찍은 어머니의 다큐멘터리가 2년이 되어서야 완성이 되고 동경에서 다큐 시사회를 가지게 되었다.

호텔에 짐을 풀고 뒷문으로 나가면 긴자銀座였다. 긴자를 보니 그 오뎅 집을 찾아야겠다는 생각이 퍼뜩 들었다. 인상에 남는 건 맛도 고급스러웠지만 아담한 크기의 오뎅집에 딩크 코트 등 고급으로 치장한 사람들이 보였고 어머니가 내는 돈이 생각보다 커서 놀랐다. 서울에서 오뎅은 서민적이고 싼 음식으로 알려져 있기 때문이다.

어머니와의 추억도 돌아보고 그걸 점심으로 먹고는 6시 시작하는 다큐 시사회에 가려고 마음먹었다.

긴자 4정목에서 어느 방향이었는지 전혀 감이 안 와 이쪽으로 갔다 저쪽으로 갔다 시간은 자꾸 가고 아래위로 아무리 걸어도 긴자 비싼 땅덩어리에 오뎅집 해서 그 임대료 내고 할 만한 데가 영 보

이질 않았다. 화려한 긴자를 두세 시간 걸으며 마음이 급해 주위를 살피나 그 집 이름을 모르니 속수무책이었다. 이러다간 모처럼 온 동경이고 어머니를 아는 많은 분들이 참석하는 시사회에 인사도 하고 일어로 스피치도 해야 하는데 늦으면 안 되겠다 싶어 아쉬우나 아무거나 빨리 들고 가야 해 스즈란 すずらん鈴蘭 골목 깊이에서 그저 먹는 데 같아 보이는 집 노렝 のれん暖簾을 제치고 들어갔다.

 어머니와 둘이 가진 추억 찾기를 완전 포기하고 당시 위치나 상호를 보지 않은 걸 후회하며 미국의 좋은 이야기도 많은데 오래간만에 뵌 엄마에게 하필 가슴에 쌓인 고민거리나 얘기한 걸 더 깊이 후회했다.

 아니 그런데 이게 웬일인가. 전혀 기대하지 않았는데 안으로 들어가 오뎅 끓이는 커다란 통을 보니 그토록 내가 찾던 바로 그 집이 아닌가. 아 그렇다, 야스코やす幸 였다.

 엄마와 같이 앉았던 자리가 보이자 손을 놓쳐 엄마 잃은 고아처럼 나는 울음을 터트렸다. 엄마의 손이 그곳을 찾으려 애쓰는 이 딸을 그리로 인도하셨다는 생각이 들었다.

 엄마와 둘이 오뎅 끓이는 그 카운터 앞에 앉아 요거요 조거요 큰 통속의 오뎅을 손가락으로 가리키면 동그란 접시에 먹음직하게 내주던 바로 그 자리다. 2005년에 다시 앉았으니 어머니와 들던 게 25년 전의 일이고 지금으로부터는 37년 전의 일이나 엊그제 같기만 하다.

　살아 계실 때 일본 천황이 단가短歌의 대가로 궁에 초청하였고 내가 엄마 없이 오뎅집을 찾은 그때는 서울의 한일정상 회담에서 양국정상이 어머니의 평화정신을 이야기한 직후였다. 그 일을 조금만 서둘렀다면 어머니가 그 광경을 보실 수 있었을 텐데 하는 아쉬움이 없는 건 아니다. 그 생각을 하며 어머니의 시를 담은 액자 하나쯤 이 작은 벽에 붙이면 어떨까 하는 생각을 해 보았다.

　나는 그 후 동경에 갈 일이 있으면 1980년 한겨울 추억의 오뎅집 야스코부터 찾는다. 어머니의 모습이 또 보일까 싶어서다.
누가 식사 약속을 하자고 하면 거기에서 만나기로 한다. 거기서 그 스토리를 들려주면 감격해 하고 맛에도 감동을 한다.

　연로한 주인의 어머니가 세운 오뎅집이라니 역사도 길 것이다. 오픈된 작은 주방에 오뎅 끓이는 사람이 십여 명은 되고 12년 전이나 지금이나 같은 얼굴들이 반겨주어 편안하다.
 그 후 어려운 일이 있으면 그 오뎅집을 찾다 찾다 낙담해 포기할 수밖에 없었던 바로 그 순간, 불현듯 해피엔딩이 되었던 그 생각을 떠올리며 나는 희망의 자세를 곧추 세운다.

삶의 고비
헤메고 헤메어도 답이 안나올 제
나는 떠올리네

말없는 어머니의 그 메시지

두 도시 이야기

동경과 파리

최근 '백제와 한일관계의 미래' 라는 주제로 국제 심포지엄이 있었고 스피치를 하게 되어 동경엘 갔다.

 세계 어느 곳을 가든 나는 호텔 이름에 신경쓰지는 않는다. 그러나 동경만은 데이코쿠帝國 호텔 Imperal Hotel로 하게 된다. 아버지와 함께 한 추억 때문이다.

 데이코쿠帝國 호텔은 일본 최초의 서양식 호텔로 일본 황궁 앞에

1887년 세워진 동경 데이코쿠帝國 호텔 로비와 벽화

있어 궁이 내려다보이고 수많은 나라의 왕과 국가 원수가 머물며 일본의 하나뿐인 공주가 결혼식을 했을 정도로 긴 역사와 전통이 있다. 프랑스의 요리를 본고장에서 배워 와 연구해 온 역사가 120년을 더하고 룸이 천 개가 넘으며 건물 바로 뒤로부터는 화려한 긴자가 시작된다.

비자 받기 어렵던 시절 나는 청소년 국제회의에 참석하러 동경을 처음 갔고 대한민국의 '발명의 날'을 제정하시고 특허, 상표, 지식재산권의 선구자요 개척자인 아버지는 그때 일본에 특강을 하러 자주 가셨다.

아버지가 서울 집과 동경을 왕복하시는 동안 나는 그 호텔에 석 달 가까이 머무르게 되었다. 혼자 남게 된 나는 새로운 문명에 눈을 뜨기 시작했다. 서양 문화를 일찍 받아들인 그들은 문화와 예술 분야마다 역사가 길었고 그것이 큰 공부가 되었다.

 호텔 한쪽 벽면 가로 30m 전체의 벽화 설치가 아름다운 로비에서는 인상적인 만남들이 있었다. 공산주의라면 벌벌 떨던 시절, 김일성 뱃지를 단 북에서 온 듯한 사람이 엘리베이터에서 말을 걸어와 무척 놀랐으며 로비의 찻집에서 찻잔을 사이에 두고 한 아버지와의 정감 있는 대화는 물론, 구석구석 아버지와의 추억이 참 많은 곳이다.

 몇 번 나를 거기에 남겨두고 서울로 떠나셨던 아버지는 얼마 후 나를 이 땅에 남겨놓고 세상을 떠나셨다. 하늘이 노래진 듯했다.
 여러 국제회의와 세계 음악회에 함께 한 기억이 있지만 특히 동경의 데이코쿠 호텔 정문에 들어서면 화안한 아버지의 얼굴이 보인다. 듣기 좋은 음성으로 내게 해 주신 모든 말이 유언되어 내 귀에 울려온다. 그러면 나는 사방을 향해 아버지를 향해 눈물어린 미소를 지어 보인다. 이번에도 정겨운 그 모습이 보이고 듣기 좋은 음성이 들려왔다.

 회의 참석을 다 하고 여정이 다할 무렵 호텔 커다란 로비 한쪽 켠에 'Tales of Two Cities'라는 전시가 눈에 들어온다. 챨스 디킨스의 소설 제목과 같다. 도쿄와 파리 '두 도시 이야기'이다.

 1887년 데이코쿠 호텔이 세워진 도쿄와 당시 파리에 세워진 에펠탑과 그곳에서 열린 만국 박람회 그리고 프랑스 화가들의 인상파 화풍이 한창 시작된 두 도시의 역사와 문화와 예술 이야기가 호텔의 옛 사진과 모형으로, 맥아더 장군의 거처이며 당시에 화제를 뿌린 신혼여행 중인 마릴린 몬로, 에바 가드너, 찰리 채플린, 헬렌 켈러와 대처, 처칠 등 그곳 단골인 세계인들의 이야기 그리고 그림과 당시의 메뉴까지 잘 전시되어 있다.

'전통은 미래를 떠올리게 한다' 는 시적인 구호가 보이고 호텔 창립 120주년 기념으로 프랑스 오르세Orsay 미술관의 그림 전시회가 동경 국립신미술관에서 열리고 있다는 문구도 있다.

그곳으로 달려갔다.

동경대학 연구소가 있던 자리에 세워진 국립신미술관은 롯폰기 미드타운 근처에 위치하는데 건축도 좋고 150점의 전시 내용이 무엇보다 훌륭하다. 담는 그릇도 중요하나 역시 소프트웨어가 핵심이다. 언젠가 서울에 왔던 오르세 전시회 60여 점과는 내용에 차이가 있다.

특히 반 고흐의 '별이 빛나는 밤 The Starry Night 일어 번역은 별이 내리는 밤'과 폴 고갱의 '타히티 여인 Tahitian Woman'은 캔버스에서 튀어나와 살아 움직이는 듯하다. 미국에 있을 때 워싱턴과 뉴욕에서 그걸 보았지만 정작 파리 오르세 미

술관은 몇 번을 갔어도 보지 못한 귀한 작품들이다.

고흐는 살아서 그림을 팔아보지도 주위와 세상에 인정을 받지도 못했다. 원망스런 세상에 들을 것 없는 자신의 귀를 자르고 정신병원에서 그림을 그리기도 했다.

아무도 알아보지 못한 그를 100년 후 이제야 숨죽이고 긴 줄을

폴 고갱　　　　　　　　빈센트 반 고흐

서 만나고 있다. 그렇다면 그는 적어도 100년을 시대에 앞서 갔고 우둔한 후대는 그의 심정을 깨치는 데 100년이 걸린 셈이다.

　빛나는 불후의 그림과 비참한 환경을 견뎌내며 그려나간 그의 영혼도 나는 바라보았지만 100년 전 그의 혼을 마음깊이 교류하고 있는 일본사람들의 얼굴도 찬찬히 바라다보았다.

　삶의 고통스런 상처를 보다듬어 예술로 끌어올린 그 깊이와 높이와 섬세함의 극치, 새카만 하늘에 빛나는 별들이 항구의 바다에 비치는 찬란한 장면 그리고 타히티의 원초적 평화를 원주민의 아름다운 원색으로 표현해 낸 고갱의 스피릿은 책으로 엽서로 프린트해 낸 것과는 큰 차이가 있다.

　외롭고 외롭게 화폭과 마주했을 고흐와 고갱.
지독한 고뇌와 고통, 가난과 아픔을 참아내어 그를 마주하는 후대 인류에게 위안과 영감을 주는, 그림보다 아름다운 그 예술가의 끝없는 기다림과 인내를 생각하면 가슴이 아려온다.

물론 그림을 값으로 매기자면 반 고호는 역사상 어느 누구보다 부자다. 그러나 그 고독과 험난한 삶을 죽어서라도 기어코 승리해내고야 만 그의 그림 앞에서 '이걸 값으로 매기면 얼마가 될까' 라는 천한 생각을 할 수는 없다.

인류의 역사가 있는 한 함께 할 예술가와의 정겨운 만남이요 은밀히 눈물지은 소중한 시간이었다.

동경의 내 어린 날 '추억의 고향'이요 사무치게 그리운 아버지와 함께 한 데이코쿠 호텔의 2층, 밤을 밝히며 연구해 온 셰프들의 긴 역사의 프렌치 레스토랑에서는 프랑스 오르세 전시회 그림을 테마로 한 요리 예술이 펼쳐지고 있다.

로비의 '두 도시 이야기'에 전시되고 있는 120년 전의 깨알 같은 메뉴와 고심의 흔적이 보이는 촘촘히 기록된 19세기 데이코쿠 호텔 셰프의 아름다운 일기장도 눈여겨보아야 할 품목이다.

시간을 뛰어넘어 보이는
아버지의 미소
동경 데이코쿠 호텔 로비에 서면

마주하는 그림
백년을 앞서 간 고흐의 영혼
별은 이렇게 빛나는데

데이코쿠帝國의 심볼인 로비 30m 전면의 벽화 '여명黎明'
1970년 다다 미나미多田美波의 7600개 유리불럭의 설치미술

아 벚꽃

치도리가후치 千鳥ケ淵

　주로 사나흘의 일본 방문인데 이번에는 동경 나라 요시노야마 교토를 길게 있었습니다.

　미국에서 고국 방문, 여기서 미국 방문의 그간 수십 년간 15시간의 비행을 생각하면 일본은 도시에 따라 불과 한두 시간의 짧은 거리입니다.

 학생 때 국제회의로 동경을 가는데 일본어 한마디를 몰랐고 지구 먼 데나 가는 듯 긴장을 한 때가 있었습니다.

 그 후 40여 년, 여러 번 일본을 갔지만 1년 365일 중 단 며칠간의 벚꽃 절정 기간에 간 적은 없습니다. 너무 이르거나 조금 지고 있거나 아주 많이 땅에 떨어져 내리고 있었습니다.

 그리고 서울에 다시 오면 4월 중순이 넘어 우리의 벚꽃이 피어났고 연희동 뒷산과 청와대 앞 경복궁 담에 핀 오래 묵은 벚꽃을 보았습니다. 그러다 얼마 전 우리 집 바로 앞길에 예쁘다고 할 수는 없지만 시에서 수십 그루의 벚나무를 심어 이제는 벚꽃 축제까지 열리기 시작했는데 하루 반짝 덥던 다음 날 새벽, 동경으로 떠나려 나가니 집 앞 벚꽃이 모두 활짝 피어난 것이 아닙니까. 어제까지 추운 겨울이었는데 이런 일을 여직 본 적이 없기에 놀랐고 20일이나 일찍 피어 동경과 같은 때이니 한쪽 꽃밖에 보지 못하는 것이 서운했습니다.

 하네다 공항에 내리니 추적추적 비가 내립니다.
공항에 나온 일본 분에게 벚꽃이 만까이滿開인 때 온 것이 처음이니 치도리가후치千鳥ヶ淵를 보고 싶다고 했습니다.

 어머니의 새 시집을 만들면서 친필의 글과 강연, 남기신 유고작들을 연구하는데 동경의 치도리가후치 벚꽃 이야기가 나왔습니다.

저는 여직 본 적이 없습니다. 황궁 주변인 것을 알고 몇 번 걸어가 찾아보았으나 늘 빠듯한 일정에 보지를 못했습니다.

이번엔 도착하자마자 팬 미팅과 점심 그리고는 요코스카 먼 곳으로 가 팬 미팅과 저녁이 있었습니다. 하나요리 당고 (꽃보다 당고 떡) 라며 종일 요리와 대담입니다.

다음 날부터 사흘, 치도리가후치의 꽃을 친구들과 그리고 혼자, 낮과 밤에 몇 번을 가보았습니다. 도심 한복판, 황궁을 둘러싼 물 양쪽 2 키로 길 내내 연분홍 벚꽃이 연둣빛 물을 향해 폭포수처럼 쏟아져 내리고 있었습니다. 바람이 불면 사흘도 못 가서 지는 이 꽃을 보려고 낮이고 밤이고 인파가 몰려옵니다. 신비로운 핑크 세계 속입니다.

표현할 길이 없어서인지 일본사람의 특징인지 모두 줄지어 걸으며 조용조용히 하늘이 내린 작품을 감상합니다.

우람한 나무 둥치가 족히 2, 3백년의 역사로 느껴지는데 회색빛 긴 겨울을 보내고 맞는 생명의 피어남과 그 위에 쏟아지는 햇빛을 맞으며 새삼 살아있음의 감격을 느끼는 사람들의 표정을 바라봅니다.

1940년대 동경 유학시절 어머니가 바라보시던 그 꽃을 무려 70년 넘어 제가 이렇게 바라다봅니다. 오랜 세월에 걸쳐 이웃나라 모녀 시인의 눈길을 받는 그 꽃의 짧아서 애틋하고 그래서 더 살풋하고 아름다운 그 의미를 생각해 봅니다.

아 아까워라 아까워라 ~

가시기 전 봄날 세브란스 입원실에서 전혀 시적이지 않은 입원 복에 스웨터를 걸쳐 드리고 모시고 나와 연희동 벚꽃 동산을 함께 걸으며, 바람에 휘날려 온몸에 휘감기는 하얀 벚꽃 잎들에게 조용히 되뇌시던 어머니의 그 음성이 詩로 제 귀에 들려옵니다.

> 벚꽃이 병동 창밖으로 눈보라쳐 날릴 때
> 자꾸 눈길이 가네 그 무상함
>
> 꽃폭풍 성치않은 이 몸 감고 휘날릴 때
> 가엾어라 가엾어라 절로 비명이 나오네
>
> 손호연

채 피어보지 못하고 간 세월호의 희생자 아이들이 가엾어가엾어 눈물이 맺힙니다

치도리가후치 千鳥ヶ淵 벚꽃 - 동경 2015 4

인 연

오카노 아미岡野亞美 모녀 이야기

 이 땅에 사는 동안 사람의 인연만큼 소중한 것이 있을까. 바다 건너 이곳 일본 사람들과의 인연도 그렇다.
 내가 아는 일본 사람들은 아버지 어머니의 옛 동창 분들, 미국 유학 시절에 만난 친구들, 일본에서 나온 나의 책과 글로 알게 된 분들과 그 출간기념회에서 만난 분들 그리고 몇몇 도시에서 스피치나 강연 시낭송회 등으로 알게 된 분들과 최근 유학한 도시샤同志

社 대학의 교수들과 학생들, 그 대학 교회의 목회자와 교인들이다. 그러나 그 카테고리에 전혀 안 드는 인연도 있다.

 7년 전 일이다.

 산책 겸 점심을 먹기 위해 서울 집에서 경복궁 쪽으로 걸어 내려가 그 긴 담을 지나 동십자각이 서 있는 삼청동 입구로 들어서는데 거기에 모녀인 듯한 두 여인이 가이드북을 깊이 들여다보고 있었다. 겉모습으로야 우리나라 사람 같아 보였지만 가이드북을 들여다보니 외국인임에 틀림없다. 아니 일본인일 것이다. "May I help you?" 다가가니 삼청동 수제비 집을 찾고 있었다.

 외국에서 원하는 곳을 찾아 헤맨 경험도 있지만 가이드북으로 당시 우리의 번지수를 찾는다는 것은 불가능일 것이라는 생각에 발길을 멈추었다. 한참을 가야 하니 그저 나를 따라오라고 했다.

 왼편으로 경복궁 담을 끼고 걷다 소위 북촌이 시작되고 양옆으로 상점들을 지나며 처음 보는 이들에게 몇 마디 설명도 했을 것이다.

 드디어 그들이 찾던 수제비집이 나왔고 나는 그 맞은편의 칼국수 집으로 간다고 했다. 그들은 그렇게 열심히 찾던 유명 수제비집을 버리고 나를 따라 칼국수 집으로 들어왔고 따로 앉으려 하니 함께 앉아도 괜찮겠냐고 했다.

 주인에게 칼국수 세 그릇을 시키니 인심 좋은 그는 만두 한 접시를 서비스로 드리겠다고 한다. 고마우나 일본 사람은 푸짐하게 많이 주는 것보다 예쁘게 적당한 양을 원하니 국수도 알맞게, 만두도 작게 담아 달라고 그들이 못 알아듣는 한국말로 신신당부를 했다.

알았다고 하고는 큼지막한 그릇에 가득찬 국수가 나오니 아니나 다를까 입을 벌리며 놀라워했고 커다란 왕만두 8개가 접시 가득히 나오자 기겁을 했다.

그런 서비스 스타일을 그 순간 바꾸어 줄 수도 없어 나는 화제를 돌리며 이런저런 이야기를 했다. 그중 시인 어머니의 시 두어 수를 들려주니 문학관을 보고 싶어 했다. 나는 강남에 약속이 있었지만 그들끼리 찾아가라 할 수가 없어 시계를 계속 보아가며 안내를 했다. 일본인 특유의 다소곳한 스타일로 그들은 우리 모녀의 작품을 감상했다. 그것이 다였다.

그러자 일본으로 돌아간 오카노 아미에게서 편지와 선물이 오기 시작했다. 쿠키와 책, 커피와 차, 귀고리, 목걸이, 어떨 때는 잠옷도 있었다.

엉뚱한 비교지만 욘사마 생각이 났다. 한때 그를 따르는 일본 아줌마 팬이 3백만 명이나 된다고 했다. 그가 다니는 청담동 미장원 앞에 그가 오지 않는 날임에도 2백여 명의 아줌마가 줄을 서 있는 걸 본 적도 있다.

이미 최선진국이 되어버린 나라, 그 편리하고 발달된 문명에는 오래전 간직했던 마음 속 순박함과 따스함, 그 순수한 사랑이 사라져 버린 건지도 모른다. 비록 픽션이지만 한국 드라마에서 욘사마로 대표되는 순박한 사랑을 보고, 손호연 시인 어머니의 실화인 순전한 러브 스토리에 그들은 눈물을 흘리며 그런 순수한 스토리가 한국에 아직도 있다는 것에 감동해 함이 상상 이상이다.

우리도 발전해가며 그런 가치를 많이 잃어가지만 그런 면이 보일 때마다 감격해 하는 그들을 보면 우리가 세계에 내놓아야 하는 제일의 가치란 인간의 속마음을 움직이는 그러한 감동이 아닐까 하는 생각을 문득문득 하게 된다.

오카노 아미와 그의 어머니 시미즈 상에게 진실된 마음과 호감을 보이는 이유를 묻지는 않았지만 몇몇 일본사람들과 특히 그 모녀의 나를 향한 정성은 감동스럽다.

정성담긴 편지와 선물 그리고 동경을 짧은 며칠 갈 적마다 두 모녀가 한 두 시간 거리의 하코네, 니코 등을 안내해 주었다. 당연히 그들이 동경 교외에서 오는 줄 알았는데 아미는 2시간 반, 어머니 시미즈상은 3시간 반이나 걸려오는 걸 후에 알고는 놀랐다.

새벽부터 움직여 온 정성을 생각하면 미안하지 않을 수가 없다. 언젠가는 일본 고대 수도인 나라에서도 두 시간이나 가는 요시노야마吉野山 라는 곳이 있는데, 봄 사쿠라 천 그루가 산에 피어나는 마을로 일본 옛 고전 문학선집인 만엽집에 그 아름다움을 한 줄의 단가로 많은 시인이 표현하고 있어 일본사람이라면 일생 한 번 가고 싶어 하는 곳이다. 가는 노선이 어려운 곳인데 그 먼 곳을 동경으로 와서 나를 데리고 기차를 몇 번이나 갈아타고 가, 천 그루의 저쪽 봄꽃을 이쪽 산에서 함께 내려다 본 적도 있다.

가을 단풍이 절정일 때는 교토로 오기로 했는데 나의 시험 기간에 방해가 되지 않도록 오고 싶어도 참고 오지 않은 그런 배려와 세심함을 보이기도 했다.

교토의 내 육첩 작은 방을 나가면 살 수 있는 쿠키와 차를 오로지 내가 좋아한다는 이유로 먼 곳에서 부쳐오는 그를 일본 내에 있어도 공부로 일 년 넘어 보지 못한 것이 아쉬워 동경 체재에서 연락을 하니 다시 3시간 이상이 걸려 와서는 이번엔 가나가와현神奈縣의 가마쿠라鎌倉를 안내한다.

가마쿠라는 12세기부터 14세기까지 150년간 가마쿠라 막부가 자리했던 곳으로 동경에서 기차로 한 시간 여, 17만 명 인구의 작은 마을이나 세계에서 엄청난 관광객이 오는 곳이다. 어린 학생 시절 그곳의 명물인 다이부쯔大佛, 13m 높이에 121톤 무게인 부처를 돌아본 지 실로 46년 만의 일이다.

어려서 어마어마하게 커보였던 것만큼 커보이진 않았지만 여전히 거기에 널찍이 앉아 있는 웅장한 청동 부처를 올려다보며 늘 따스한 배려와 한결같은 마음으로 대하고 내가 여유있게 감상할 수 있도록 저만치서 조용히 기다리고 있는 아미 모녀와의 인연을 생각해 본다.

같은 제목의 유명한 에세이, 피천득 선생의 '인연' 처럼 일본 여성 아사코朝子를 만나며 살포시 마음에 사랑을 간직하게 되는 그런 인연을 기대하신 분에게는 미안한 일이지만 일본에서 인연하면 먼저 떠오르는 것이 아미 모녀인 걸 어쩌랴.

가장 가까이 있는 나라. 더구나 요즘은 저가 항공 등으로 많은 사람들이 서로를 오가고 있다.

 정부와 정상들이 굳이 나서는 한일 관계도 있겠으나 오히려 이렇게 진실된 마음을 나누는 민간 외교야말로 벌어진 이웃나라, 우리의 간격을 살갑게 하는 것이 아닐까. 어느 한여름, 서울의 동십자각이 보이는 삼청동 입구에서 만난 아미 모녀를 떠올릴 때마다 드는 생각이다.

허무한 이 세상속 볼 거리곤 요시노야마의 벚꽃 하나 뿐

작가미상　만엽집

요시노 산길에 계속 내리는 비를 맞으며 걸었네
　　　　계속 떠오르는 그대처럼

작가미상 만엽집

가마쿠라의 다이부쯔大佛 - 2016 3

해협을 잇는 도장陶匠의 여정

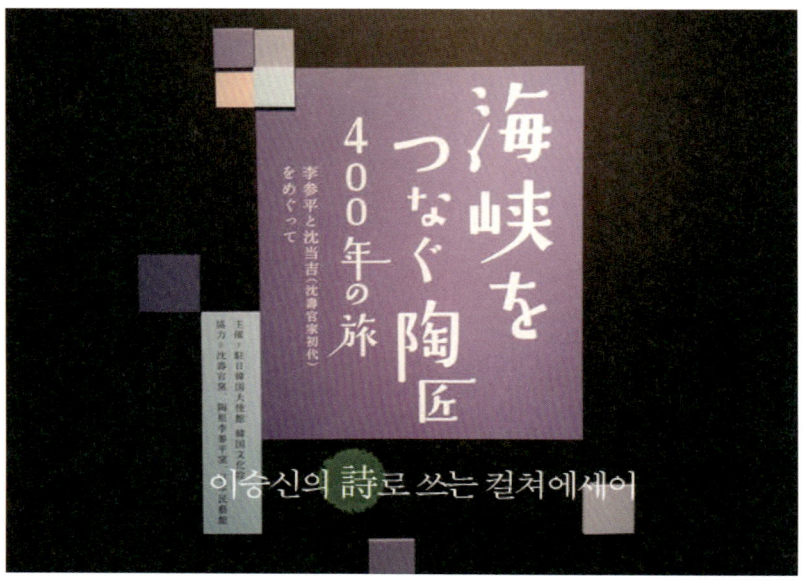

이삼평과 심수관의 도자기전이 열린다는 기사가 눈에 띈다.

1993년 늦가을 어머니 70 생신에, 가까운 데 어디 여행을 모시고 갈까 하다 규슈의 사쿠라지마 온천과 가고시마를 남동생과 셋이 간 적이 있다.

그 가고시마에서 유명한 심수관의 공방을 들리게 되었고 지금도 살아있는 어머니 또래의 14대 심수관을 잠시 보게 되었다.

생각해 보면 단가의 대가와 도기 대가의 만남이요 두 분 다 우리가 일본에 전해 준 문화의 대가로 의미 있는 만남이었는데 당시 어머니의 내용을 아직 잘 모르던 내가 그런 깊은 의미를 떠올릴 수 없어 서로 제대로 인사 나누지 못한 것이 생각하면 유감이다.

지금의 심수관은 15대이고 충남 공주에서 간 이삼평은 이제 14대로 우리나라에서는 심수관만큼 알려지지 않았지만 규슈의 사가현 아리타야끼有田燒 라고 하여 일본에서는 더 유명하다.

그 전시가 동경 한국문화원에서 있었고 마침 시간이 맞아 전시를 기획한 심동섭 문화원장의 친절한 안내로 보게 되었다. '해협을 잇는 도장陶匠 400년의 여정'이 전시의 제목이다.

16세기에서 18세기의 작품들로 양가의 도장들이 낸 도기들과 오래전 조선의 도기를 사랑한 수집가 야나기 무네요시의 민예관 소장 작품들 30점의 전시다.

화려함 없이 고상하고 은은한 빛을 발하고 있다. 몇 백 년 전 그런 예술성과 기술을 우리가 가졌었다는 것이 놀랍기만 하다.

당시 일본은 그런 자기를 만들어 낼 기술이 전혀 없었다. 지금으로 말하면 첨단 반도체 기술 같은 아주 혁신적인 것이었는데 순전히 조선의 도장들을 16세기 말 강제로 데려다 그 기법을 전수해 오늘의 세계적인 일본 도기에 이르른 것이다.

그러고 보면 400여 년 전 우리의 도공들을 납치해 온 것인데 일본은 북한의 요코타 메구미 납치에는 정부가 그토록 목숨을 걸면서 자기들이 납치해 간 한국의 도공들에 대해서는 왜 여태 한마디의 언급도 없는 것인가.

그보다 더 이상한 것은 우리 정부와 그 도공들의 후손은 왜 그에 따른 아무런 대책이나 반발이 없는가 하는 것이다.

서울로 향하기 직전 다시 한 번 그 섬세하면서도 소박하고 겸허한 도기들을 선조의 숨결이듯 바라보면서 억울하게 끌려왔던 도공들의 당시 심정과 그러기에 더욱 열정적으로 거기에 쏟아 부었을 고국의 예술혼을, 400년을 넘고 해협을 넘어 이제 곰곰 생각해 보게 된다.

미소라 히바리의 '흐르는 강물처럼'

어려서 아버지가 부르시던 일본 노래 몇 개가 있다. 그중의 하나가 '고노미치この道 이 길' 이라는 노래다.

일본 고전의 유명한 단가로 나의 18번 중 하나이기도 하다.

고노 미치와 이쯔까 킷따미치
아아 소오다요
아카시아노 하나가 사이떼루

> 이 길은 언젠가 왔던 길
> 아아 그렇다
> 아카시아가 피어 있었지

 평양사범에 다니시던 아버지는 교내 오케스트라의 지휘도 하셨고 수석 바이올리니스트로 세계적인 음악가가 꿈이었지만 가난한 집안의 장남으로 일제시대의 만주 신경법대를 택하게 된다.
 서울로 와서 상공부 관리로 발명의 날을 제정하시고 그 후 변리사 회장을 하셨지만 집에서 오래된 낡은 피아노를 치며 늘 노래를 부르셨다. 가고파, 봄이 오면, 바위고개 등의 가곡과 함께 몇몇 일본 가곡을 부르셨는데 뜻도 전혀 모르던 그것이 어린 머리에 입력된 것이다. 조기 교육을 무시할 수 없는 이유다.

 그 후 스무 살, 국제청소년 회의로 처음 동경에 가게 되었는데 그곳 TV에 나오는 당시 유행가 몇 개가 역시 뜻도 모르면서 그대로 다시 입력이 되었다. 그것이 당시 나의 일어 수준이다.
 일제시대 한국어를 집밖에서 쓰면 잡혀가고 해방이 되고는 태어나 몸에 밴 일어로 글을 쓰면 비난받던 아버지와 어머니는 그래서 나에게 일어 공부를 하라는 말씀을 안 하셨는지 모르나 지금 돌이켜보니 노래 가사 몇 외운 것이 일어 실력 전부였던 걸 생각하면 그때 더 많은 노래를 익혔더라면 절로 공부가 되었을 걸

하는 생각을 지울 수 없다.

 이번에 일본 유학을 가면서도 당연히 TV나 매체를 통해 최근 노래들을 접하겠다 싶었는데 많은 공부로 그럴 시간이 잘 없었고 모든 시험을 다 마치고 졸업을 하고서야 가사가 마음에 드는 노래 다섯 개를 귀국 전, 숙제처럼 익혔다.
 그중 하나가 미소라 히바리의 노래 '흐르는 강물처럼 가와노 나가레노 요오니' 이다.
 일본 국민가수인 그는 그야말로 만능 텔런트로 노래 연극 드라마 춤 영화를 두루 섭렵했고 뛰어난 미인이라고 할 수는 없으나 외면의 아름다움이 내면에서 흘러나오는 기운 태도 생각 영적인 모습이라면 내가 바라 본 그의 예술에 바치는 헌신 태도 몸짓 표정 제스처 자신감과 그 모든 것의 아우름은 글로벌 급으로 참으로 아름답고 매력적이어 반하지 않을 수가 없다.
 한국계임에도 한국에 공연으로 오지 못할 때였으나 파리와 유럽 공연의 그는 멋졌다. 수많은 히트곡 중에도 마지막에 '가와노~ '를 부를 때에는 세계 최대 판매곡으로 '최고 가수의 인생을 비유한 노래'라는 멘트가 있었다.
 이미자와 패티 김을 합친 것 같다는 한국인의 평도 있다. 유투브에 그가 9세에 데뷔하여 43년 간 남긴 1400곡 중 최후의 노래, 자신의 일생을 흐르는 강물에 빗대어 노래해 감동을 주는

'가와노 나가레노 요오니 흐르는 강물처럼'을 들을 수 있다.

'아이산산愛燦燦'도 내가 이번에 익힌 노래로 미소라 히바리의 표현이 아주 좋지만 작곡 작사를 한 남성이 직접 부르는 것도 수수하게 모자라는 듯 빈틈이 있어 좋고 역시 인생을 관조하는 가사에 좋은 곡이어 함께 들으면 일본인의 취향을 알 수 있다.

'가와노 나가레노 요오니'를 들으면 미소라 히바리의 파란만장한 짧은 생을 떠올리게 되며 인간 누구나의 공통된 삶을 떠올리게도 된다.

'고노미치この道'를 부르시던 구수한 내 아버지의 음성이 어제인 듯 겹쳐 들려온다.

川の流れのように
흐르는 강물처럼

知らず知らず　歩いて來た 細く長い この道
아무 것도 모른 채 걸어왔지　길고도 좁은 이 길

振り返れば　遙か遠く　故郷が見える
뒤돌아보면은 저만치 멀리 고향이 보이네

でこぼこ道や 曲がりくねった道 地圖さえない それもまた 人生
울퉁불퉁한 길과 굽은 길, 지도에조차 없지만 그것 또한 인생

ああ 川の流れのように ゆるやかに いくつも 時代は過ぎて
아—흐르는 강물처럼 어느 새 잔잔히 세월이 흘렀구나

ああ 川の流れのように とめどなく 空が黃昏に 染まるだけ
아—흐르는 강물처럼 끝도 없이 그저 하늘이 황혼에 물드는 것일 뿐

生きることは 旅すること 終りのない この道
살아간다는 건 길을 떠난다는 것, 끝도 없는 이 길

愛する人 そばに連れて 夢探しながら
雨に降られてぬかるんだ道でも
사랑하는 이와 함께 꿈을 찾으며 비에 젖고 실패한 길일지라도

いつかは また 晴れる日が來るから
언젠가는 다시 화창한 날이 올 테니까

ああ　川の流れのように　おだやかに　この身を　まかせていたい
아― 흐르는 강물처럼 온화하게 이 몸을 맡기고 싶어

ああ　川の流れのように　移りゆく　季節　雪どけを待ちながら
아― 흐르는 강물처럼 변화하는 계절, 눈이 녹길 기다리며

ああ　川の流れのように　おだやかに　この身を　まかせていたい
아― 흐르는 강물처럼 온화하게 이 몸을 맡기고 싶네

ああ　川の流れのように　いつまでも　青いせせらぎを　聞きながら
아― 흐르는 강물처럼 언제까지나 파―란 물 흐르는 소릴 들으며

아 쓰나미

아 쓰나미

아무 일 없었다는 듯
고요해진 바다 다시 그 곁에 기대어
살아 갈 우리

  3·11 뉴스로만 보던 동일본에 KBS팀과 함께 가 보았습니다. 3·1절 기념 KBS 특집 다큐를 찍기 위해서 입니다.
  서울에서 직항으로 아오모리 공항에 내려 어머니 시비가 있는 곳으로 먼저 갔습니다. 설국답게 눈이 많이 쌓여 있었고 어머니의 몸처럼 그렇게 시비가 서 있었습니다.

 어머니와 같이 바라다보았던 그 시비를 측촉한 눈을 맞으며 바라보았고 그리고 태평양 바다로 떨어지는 해를 시비 너머로 바라보았습니다.

 미사와에서 그 밤을 묵고는 아침 일찍 이와테현으로 향합니다. 왼편에 태평양을 끼고 달리는 해변 경치가 일품이었습니다. 하얀 눈에 덮인 산과 골짜기를 지나며 달려도 달려도 이어지는 푸른 바다를 내려다 보았습니다.

 태평양 저편 미국에서 이쪽을 많이 본 적도 있었는데 동아시아에서 태평양을 바라보는 것입니다. 이 고요한 바다가 얼마 전 그 많은 사람들을 앗아갔던 같은 바다 맞나 하며 말없이 달렸습니다.

 드디어 동일본 대재난에 큰 피해를 본 이와테 현의 미야코 타로시에 도착했습니다. 세계에서 제일 높은 제방이 길게 이어졌고 드높은 계단을 올라서 그 너머 바다를 보았습니다.

이만큼 높으면 안전하겠지 하고 인간이 가름하 쌓은 15m의 제방을 파도는 쉽게 넘었고 많은 인명과 수많은 집과 건물들을 그 파도는 쓸어 갔습니다.

 눈 쌓인 긴 제방 둑길을 걷느라 발이 꽁꽁 얼었지만 순식간에 간 넋들을 생각할 제 말을 잃었습니다. 여전히 눈이 시리게 아름다운 빛깔의 바다였고 많은 사람들이 기대온 자연이요 고향이었지만 집이 사라지고 마을이 사라져 황량한 그들의 가슴에만 남아 있는 고

이와테 현岩手縣의 꽃열차

향입니다.

 분홍빛 꽃잎이 화사하게 그려진 예쁜 한 칸짜리 기차를 탔지만 길이 끊겨 얼마를 가다가 멈춰 섭니다.
다시 몇 시간을 달려 커다란 피해를 본 미야기 현으로 갑니다.
 거기엔 게센누마라는 도시가 있는데 덮쳐 온 쓰나미에 휘발유 통에 불이 붙어 물난리에 불까지 퍼졌던 곳입니다. 수많은 집들이 그 터만 남아 있습니다. 누군가의 삶과 사랑의 보금자리입니다.
 남은 주민이 공동으로 모이는 홀을 마련해 놓았는데 거기에서 '이승신의 시낭독회'를 가졌습니다. 당시 배가 끊겨 고립되었던 오오시마 섬에서도 30분 배를 타고 왔습니다.
 공감하고 감격해 했습니다.

이와테 현 이치노세키의 국립공대 학장이 대학 졸업 축사에 5수의 제 시들을 인용했는데 그도 센다이에서 3시간을 달려 와 졸업식의 빈자리와 그 울음바다 이야기를 들려주었습니다.

 파도에 밀려 온 엄청난 500톤 급 배가 도시 한가운데 혼이 담긴 기념물로 서 있는 걸 눈을 맞으며 바라다보았습니다.

그 깊은 상흔을 보면서 문득 폴란드의 아우슈비츠 생각이 났습니다.

 지금은 이 처참한 곳에 외지인이 보이지 않지만 언젠가는 수많은 세계인이 그 역사를 보러 몰려드는 폴란드의 아우슈비츠처럼 많은 사람들이 엄청난 자연의 힘과 보잘것없는 인간의 힘을 보고 느끼러 여기에 오겠구나 하는 생각을 했습니다.

고향이 갑자기 없어졌는데
얼마나 허망하고 쓸쓸해질까
잊을 수 없는 그 따스함

축복의 날 오리니
가장 깊은 골 곁에
가장 높은 산이 있다

쓰나미에 밀려온 대형어선 - 게센누마 2013 3 11

게센누마氣仙沼의 낭독회

후쿠하라 미키오 교수와 - 시인 오치아이 나오후미 기념관

저는 잊은 적도 있지만 동일본 피해지를 다시 가보니 그들은 그것을 잊지 않고 있었습니다.

쓸려간 마을은 그대로이고 공사 진행도 생각보다 늦어 보이고 수십 만 명이 여전히 가설주택에 살고 있었습니다.

눈이 흩날리는데 햇빛은 유난히 창창했고 수많은 인명을 앗아간 파도는 잔잔하고 평화롭고 고운 빛깔이었습니다.

지난해 KBS 팀과 함께 한 저의 시낭독회에서 남긴 책 중 하나가 그곳에 있는 근현대 단가의 대부 오치아이 나오후미 시인의 생가 문학관 관장 손에 들어가 거기를 방문한 시를 쓰는 도호쿠 대학 공학과 교수에게 이승신 시인을 꼭 찾아 달라고 부탁했고 마침내 저를 찾아내어 그곳에서 3 11 대재난 3주기에 저의 시낭독회를 하게 된 것입니다.

 센다이 공항에 교수 부부가 마중을 나왔고 자신의 집으로 안내했습니다. 늘 호텔이었지 일본 가정에 머무는 것은 실로 40년 만입니다.

 3월 11일 이른 아침, 보통은 2시간 반 걸리는 조용한 일본 동북 지방의 길이 행사로 막혀 게센누마로 가는 길은 멀었습니다.

 인명 피해가 더 큰 곳은 이시노마키 시인데 게센누마가 세계적으로 유명해진 것은 덮쳐 온 쓰나미에 오일 탱크가 불이 붙어 물바다에 온 도시가 불바다까지 된 모습이 뉴스로 나가 연일 세계를 울렸기 때문입니다.

 5분이 늦었고 모두 고요히 저를 기다리고 있었습니다.
그날의 의미를 더 한다고 급하게 동경의 이름 있는 노能 공연하는 예술가를 초청해 30분 피리에 맞추어 공연을 했습니다.

 그리고는 '이승신의 시낭독회'

 그곳 신문들에 최근 어머니 시인의 소개도 있어 어머니의 영상과 지난해 KBS 다큐로 나간 게센누마의 시낭독회 모습을 보이고 나서 스피치와 낭독을 했습니다.

 일본에서 제 시집이 나오고는 일본에서 스피치와 강연을 꽤 하게 됩니다만 주로 일어로 하게 되어 어렵지만 그 마음이라도 전하려고 노력을 합니다.

언덕바지에 있는 그 유서 깊은 오래된 문학관은 제가 서 있는 오른편, 길게 늘어선 전면 유리창으로 쓰나미의 그 바다가 언제 그랬냐는 듯 너무나 평화롭고 아름다워 보입니다.

제 시 낭독에 이어 거기에서 18대를 살고 있는 아유카이 관장에게 즉석에서 고른 어머니 단가시 10수를 낭독하게 했습니다.

그러자 2시 46분, 3년 전 쓰나미가 몰려 온 바로 그 시각입니다. 사이렌 소리가 마을에 울려 퍼지고 창이 열리더니 모두 바다를 향해 경건히 묵념을 드립니다. 살아남은 자의 숙연한 순간입니다. 그 시각 청천벽력처럼 갑자기 사라진 이들은 그들의 사랑하는 가족이요 다 고향 사람들입니다.

오기 전 망설였습니다.

저로선 그간 많이 했고 매번 일본에서 반기나 한국에선 일부지만 뭐 하러 그들에게 힘을 주고 위로하느냐며 그들이 혐한이 되었다고도 했습니다. 그러나 그 표정들과 마음을 보면서 먼 길 오길 잘 했다고 느끼게 됩니다.

감격해 했고 한국의 마음을 그들은 보듬었습니다.

'한국민의 마음은 정부의 태도와 다르네요'라고 했습니다.

어려울수록 우리가 더 넓고 깊은 마음으로 포용하고 이웃 나라에 다가가는 것이 선진국으로 나아가는 바른 길이라는 생각이 들었습니다.

이 큰 고통을 딛고 일어서
더욱 성숙한 인격으로 자라날 그대

우리가 살아남은 이유는 무엇일까
인간의 승리를 이루리 그들의 몫까지

다 쓸려간 마을에 무슨 꽃이 피랴 싶어도
그대의 마음 있어 꽃은 피리라

시낭독과 스피치 - 게센누마 2014 3 11

18대 아유카이 관장에게 써준 한 줄 시 - 2014 3 11

기적의 한그루 소나무奇跡の一本松

　동일본에 쓰나미가 나고 세계적으로 유명해진 나무 한 그루가 있다. 태평양 연안 바닷가에 있던 7만 그루의 소나무가 그 순간 파도에 다 쓸려가고 딱 한 그루만이 살아남았다고 해서다.
2천명의 인명이 사라진 리쿠젠다카다陸前高田 市에서다.

　지상과 TV에 보이는 그 훤칠한 키의 나무가 희망의 상징으로 떠올라 연일 쓰나미로 인명과 마을이 휩쓸려 가는데 그 한 그루가 끝까지 살아남아 자연 재해가 멈추고 행방불명이 된 사랑하는 이가 돌아오기를 모두가 자신의 소원에 얹어 빌었었다.

 그 순간 오 헨리의 단편 소설 '마지막 잎새'가 떠올랐다.
저 창밖의 마지막 잎새 하나만이라도 살아 있다면 자기는 죽지 않고 살아남을 수 있을 것이라고 믿는 소녀를 위해 화가는 다 떨어진 나무 가지에 그려 만든 잎새 하나를 밤새 붙들어 매고 자신은 갔다.

 그때 리쿠젠다카다의 한 그루 소나무는 가짜가 아니고 실제로 살아 있는 게 다른 점이었다. 그러나 몇 달이 지나고 배인 바다 염분으로 희망의 상징인 그 나무는 갔다.
순간 오 헨리의 잎새를 내가 떠올렸기 때문은 아닌가 싶었다.
 가슴속 희망을 사라지게 할 수 없어 안타까워하던 일본 국민과 세계에서 성금이 답지했고 예술가들의 힘과 지혜를 모아 그것을 살아있는 조형물 나무로 만들어 낸다.
 나는 그 희망이 보고 싶어졌다.
그 아침 게센누마 시낭독회로 가는 노선을 조금 벗어나는데 3·11 기념행사로 길이 막혀 운전하는 후쿠하라 미키오 교수가 낭독회에 시간 맞춰 가려면 아무래도 리쿠젠다카다 가는 것은 포기해야겠다고 한다. 동일본 태평양가 피해지가 길기 때문에 어디든 다 먼 길이었다.

　할 수 없이 체념을 하는데 어느 순간 그가 그 앞에 데려다 주었다. 주차장에서 아담해 보이던 나무가 한참을 걸어가 앞에 다다르니 아주 큰 키였다. 높이 30미터 폭 80센티에 270년의 수령이라고 한다. 어떠한 어려움과 비용이 든다 해도 살려내고야 말겠다는 그 의지가 가상하다.

　한 번 간 사람도 그렇게 살려낼 수 있다면 얼마나 좋을까.

　원래의 모습은 모르겠으나 커다란 하늘과 넓다란 바다와 허허벌판, 거기에 키 큰 나무 한 그루가 서 있었다.

한 걸음 한 걸음 다가가 마주 했다. 수많은 인명과 마을과 나무를 앗아간 그 역사를 바라본 나무다.

　많은 리포터들이 마이크를 들고 3 11 멘트를 한다.

외국의 방송인들도 보인다. 이 나무를 테마로 연극도 하고 공연도 했다고 한다. 조명 장치가 있는 걸 보면 밤하늘을 배경으로 한 조명도 펼쳐지나 보다.

　이 바닷가에 천년 전부터 소나무를 방풍림으로 심었다.

나의 시낭독회에 온 청년이 자신의 할아버지의 할아버지도 그 소나무를 심었다고 했다. 7만 그루를 또 다시 심을 것이어서 바로 옆 나지막한 산을 깎아 쓰나미로 파인 해안을 메운다고 공사가 한창 진행 중이다.

　기적의 이 나무 한 그루로 이 마을은 언젠가 대단한 관광명승지가 될 것이다. 희망의 그 스토리를 찾아들 올 것이다.

다 스러져 가도 자신만은, 자신의 희망만은 저렇게 청청히 살아 있기를 저 높은 나무를 바라보며 기적을 꿈꿀 것이다.

 인간은 눈에 보이지 않는 신神을 경외하지만 모진 시련에 살아남은 나무 한 그루를 눈으로 보며 그 영을 희망으로 의지하고 싶어 하기도 한다.

그래서 인간이다.

거기에 있는 감동의 스토리
세상에 가득한 감동의 스토리

볼 눈 들을 마음만 있다면

이승신

사라진 7만 그루 소나무 중 한 그루 - 리쿠젠타카다 2014 3 11

그래도 내일은 온다

그 대 여

그대여 나의 사랑의 깊이를 떠보시려 잠시 두 눈을 감으셨나요

일본 아오모리青森에 있는 손호연 어머니 시비에 새겨진 詩이다. 일본에서 시비는 시인이 간 다음에 세우는 것이 보통이나 어머니 살아생전 시비 제막을 함께 한 예외적인 시비이다.

어느 날 일본의 경단련 고문에게서 팩스 한 장이 서울의 어머니에게 날아왔다. 일본에 손호연 시인의 시비를 세우고 싶다고.
 어머니의 전기집 작가, 키다데 아키라 씨가 쓴 일본 닛케이 신문의 칼럼을 읽고 시인의 시심에 감동하여 차를 타면서도 그 사랑의 시를 외운다고 했다.
 자그마한 체구의 어머니는 걱정부터 했다. 누가 일본에서 땅이나 돌을 자신에게 팔려는 것 같다고.
 내가 만나본 일본사람 중에 영어를 제일 잘하고 밝고 긍정적인 성품의 크리스천인 누카자와 고문은 진심이었다. 어머니가 1940년대 유학을 했던 동경 여기저기를 수소문 하였으나 여러 규제가 있었다. 그중 하나 유력한 곳이 동경 중심에 자리한 천황궁과 데이코쿠 호텔 사이에 위치한 역사 깊은 히비야 공원이었다. 그러나 관리하기가 적절치 않았다고 했다.
 여러 곡절 끝에 누카자와 고문이 20여 년 자신이 대표로 있던 기업이 있는 아오모리를 생각해냈다. 그곳 유지인 쯔쿠다 회장이 자신의 널따란 토지 중 바다가 보이는 좋은 자리를 흔쾌히 내주었다.
 1997년 6월 아오모리의 태평양 내려다보이는 곳에 손호연 어머니의 시비는 그렇게 세워졌다. 한국에서 일생 단가 시를 지었으나 바다건너 일본에서 그 시심을 먼저 알아보아 이것저것 해오면 어머니는 미안해 하셨다.
 아오모리는 일본의 본토인 혼슈의 제일 북쪽 끝이다.
많은 분들이 어머니의 시비가 왜 하필 아오고리에 세워져 있는가를 물으면 내가 하는 답이다.

 아오모리는 눈이 몇 미터가 쌓여 일본에서 가장 늦게까지 스키를 하고 뒤늦게 봄꽃이 피어나며 단가 문학관이 있는 곳이다.

 아키타 현의 아키타 시에서 내가 지은 시를 일본 작곡가가 작곡한 음악회가 있었고 그 바로 위에 인접한 현이 아오모리여서 그 시비를 보고서 기차를 타고 아래 아키타로 가려는 생각을 했다.

 교토에서 아오모리를 국내선 비행기로 가서 기차와 버스로 아키타로 내려가 행사를 하고는 공부하러 다시 교토로 오는 비행기 왕복은 서울서 가는 것보다 많이 비쌌다. 일본인들이 국내 여행을 잘 안 하는 이유이기도 하다.

 어머니의 몸처럼 시비는 여전히 거기에 서 있었다.
시비가 세워진 후 매해 있은 행사에 어머니가 참석하셨고 나도 함께 하였으나 4년 전 KBS 팀과 2월에 거기를 찾은 후로는 처음이다. 어머니와 나란히 섰던 기억이 간절하다. 시비 바로 뒤에는 100년 후 열어볼 어머니의 귀한 원고와 유물, 아버지의 유물을 두 캡슐에 넣어 묻었었다.

 어머니와 시클라멘 꽃 화분을 놓고 시비를 바라보았고 어머니가 서울서 가져와 심으신 열 그루의 무궁화를 돌아보고 그리고 그 앞으로 보이는 바다를 보았었다.

 수백 년 된 온천을 함께 했고 언젠가는 일 년에 한 번 들리는 천황만 머무는 600년 된 구택에 어머니와 머물기도 했다. 어머니의 친구들과 제자들과 함께 한 때도 있었다. 그럴 제마다 소녀처럼 홍

조를 띠며 시비 앞 문화센터 무대에서 얌전히 인사하시던 치마저고리의 단아한 모습이 눈에 선하다.

 언젠가 이 지상에서 내 곁에 계시지 않을 것이라는 생각은 전혀 나지 않은 때였다. 교토의 도시샤 대학에서 늘 바라보는 한인회에서 세운 정지용 윤동주 시인의 70센티 정도의 작은 시비에 비해 2미터가 훨씬 넘고 일본 유지들이 세운 훌륭한 시비이나 이제 어머니와 함께 바라보지 못하는 것이 허전하다.

 새겨진 사랑의 시는 아버지 갑자기 가시고 펜을 못 들다 몇 해 후 쏟아낸 '무궁화 4'에 실린 사랑의 연시 중 하나로 일본 열도의 심금을 울렸다는 시이기도 하다. 한국에는 그때까지 어머니의 마음이 알려지지 않았고 일본에서도 시작詩作 반 세기가 지난 다음에야 알려진 것이다.

 아버지 가신 것이 잠시인 듯한 것처럼 어머니 안 뵈이는 것도 어머니를 향한 이 딸의 사랑의 깊이를 시험하시려는 것은 아닐까. "내가 이리 가버리면 저 아이는 엄마가 그립고 서러워 울까 울지 않을까"를 살짝 눈을 뜨고 보시는 것은 아닐까.

 한국 신문 여행 광고에 보면 아오모리 행이 있다. 언젠가 궁금하여 전화로 아오모리에 한국분들이 가느냐고 물으니 인기상품이라고 했다. 대단한 청정지역으로 공기와 물이 좋으며 오이라세 긴 계곡과 도와다 호수, 쏟아져 내리는 폭포를 바라보며 하는 노천 온천이 있고 일본 전역에서 사과로 제일 유명하며 고요히 힐링하기 그만인 곳이니 그럴만하다.

거기 세워진 한국인의 시비를 아느냐고 물으니 모른다고 했다. 서울에서 나와 함께 간 팀들이 그곳 자연도 좋아하나 일본인들이 한국 시인의 시혼에 감격하여 시비를 세운 것에 감동해 하는 것을 나는 보았었다.
 언젠가 그 앞에 서는 많은 분들의 가슴도 진하게 적실 날이 반드시 올 것이다.

   이국 땅 흙에 어우러져 노래비야 서 있거라
         두 나라 마음의 가교가 되어

               손호연

   먼 북쪽 아오모리로 떠나요
   당신과 가고 싶어요
   거기엔 시비가 서 있지
   갈등은 없어요
   벚꽃 무궁화가 연이어 피어나고
   시 한 줄 사랑이 새겨져 있어요

               이승신

아오모리 문화관의 손호연 시인 초상과 한·일어 평화의 단가

아오모리 문화관의

삶에 나라에 어찌
꽃피는 봄날만이 있으랴~

이승신의 한 줄
시와 그 배경 이야기

꽃우표 스피치

아키타秋田 이야기

동일본에 대재난이 온 것을 한국에서 연일 보며 눈물이 났습니다. 일생 한국에서 단가를 지으신 어머니를 사랑하여 아오모리에 시비를 높이 세운 일본 사람들에게 닥친 그런 재난을 보았다면 슬퍼하며 진실된 한 줄의 단가로 힘을 주시지 않았을까 하는 생각을 했습니다.

어제 아오모리에서 바라 본 어머니의 시비에는 이런 사랑의 단가가 새겨져 있습니다.

> 그대여 나의 사랑의 깊이를 시험하시려
> 　　　　　잠시 두 눈을 감으셨나요

　그 어머니가 계시지 않기에 하나하나 제가 써보다가 250 수가 되었고 한일 양국에서 출간이 되었는데 그 단가 중 '꽃우표'를 구도 유이치 선생이 택하여 아름답게 보충했고 작곡을 하여 아이리스 한국 드라마 로케로 유명한 아키타秋田에서 이렇게 발표하게 됨을 기쁘고 감사하게 생각합니다.
　바라기는 고난 중에 있는 여러분들이 힘과 위안을 받으시기 빌고 한국의 문학과 일본의 음악으로 한일 간 선한 마음을 잇고 싶어 하시는 구도 유이치 선생의 바람이 이루어지길 간절히 소망합니다.
　어머니의 일생 소원이며 저의 바람이기도 합니다.

*　　　*　　　*　　　*

　이런 스피치를 일어로 하고 한국어와 일어로 시 낭독을 한 후, 구도 유이치 박사의 오케스트라 지휘로 200여 명의 합창단과 솔로가 노래를 했습니다. 2절은 작곡한 구도 박사가 솔로를 했고 저는 그것을 무대 위에 앉아 감상했습니다.

 막이 내린 후에도 우레와 같은 박수가 한동안 이어졌고 다 마친 후 로비에 저를 기다리는 줄이 길게 이어졌습니다. 저의 작은 마음 씀에 큰 감격으로 대하는 그들의 표정에 제가 감동했습니다.

 이런 기회는 2013년 3월, 동경에서의 저의 '그대의 마음 있어 꽃은 피고' 출판기념회에 일본의 저명 저널리스트요 천황의 동기생인 하시모토 아키라橋本明 선생이 참석하여 감명받은 듯 그 시의 작곡을 구도선생에게 의뢰한 것입니다. 이미 동경에서 2천석 음악홀에서 두 번의 공연이 있었고 아키타市에서도 두 번째입니다.

 매스콤을 통해서는 가까운 나라끼리 갈등과 부정적인 면만 보이는 듯하나 실제 하나의 인간 대 인간으로 대하면 서로의 마음이 따뜻이 전해져 옴을 느낄 수 있습니다.

 영원히 이사 갈 수도 없는 우리로선 사이좋게 되도록 먼저 다가가고 서로 노력하여 후대에게 더 나은 관계 더 좋은 세상을 넘겨주어야 하겠습니다.

꽃만 피는 봄이 있을 리 없고
봄이 오지 않는 겨울은 없다
꽃우표 간절한 그 마음 전하려
그대에게 띄우리 가 닿도록

고난과 아픔의 나날이어도
아침이 오지 않는 밤은 없나니
꽃우표 빛나는 아침 마음을 담아
하늘에다 띄우리 가 닿도록

강하게 마음먹자 오늘의 이 날
그대가 원하던 오늘의 이 날
꽃우표 밝은 내일 이 마음 담아
천국에다 띄우리 가 닿도록

설국 雪國

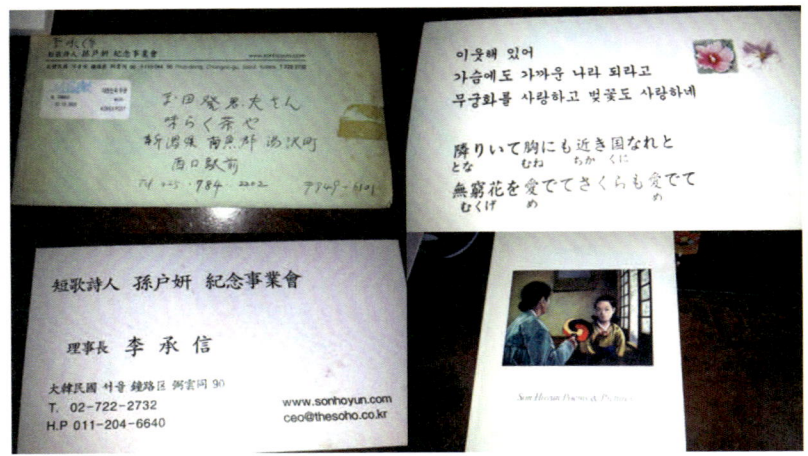

10년 넘어 유자와에 간직해 온 명함과 편지, 책

'에치고 유자와越後湯沢'에 최근 다녀온 대사 분들의 이야기를 들으니 10년 전 광경이 영화의 한 장면처럼 제 앞에 흐릅니다.

어머니 갑자기 가신 지 벌써 10여 년, 계실 때는 당연히 여기다 가시고는 너무 아쉽고 안타까워 끝 무렵 번역한 어머니의 시 작업을 이으며, 잘 모르는 제 나름 어머니의 발자취를 찾는다고 한국과 일본의 몇 곳을 찾아 갔습니다. 그중 하나가 에치고 유자와, 가와바다 야스나리 '설국雪國'의 고장입니다.

어머니와 직접 연관이 있는 건 아니었으나 일본의 첫 노벨 문학상 수상자이고 '설국雪國 유끼구니'을 읽은 적이 있어 동경에서 기차를 타고 소설의 그 유명한 첫 구절처럼 '국경의 긴 터널을 지나니 설국이었다. 밤의 밑바닥까지 하얘진 듯했다'를 온몸으로 느끼며 에치고 유자와 역에 내렸습니다.

점심을 미처 못한 오후, 역전 앞 수타 우동이라고 쓰인 현수막이 펄럭였습니다. 작은 실내에 주방이 힐끗 보이고 벽에는 사람 키보다 훨씬 높은 눈벽을 가로질러 걷는 여인의 눈 그림이 눈에 들어옵니다.

다음 해 시인 어머니 기일에 맞추어 세계적인 화가들의 그림 전시회를 기획하고 있어서 동경에서 이름 있는 일본 화가들을 만났고 유자와는 오로지 가와바다 야스나리 대문호의 자취를 보려고 간 것인데 첫발을 디디며 만난 게 '설국'다운 유자와의 눈 그림이었습니다.

우동이 맛이 좋고 그 화가의 거처도 물으려 주인을 찾으니 주방 저 뒤, 흘낏 보이던 손으로 우동 면을 빚고 있던 남자가 나오며 그 여성 화가는 90이 넘어 이제는 그림을 그리지 않는다고 했습니다. 그래도 어떻게 좀 만날 수 있게 해달라고 부탁하며 실제로 만날 수만 있다면 어머니 시를 테마로 하여 그림을 그리게 설득하는 건 할 수 있다고 생각했습니다. 거절하던 분들이 어머니 시만 접하면 영감을 받아서 그 테마로 새로운 예술을 창작하는 예를 많이 보아왔기 때문입니다. 대신 그가 인근의 화랑을 소개하여 택시를 타고 가을 들판을 한참 지나서 꽃그림 전시를 보고는 꽃 엽서들을 샀으나 그 눈 그림이 계속 눈에 어렸습니다.

 우동 남자에게 손에 들고 있던 제가 만든 어머니 시집을 건네며 이 시를 테마로 그릴 세계의 수준급 화가를 찾고 있다고 말하고는 가와바다 야스나리가 머물며 설국을 썼다는 다카한高半 여관을 향했습니다.

 하루를 묵고는 걸어서 다시 역으로 가는 길에 노벨상 작가의 기념관을 들르고 역 앞, 예의 우동집에 다시 발길을 멈추었습니다. 비록 그 화가는 만나지 못했지만 그 우동 맛이 잊을 수 없었기 때

유자와의 눈벽 그림   시집을 보는 타마다玉田씨

문입니다.

 우동 집 작은 홀에서는 주방 안이 잘 보이지 않았는데 제가 들어가자 우동 면을 빚던 그 남자가 무척 반가워하며 급히 나오더니 공손히 절을 하고는 그 단가집을 밤새워 보았고 감격하여 도저히 말을 이을 수 없다고 했습니다. 동경에서 만나는 분마다 보이는 감격의 태도이지만 종일 우동 면을 치는 고단한 손으로 한밤에 그 페이지를 넘겼을 그 손과 마음 자세를 보며 저가 놀랐습니다.

 글을 쓰는 하얀 사각의 시끼시와 붓을 재빨리 꺼내오며 한국에서 스키를 타러들 오니 한국어와 일어로 시 한 줄을 써주면 벽에 붙치고 한국에서 오는 스키인들에게 보여주고 싶다고 했습니다.

 붓을 들어 마침 그 무렵 서울의 한일정상 회담에서 두 정상이 외우던 손호연의 평화의 시

절실한 소원이 나에게 하나 있지
　　　　다툼 없는 나라와 나라가 되어라

를 일어와 한글로 써주니 아주 수줍게 하나만 더 써주시면 안 되겠습니까 하여 마침 작은 마당에 동백꽃이 피어있기에 어머니의 동백꽃 시 중 하나를 적었습니다.

지난 밤 바람에 수많은 꽃봉오리 떨어져 있네
　　　　동백꽃이라 불리우지도 못하고

맛있게 먹은 우동 값을 내어도 받지 않고 선물을 안겨주었고 역에 제가 완전히 들어가기까지 온 마음을 다하여 오래도록 손을 흔들어 주었습니다.

 언제든 설국 이야기가 나오면 그때 생각이 났고 지난 10여 년 스피치와 시낭송과 스피치 강연으로 일본에 많이 갔지만 에치고 유자와 그곳을 다시 가 볼 기회는 없었습니다.

 우리나라 전직 대사 열한 분이 스키로 나에바에 간 김에 제게 얼핏 들은 그 옆 유자와를 다녀오며 우동을 빚는 한 남자의 감격한 이야기를 들려주었습니다. 역 앞 그 우동 집을 찾아가 제가 전해준 새 책을 주니 무척 반가워하며 바로 옆방에 들어가 10년 전에 받았던 책과 제 명함들을 가지고 나와 보여주며 감격해 했다고 합니다. 얼마나 감동했으면 10년을 그 곁에 두었기에 곧 바로 가지고 나온 것 아니겠느냐는 말도 했습니다.

 그의 감격이 마음에 전해져 감격한 자신들의 스토리를 전해주는데 저까지 울컥 감격해지니 그 감동의 고리는 오랫동안 외면해 온 이웃나라 두 정상의 만남보다 훨씬 진한 감동이 전파되는 고리요 우리의 마음을 훈훈하게 만들어주는 기쁜 소식입니다.

 그렇습니다.

이제는 감동 없는 정상들에게 자꾸 바뀌라고 할 것이 아니라 우리가 바뀌어야만 합니다. 우리 하나하나가 우리나라요 우리 마음을 다 합친 것이 우리의 격입니다. 국경과 세월을 넘어 펼쳐지는 이런 두 나라 국민의 마음 교류는 그간 얼어붙었던 우리의 관계를 마침내 녹여내고야 말 것입니다.

그 좋은 본보기인 '에치고 유자와'에 다시 가보고 싶군요.

쓰라린 역사를 다 잊을 순 없지만
앙금 내려놓고 성숙한 평화를 기원하다

이승신

오사카성大阪城에서

돌판 하나가 20평 아파트만하다는 오사카 성벽

 오사카는 교토에서 가까운 거리인데도 상업 도시여서인지 잘 가게 되지를 않다가 아주 오랜만에 가게 되었다.
 오사카라 ~
 그곳은 오래전 아버지와 둘이서 아침을 한 곳이 아니던가. 아버지는 83년 가시기까지 스스로 만든 대한민국 변리사 회의 회장이었고 영어를 좀 한다고 세계의 국제회의를 나와 함께 가셨는데 비자도 받기 어렵던 시절 일본의 많은 기업이 아버지의 Client여서 한국의 특허와 지식재산권을 강연하러 일본에 자주 가셨다.

그때 어디를 갔었는지는 생각이 안나나 오사카의 호텔에서 아버지와 햇살이 비치는 아침을 함께 한 기억은 생생하다.

가난한 수재만이 간다는 평양사범 (백선엽 장군의 2년 선배)을 나와 만주의 신경 대학과 유명 로스쿨을 다니고 고시를 거쳐 서울의 미군정청과 상공부 연료 과장으로 시작, 30대에 당시 관직 중 가장 한직이었다는 특허청장이 되어 아무 기본이 없던 1956년 '발명의 날'을 만들고 대한민국 특허, 발명, 지식재산권의 개척자로 후에 특허법 제 1호로 변리사회도 만드셨다. 실로 창의적인 구상들이었다.

어렴풋이 예전에 30리 길을 매일 걸어 학교에 갔었다는 이야기를 들은 거는 같아도 내가 본 아버지는 무에서 유를 창조하는 선구자적 비전과 실력과 인품이 있고 대륙적이며 환하고 여유로워 보여 아버지가 가난했다거나 고생을 많이 했겠다는 생각이 떠오른 적은 없었다.

그때 아침을 들며 지나간 날을 회고하듯 '아빠는 끝에 가선 결국 다 이루어지는데 그 과정이 아주 힘들고 어려웠어' 하며 '너는 엄마가 인물도 머리도 아주 좋게 낳아 주었으니 앞으로의 인생은 네가 개척하기에 달린 거야' 라고 하셨다. 아버지와 늘 함께 하는 줄만 알았던 나는 그게 무슨 뜻인지 가늠할 수가 없었고 인물이 좋다는 말 정도가 귀에 들어 왔다.

그 후 하늘이 무너지는 듯 갑자기 아버지 가시고, 어른이 되어

오사카성의 박물관

어려운 과정을 맞을 제면 언젠가 철없던 때 오사카의 브렉퍼스트 넘어로 하신 아버지의 말과 평양에서 혈혈단신 내려와 꿋꿋이 개척해 나아가 입지전적 인물이 되신 생각을 해본다.

그 오사카에서 30년도 더 전, 지금의 나보다 훨씬 젊었던 아버지를 떠올리며 가난을 무릅쓰고 30리 길을 걸어 평양으로 만주로 혼자 공부하시던 어린 시절, 빈손으로 성공하기까지의 그 험난한 인생 역정, 허허벌판 나라의 초석을 세우는 과정의 고뇌, 평양에서 서울에 내려왔다 38선이 막혀 영영 보지 못하게 된 부모 형제를 긴 세월 홀로 사무쳐 했을 그 마음에 새삼 가슴이 저며온다. 밝고 긍정적이며 화 안내고 아주 재미있어 많은 사람들이 따르던 아버지를 그저 좋아만 했지 그 깊은 상처를 생각해 본 적이 없었다.

미국에 있을 때 동생에게서 아버지와 설에 임진각엘 갔는데 아버지가 "아버지~ 어머니~ 제가 서울에서 성공해 잘 살고 있습니다"라고 북을 향해 커다란 소리로 외치며 눈물을 흘리셨다는, 나로선 처음 들었던 징한 이야기도 떠오른다.

  도요토미 히데요시가 400여 년 전 일본을 통일하고 지었다는 일본의 고성이요 자존심인 오사카의 명물 오사카 성은 '죽기 전 꼭 보아야 하는 세계 역사 유적 100'으로 2차 대전 때 집중 폭격의 표적이 되어 새로 지은 것이라는데 층층이 그 세밀하고 꼼꼼한 전시물들을 오랜만에 다시 돌아보며 나는 지난 30년을 못 보았고 앞으로도 살아서는 다시 만날 수 없는 사무치게 그리운 이윤모 아버지 생각을 했다.

  빈농의 아들로 태어난 도요토미 히데요시는 우리에겐 침략의 바람을 일으킨 이미지이지만 근면 성실 정직함으로 막부의 최고 지위까지 올라 최초의 일본 통일을 함으로 일본 국민에게 꿈과 희망을 주어 대단한 존경을 받는다고 거기에 쓰여 있다.

  거기에 '세심한 마음 씀씀이가 있었다' 라는 표현이 눈에 띈다. 전혀 다른 환경, 다른 결과이지만 세모의 13도 포근한 오사카의 공기가 혹여 따스한 아버지의 그 손길이 아닌가 싶어 주위를 자꾸만 돌아보게 되는데 '빈한한 아들 근면 성실 실력 세심한 마음 씀씀이 존경' 이라는 오사카 성 박물관의 한 인물의 묘사가 보고 싶은 내 아버지를 한층 더 떠올리게 한다

지나온 길 뒤돌아보면 속 깊은
　　그대의 상처에 내 손이 닿질 못했네

손호연

　제가 그간 한국어 영어 불어로 만든 '손호연 시집' 들의 님을 그린 절절한 사모함의 시를 보며 흔히 많은 분들이 세상에 이토록 가신 님을 그리는 여성이 있다니 하고 감탄을 하는데 얼마 전 한 분이 이렇게 말했다.
　'부군이 대체 얼마나 훌륭한 분이면 그토록 그리워하는 마음을 그토록 애타게 표현했을까요' 라고.

　섬세한 그 발견을 놀라워하며 그 말이 과히 틀린 것은 아니라는 생각을 어스름이 내리는 무렵 오사카 성을 바라보며 했다.

그래도 내일은 온다

미우라 아야코三浦綾子

내가 절망하지 않고 지금까지 살아올 수 있었던 것은 '그래도 내일은 온다' 는 희망이 있었기 때문이다. 그것이 어떤 내일일지는 모르겠으나 하나님이 내게 주시는 내일인 것은 틀림이 없다.
그렇게 생각하면 용기가 솟았다.

미우라 아야코三浦綾子의 '그래도 내일은 온다' 中에서

일본 유학을 마치고 돌아와 처음 간 일본 방문은 홋카이도北海道였다. 일본의 가장 북쪽에 위치한 섬으로 여름에 선선하고 겨울엔 눈조각 축제로 세계에서 몰려오는 곳이다.
 우리나라 여행사의 홋카이도 관광코스에는 미우라 아야코의 고향인 아사히가와가 빠져있어 늘 가지 못했는데 이번에는 마음먹고 여행사 일정 중 하루를 빼어 기차를 타고 아사히가와를 찾았다. 날씨가 고르지 못했는데 아사히가와 가는 날간은 화창했다.
 '그래도 내일은 온다' 는 구절은 거기에서 만난 작가 미우라 아야코三浦綾子 1922- 1999 의 수필 제목이다.

아 지금 이 시점 그것은 나에게 얼마나 필요한 문장인가.
 긴 일본 유학에서 돌아오니 이해할 수 없는 일이 벌어지고 있었다. 상상할 수도 설명할 수도 없는 어이없는 일들이어 지치고 지쳐 하늘만 바라보고 있었다. 어떻게 귀결이 날 것인지 알 수가 없어 불안과 긴장 속에 보낸 하루하루였다.
 거기에 불현듯 만난 것이 휴가를 간 홋카이도의 미우라 아야코였다.
 60년대 70년대, 한국에서도 '빙점氷點'은 물론, 여러 번역 에세이집이 선풍을 일으켰었다. 지금의 무라카미 하루키와는 비교도 되지 않았다. 일제 강점기를 벗어난 지 얼마 되지 않은 시기에 일본 서적이 우리나라에서 그리 인기가 있었다는 것이 신기하다. 삶의 근원인 사랑 원죄 용서와 화해를 주제로 한 '빙점'은 한국에서

드라마로도 방영이 되었다.

'길은 여기에' '이 질그릇에도' '빛이 있는 동안에' 에세이집을 나도 여학교 시절 감명깊게 읽은 기억이 있다.

그는 20대에 폐결핵과 척추질병으로 13년이나 입원을 했고 병원에서 약혼자인 마에가와 타다시前川正에게 예수 복음을 받게 된다. 그가 결핵으로 죽자 그와 얼굴이 닮은 시공무원인 미우라 미쯔요三浦光世가 기독 잡지 인터뷰로 병원을 방문하게 되는데 절대로 결혼을 하지 않으려 결심했던 미우라 미쯔요는 3번의 만남에 미우라 아야코와 결혼하기로 마음을 먹게 된다. 사흘을 함께 살아도 좋겠다는 마음이었다고 했다.

결혼 후, 몸을 일으키지 못하는 미우라 아야코의 소설을 구술로 70편이나 받아 적은 연하 남편의 헌신적인 외조와 뒷바라지는 거룩한 경지라는 생각마저 든다. 미우라 아야코가 먼저 단가를 짓고 후에 미우라 미쯔요도 지어 함께 부부 단가집을 내기도 했다. 그들은 커다란 한 책상에 서로 마주 앉아 하나님께 기도하고 글을 쓰기 시작해 다 하고 나면 다시 기도로 마감을 했다.

'함께 걷는다면' 부부 단가집

아사히가와 집 아래층에 잡화점을 하던 중 1963년, 42세 되는 가정주부가 추운 이층 방에서 이불을 머리까지 쓰고 매일 밤 10시에서 2시까지 써내려간 천장의 원고가 아사히 신문의 당시로선 엄청난 금액인 1천만 엔 현상에 당선이 되었고 일약 세계적인 작가가 된다.

마감 날 미우라 미쯔요가 원고를 직접 들고 먼 북쪽 홋카이도에서 동경 아사히 본사까지 가서 그날의 직인을 두 번이나 찍어 받았다고 했다.

'몸으로 전도를 못하니 소설로 전도를 하려고 했다. 뽑히지 않더라도 심사하는 분들이 읽으실 것이니 그 분들께만이라도 전도할 수 있지 않을까 생각하며 나는 빙점을 썼다.' 미우라 아야코의 당선 소감이다.

　그가 가기 1년 전 1998년에 완성된 문학관은 일본 전국의 그의 팬들이 정성을 모아 지은 것이다. 눈이 많은 고장답게 눈모양으로 지은 6각형의 건물은 아담했으나 남긴 80편 작품들의 친필 원고와 방대한 취재노트 등 자료가 전시되어 있어 그의 집필 전체를 한 눈에 볼 수 있다.

영상으로 그의 차분하고 지적인 음성도 들었다.

　언젠가 어머니와 이야기하다 미우라 아야코의 이름이 나오자 '그가 편지를 내게 보낸 적이 있는데~' 하시어 깜짝 놀라 어디에 그 편지가 있느냐고 보고 싶어 하니 '그런 편지가 일본에서 많이 오니 다 가지고 있을 수가 없어 이제는 없다'고 했다.

　어머니의 '무궁화' 단가집의 한 줄 시인 단가를 자신의 수필집에 인용해도 좋은가 고 물어 왔다는 것이다.

　어머니의 단가집이 출간될 때마다 일본 신문들에 나는 것은 알았으나 어머니는 나에게 그저 엄마일 뿐이었다. 가보로 삼고 싶은 그 귀한 편지를 버리다니, 아니 그럼 엄마가 내가 동경하던 미우라 아야코보다 격이 높기라도 하단 말인가.

　그때까지 어머니의 시 한 줄도 보지 않은 이 딸은 처음으로 그런 생각이 문득 들며 어머니 시에 관심을 가지게 된 것인지도 모른다.

미우라 아야코의 선물이다.

 그게 무슨 시였느냐고 어머니 가실 때까지 물어보지 못한 나는 몇 해 전 서강대에서 미우라 아야코의 원작 소설 '총구'라는 일본 연극을 할 때에 거기에 온 작가의 남편, 미우라 미쯔요에게 그 이야기를 했다. 온화한 인상과 목소리였다.

 그 생각을 하며 아사히가와의 미우라 아야코 문학관에 들어서서 미우라씨를 찾으니 지난해 돌아갔다고 한다. 아쉬웠으나 그 이야기를 하자 담당자가 어느 시인지 찾아드리겠다고 하며 친절히 안내하기 시작한다.

 작가 부부의 이야기를 하던 중 미우라 아야코의 외모가 아름답다고는 할 수 없는데 어떻게 그렇게 남자들에게 인기가 있었는가 고물으니 작가 자신도 자기가 인물이 없다고 글에 썼지만 누구나 대화를 시작하게 되면 그에게 매력을 느끼게 되는 것 같았다는 안내인의 말이 무척 인상적이다.

 엄청난 고통에도 그런 재능의 힘과, 많은 사람에게 하나님과 그 복음을 전한 문학적 영향력 이상의 힘이 있었고 그리고 무엇보다 곁에서 한결같이 헌신한 파트너가 있었다. 아이를 갖지 않기로 한 그 헌신의 파트너가 지난해 가면서 집과 모든 것을 문학관에 기증한 중에는 미우라 아야코에게 보낸 11통의 뜨거운 러브레터도 들어있다.

 고민을 안고 간 나에게, 더한 고통을 신앙에 근거한 무게 있는 작품과 사랑으로 승화하여 수많은 사람에게 힘과 위안을 준 그의 문장이 다가왔고 그 속에 깃든 신의 손길이 보였다.

 놀고 쉬고 힐링을 한다는 여행에 가슴 깊이 와 닿는 이런 의미가 깃들여진다면 여행은 할 만한 것이다.

'아무리 긴 터널이라도 끝은 보인다'
소설보다 더 드라마틱한 미우라 아야코의 삶과 사랑, 처음 보는 그의 또 다른 수필집의 제목이다.

> 병든 내 손을 잡고 잠이 든 그대
> 　　잠든 얼굴도 정겹기만 하네
>
> 　　　　미우라 아야코의 단가

> 들판의 흰 후쿠라베 꽃을 따는
> 　　지금도 소녀같은 아내라는 생각이
>
> 　　　　미우라 미쯔요의 단가

미우라 아야코三浦綾子 문학관 - 북해도 아사히가와旭川 2016 8

미우라 아야코의 남자

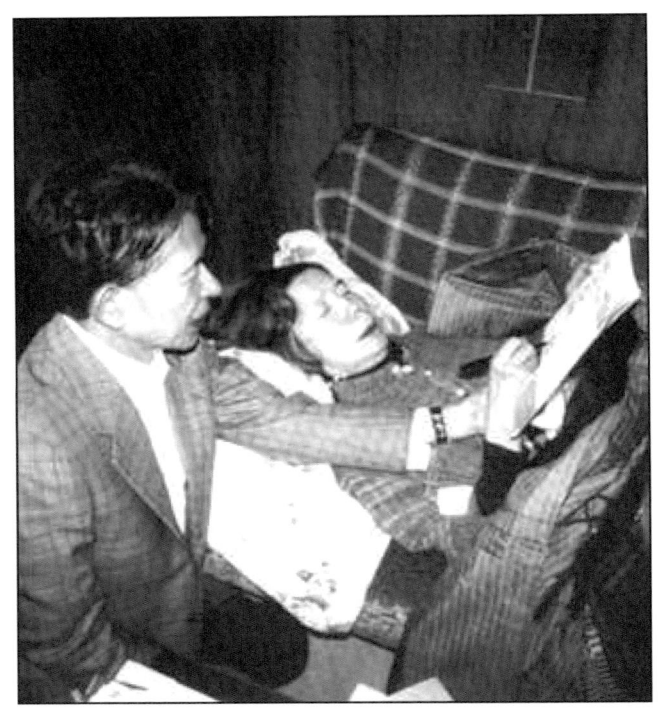

 지난해 세계로 보낸 '이승신의 詩로 쓰는 컬쳐에세이' 중 가장 답글이 많이 온 것은 저의 '미우라 아야코의 문학관 방문기' 여서 놀랐습니다.

우리나라에서 60년대 70년대 선풍을 일으킨 일본 작가지만 40년 50년도 넘은 일이고 작고한 것도 1999년으로 20여 년이나 되었기 때문입니다.

중학교 때 읽은 그의 글이 인상에 남아 누가 북해도의 그의 고향을 찾아간다고 하면 부러워하다 2016년에야 방문하게 되었으니 그 책을 본 지 50년이나 되는 일입니다.

10여 년 전 그 남편인 미우라 미쯔요三浦光世를 서울에서 만난 적이 있어 그 문학관에서 찾으니 그마저 가셨다고 해 아쉬웠습니다. 그는 절대 결혼을 하지 않기로 마음먹은 사람인데 결핵으로 몸을 못 일키는 미우라 아야코를 만나고는 사흘을 살아도 좋으니 결혼하겠다고 마음을 바꾸고 프로포즈를 합니다. 변기를 옆에 두고 깁스로 묶여 있으며 언제 죽을지도 모르는 이에게 청혼을 하다니 놀라운 일이 아닐 수 없습니다.

'겨울연가'의 순애보에 반해 일본에 엄청난 한류 붐이 인 적이 있습니다만 그것이 픽션이라면 미우라 아야코와 미우라 미쯔요의 사랑은 순애보의 실화입니다.

13년 등을 일으키지도 못하는 그를 대신하여 대필을 했고 자기네 잡화점만 잘 되는 것이 마음에 걸려 일찍 문을 닫자고 제안하여 동네 잡화점들을 잘 되게 하고는 그 저녁 시간에 아사히 신문 신춘문예에 낼 소설을 쓰게 하여 수상을 하는 등 아야코를 향한 그의 헌신은 말로는 할 수 없는 경지입니다.

홋카이도北海道의 아사히가와 문학관에서 두 권의 책을 샀는데

그중 하나가 '미안하다고 말할 수 있다 ごめんなさいといえる'입니다. 미우라 아야코의 자전 에세이로 그 안에 '단가와 나 短歌と私' 라는 챕터가 눈에 띕니다.

 입원해 있을 때에 마에가와 타다시前川正라는 약혼자가 있었는데 크리스천으로 복음도 전해줬지만 단가를 짓는 그가 미우라 아야코에게 단가 짓기를 권유하고, 쓰면 골라 잡지사에 보내어 입선시키기도 했습니다.

 그가 폐결핵으로 죽자 그와 얼굴이 너무도 닮은 미우라 미쯔요가 나타나는데 그가 아야코를 깊이 사랑하게 된 결정적인 계기가 그녀가 죽은 약혼자를 그리며 쓴 이 만가挽歌 (죽은 이를 그리며 짓는 단가) 한 수 때문이었다고 합니다.

아내로 생각한다며 나를 껴안아준 그대
그대여 돌아와요 하늘로부터

 사랑하는 사람의 과거 남자에게 샘이 나야 정상일텐데 지난 사랑에 목이 메어 피를 토하듯 지은 단가 한 수에 흠뻑 빠져 그와 결혼까지 하다니 보통 사람이 가질 수 없는 그의 커다란 가슴의 사랑을 알 수 있습니다.

 그리고 이번에는 미우라 아야코가 남편에게 단가 짓기를 권유하여 부부 단가집 '함께 걷는다면 共に步(あゆ)めば 도모니 아유메바'를 내게 됩니다. 그들이 매일 글을 쓴 커다란 책상에 저도 앉아

보았지만 그들은 구도자같이 매일 책상에 마주앉아 기도로 글을 쓰기 시작하고 기도로 하루를 맺었습니다.

　미우라 아야코의 감동의 작품들이 곁의 미우라 미쯔요의 헌신 없이는 불가능한 것이었고 그의 순수한 마음과 헌신의 자세는 그들이 만든 작품 이상의 감동을 세상에 주었습니다. 그런 순수함과 이타적인 정신으로 미우라 미쯔요라는 이름까지 문학사에 아름다움으로 길이 남게 됩니다.

　세계적인 작품 뒤에는 늘 그런 감동의 스토리가 있어 마음을 적시고 순수함을 닮고 싶게 만들어 줍니다.

　저는 실로 또 하나의 정상급 외조인을 알고 있습니다. 저의 아버지 이윤모 박사입니다.

　어머니는 태어나니 일제강점기, 한국서 다닌 소학교 여중고 다 일어가 모국어였습니다. 한국어를 쓰면 벌을 서고 잡혀가던 시대였고 동경 유학에서 단가를 배워 지었습니다.

　귀국 후 해방이 오고 그 순간, 모국어를 바꾸어야 했습니다. 어려서 몸에 밴 언어로 지은 시를 일순간에 바꾼다는 것은 말같이 쉬운 건 아니었겠지요.

　내용은 조국 사랑과 우리의 정서이지만 5 7 5 7 7 의 음률이 입에 착착 감기었습니다. 진정한 애국자라면 이젠 이걸 버려야 하는 게 아닐까 반세기 이상을 온종일 매순간 고민했으나 끝까지 시작 詩作을 놓지 않은 건 곁에서 일생 격려 헌신한 아버지의 외조가 있었기 때문입니다.

 미우라 아야코 책의 '단가와 나' 챕터에는 자신과 전 약혼자가 지은 단가와 남편 미우라 미쯔요가 지은 단가가 그 배경 이야기와 함께 나옵니다. 소설보다 더 소설 같은 흥미진진하고도 거룩한 이야기입니다.

 어머니에게 언젠가 '무궁화의 단가'를 자신의 에세이에 인용하도록 허락해 주십시오 라고 손 편지를 보내왔던 미우라 아야코와 저의 어머니를 생각하며 지난 여름 그 문학관에서 그렇게 발이 떨어지지 않는 순간이 있었습니다.

    한밤에 돌아와 갈아입지도 않고 자는 나를
        이제는 부모님이 나무라지도 않네

        미우라 아야코의 첫 입선 短歌

    내리는 눈이 비로 싸락눈으로 변하는 거리를 걷다
        오늘부터 그대는 나의 약혼자

        미우라 아야코의 단가

    평화란 영원한 희망일 뿐인가 라고 생각할 때
        풍향계의 화살이 방향을 바꾸네

        마에가와 타다시의 단가

> 그대 생각하는 저녁은 슬퍼 눈물이 나
> 하얀 나방을 화분의 국화에 옮겨 앉히네
>
> 미우라 미쯔요의 단가

P.S. 미우라 미쯔요의 이 단가는 설명이 좀 필요하다. 사랑하는 미우라 아야코의 중병에 가슴이 미어져 소매를 끌어당겨 눈물을 닦으려니 마침 소매에 나방이 날아와 앉아 손으로 잡아 그 옆 화분의 꽃으로 옮겨 놓고 나서 소매를 당겨 눈물을 훔치려는 모습을 압축해 그린 단가다. 이렇게 단가 한 줄은 소설보다 더 길고 함축적이어 한 줄 시를 외국어로 번역한다는 것은 수십 년 해오고 있지만 불가능한 일이다.

일본 신문들에 난 기사 제목 중 "손호연의 단가 한 줄에는 장편 소설이 들어있다"라는 제목을 어머니는 가장 좋아하셨다.

미우라 아야코 부부가 마주하고 매일 글을 쓴 책상 - 2016

한 겨울 시라카와고 白川鄉

 일본에 유학을 올 적엔 공부 틈 사이사이 여행을 할 수 있지 않을까 기대가 있었으나 대학 공부 따라가기에 바빠 여의치가 않았다. 나의 시를 일본 작곡가가 작곡해 발표하는 2천명 규모의 음악회가 동경에서 두 번 있었는데도 가보지 못했었다.
 9과목 가을 학기 전체를 다루는 엄청난 양의 기말고사를 마치고서야 후유 숨을 좀 돌렸다. 기차로 한두 시간 거리에 어디가 좋을

까 생각하다 작은 도시에 규모 있는 미술관이 들어선 이후 관광객이 몰려온다는 가나자와金澤 생각이 났고 친구가 추천하는 마을 전체가 온천이라는 키노사키城崎도 떠올랐다.

오랜만에 느긋이 아침 TV를 켜본다. 주말 여행지 소개가 나오는데 기후현岐阜縣의 '시라카와고白川鄕'가 눈에 띈다. 오래된 초가집 형태의 가옥이 모여 있는 독특한 갓쇼즈쿠리合掌造 마을로 유네스코 세계문화유산이다. 한국 신문과 TV에서 본 적이 있어 늘 관심이 갔는데 그 마을 이름이 기억나질 않아 여기 사람들에게 물었으나 일본에 세계문화유산이 많아서인가 신통한 답이 나오질 않았었다.

그 생각을 마침 하는데 바로 그때 그곳이 TV에 나오다니 신기하기만 하다. 누군가 내 마음을 읽은 것이다.

바로 교토 역으로 가 JR 기차를 타고 가나자와로 갔다. 거기서 시라카와고로 가는 리무진 버스를 타야 한다. 버스를 미리 예약해야 한다고 들었지만 하루에 노선이 많아 기차부터 우선 타고서 전화로 버스 예약을 하려니 종일 만석이고 시라카와고에는 모든 숙박시설이 찼다고 한다.

가슴이 철렁했다. 기차는 달리고 있고 잘못하다간 길에서 잘 판이다. 할 수 없이 가나자와에 내려 하루를 묵고 렌트카를 타고 시라카와고를 갔다. 눈 덮인 높은 산맥을 바라보며 그 앞으로 흐르는 시푸른 강에 걸쳐진 다리를 건너니 사진에서 보던 그 유명한 키 큰 초가집들이 옹기종기 백여 채 눈을 이고 서 있다. 오랜 세월 외부세계와 단절되어 온 산악지대에 펼쳐지는 옛 마을이 하얀 눈 속에 눈이 부시다.

어디나 60도로 경사 진 초가집인데 억새로 올린 초가에 방수장치가 없어도 그 지붕이 워낙 두터워 눈비에 물이 새지 않는다고 한다. 한 집에 점심하러 들어가니 그 속이 그렇게도 드넓고 4층 5층의 높이여서 놀랐다. 옛 살림들을 전시한 초가 박물관과 초가 찻집도 흥미로웠다. 차가운 마루 한가운데 놓인 난로에 둘러 앉아 뜨거운 차를 마시며 옛 사람이 기거하던 2층 3층의 침실과 부엌과 기도실을 돌아본다.

여기저기 줄선 중국인들을 보니 수없이 전화해도 방이 없던 이유를 알겠다. 관광을 시작한 지 얼마 되지 않았으면 서울처럼 대도시인 동경이나 교토, 오사카를 가는 것이 정석일 텐데 일본의 여러 지역에 특히 시골에 중국인들이 이미 들끓고 있는 것이 신기하다.

그것은 중국인들이 일본의 지방 명소들을 이미 찾아내어 많이 가고 있다는 의미이기도 하지만 일본이 여러 지역을 찾아갈 수 있게 편리한 교통편이나 비자 완화, 먹거리, 볼거리, 친절이 넘치는 서비스 등, 관광에 그간 심혈을 기울여 왔다는 뜻이기도 하다.

아베 총리가 직접 나서서 관광에 고강도로 열과 성을 다하고 있는 것을 보았고, 각 나라 외국인 전문가들이 그 나라 사람의 여행 특징을 말하며 먼 곳에서 온 관광객은 2주 이상 머물고 인접 국가는 2, 3일 머문다는 통계에서부터 심층 토론하는 것을 TV에서 본다.

그럴 적마다 우리나라의 관광 인프라를 생각하지 않을 수 없다. 우리도 서울의 북한산은 물론, 강원도의 수려한 계곡과 남해의 아름다운 섬 등, 여러 지방에 숨겨진 매력이 있음에도 그것을 스케일 있고 짜임새 있게 알리지 못하는 것이 안타깝다. 내가 아는 많은 일본인들은 서울에 가면 부여를 가고 싶어 하는데 그들의 먼 조상이 살았던 뿌리를 찾는 것이겠지만 교통과 관광 인프라가 아쉽기만 하다.

한국에 오는 중국인 수준과 돈을 쓰는 액수도 일본과는 차이가 있다. 더구나 한국 사람은 일본에 한 번 가는 것이 아니고 몇 번이고 가는데 한국을 다녀간 외국인도 다시 계속해 방문할 수 있기를 바라고 싸서 가는 나라가 아니라 무척 비싸더라도 꼭 가보고 싶은 나라로 하나하나 만들어가는 노력이 절실하다.

공기가 유난히 상쾌한 시라카와고는 사계가 다 좋다고 하지만 경사진 초가에 하얀 눈이 덮인 겨울이 제일 잘 알려져 있다. 벚꽃을 노래한 시비가 서 있고 물레방아의 정취와 좋은 물의 온천이 산에 숨어 있다.

 주민에게 일곱 달이 추운 이 산속 골짝에 왜 사느냐고 물으니 공기와 물이 너무 좋아 도시엔 살 수가 없다고 하며 '살면 고향'(住(す)めば都(みやこ))이라고 한다. 마을을 부수어 현대식 건물로 바꾸지 않고 추위와 불편함을 감수하며 긴 세월 전통과 명맥을 이어 온 그 특이한 삶과 순박한 마음을 바라보며 거기를 찾는 사람들과 나는 무엇을 배우고 느껴야 하는 것인가를 생각해 본다.

갓쇼즈쿠리合掌造 초가

난로로 따뜻한 내부의 너른 마루

나오시마의 하늘

나오시마直島의 구사마 야요이草間彌生 호박

실망시키지 않았다.

 섬 전체가 미술관이 된 나오시마直島는 일본 시고꾸四國 (옛 이름 사누키)의 섬, 나오시마 폐촌이 한 건축가의 땅밑 미술관의 건립과 집 프로젝트로 세계의 수많은 관광객이 찾아든다는 기사와 칼럼과 영상을 그간 보아왔는데 가가와현香川縣의 보조금을 조금 받고 가게 되었다.

초겨울 우리보다 몇도 높아 포근하기만 한데 그들은 갑자기 추워졌다고 종종걸음을 했다. 시고쿠는 처음인데 비행기를 타자마자 내리고 눈에 들어오는 풍경이 우리의 남도 어디쯤인 것만 같아 외국이라는 생각이 들지를 않는다.

일본 건축의 전설이 된 안도 타다오安藤忠雄의 이름을 내가 처음 들은 것은 70년대 워싱턴에서 시내 국립미술관을 자주 갈 때에 그것을 지은 중국계 세계적인 건축가 아이 엠 페이 I M Pei 와 함께, 일본에서 고등학교밖에 나오지 못한 건축가가 하버드대에서 건축학을 가르친다는 말을 들은 때였다.

한참 후 10년도 넘어 전, 과천 국립현대미술관에서 그의 전시가 있어 '미술관 속 건축 전시'란 대체 무엇인가 하며 가 보았다. 신선한 충격이었다. 그의 특이한 철학이 엿보였고 무엇보다 재미가 있었다. 서울에서 한 그의 강연이 비싼 티켓 값에도 동이 나 못 갔고 그의 사무실이 있다는 오사카에 갈 적마다 그를 유명하게 만든 빛의 교회 물의 교회를 가보려고 택시를 타면 시내에서 멀다고 해 시간이 촉박하여 다음으로 미룬 게 여직 가보질 못하고 있다.

시멘트에 둥근 동전만한 크기로 살짝 들어가게 단든 그의 벽이 우리나라 여기저기에 본을 떠 만든 걸 늘 보고 있고 제주에서 그의 작품을 보았으며 NHK TV에서, 현재 하고 있는 그의 중국 프로젝트만 60개라고 말하는 그를 보았을 뿐 아직 만난 적은 없다.

어렵게 자라 권투 링에 올랐고 진학을 못한 젊은 날 혼자 유럽엘 가서 건축을 보았을 뿐인데 역경을 헤치며 프리츠커 건축상을 받고 세계적인 건축가로 우뚝 서게 된 그의 삶과 헝그리 스피릿에 일본 국민이 환호하며 중국에서도 인기가 높고 우리나라에도 꽤 알려진 편이다.

I LOVE YOU 공중목욕탕

다카마츠高松에 내리면 그 앞바다엔 무인도까지 수천 개의 섬이 있다. 한 시간 배를 타고 그중 하나의 섬인 나오시마에 도착하니 구사마 야요이草間彌生의 커다란 철제 펌킨 조형이 나를 맞는다.

일거리가 없으니 주민들이 섬을 떠났고 폐촌이 되었었다.

근처 오카야마岡山가 고향인 일본 굴지의 교육 그룹, 베네세 홀딩스의 후쿠다케 소이치로福武總一郎 회장이 나오시마의 토지를 사들였고 안도 타다오와 손을 잡고 '베네세 하우스 미술관'을 만든 것이 22년 전, 그 후 모네의 수련 다섯 작품과 미국 작가 제임스 터렐, 월터 드 마리아, 세 작가의 예술을 위해 땅을 깊이 파고 '지중 미술관'을 지은 게 10년 전, 2010년에는 한국 작가 '이우환 미술관'도 거기에 생겼다.

공중목욕탕 유리문에는 I LOVE YOU를 써 붙여 설치 미술이 되었다. 일어로 '유'는 목욕탕의 탕湯, 끓는 물을 뜻한다. 내가 너를 사랑한다도 되고 뜨거운 물을 사랑한다도 되는 것이다. 작품이 된 그 탕에 들어가면 실제로 목욕을 할 수도 있다. 일본인들이 서울에 와서 때밀이 목욕을 하는 것과는 발상이 좀 다르다.

빈 집 여기저기 줄을 서 들어가면 절벽같이 사카매 공포심이 생기는데 손으로 더듬으며 앉으면 한 4, 5분 후 절대로 바뀔 것 같지 않던 눈이 거기에 적응되며 진공 같은 짙은 보랏빛 속을 약간 걸어보는 게 작품인데 싱겁다고 할 수도 있으나 개인에 따라 느낌은 크다. 터렐의 빛의 예술 몇 작품으로 '흑암과 두려움이란 원래 없다'라는 걸 나는 깨우치게 된다.

저 멀리 작은 섬들이 보이는 바닷가에 횟집이나 그 유명한 오리지널 사누키 우동집 하나 있을 만도 한데, 간판 하나 보이지 않는 고요하고 새삼스럽지도 않은 자연 그대로의 바다에 건축과 작품이

어우러져 명상하고 사유하기에 그만이다.

 도회지에서 어쩌다 바라보는 하늘을 당연시했었다.
그러나 땅속에서 높은 천정에 둥글게 뚫어놓은 제한된 하늘을 열이 들어오는 천정 크기의 둥그런 돌 벤치에 앉아 고개를 한껏 젖히고 바라다보는 것은 느낌이 많이 달랐다.

 서양인들이, 특히 예술의 나라이며 일본과 공유하는 것이 꽤 있어 보이는 프랑스인들이 많아 보이는데 새파란 하늘과 거기에 떠가는 하얀 뭉게구름을 처음 보는 듯 마냥 올려다보며 힐링을 하고 있었다.

 3년마다 주위 12개 섬에서 '세토우치 국제예술제'가 열리고 있고 쇼도시마小豆島와 나오시마直島를 이틀 급히 보며 사누키 우동 한 젓가락 못 먹은 짧은 일정이었으나 절제된 여운이 있다. 수많은 절과 집을 건축했던 백제가 멸하고 1400여 년 전 모두가 죽음을 피하기 위해, 일본의 아스카 나라 오사카 교토 쪽에 정착했다는데 안도 타다오安藤忠雄는 집 짓던 백제 장인의 安씨 후예는 아닐까 하는 상상을 해 본다.

 건축은 지구의 모습을 바꾸는 대단한 예술이다.
죽어가던 섬 나오시마의 변화가 놀랍고 그 땅속까지 바꾼 안도 타다오의 발상이 놀랍기만 하다.

둥그런 하늘이 있었다
하늘을 엿보는 듯
땅속에서 그걸 올려다보았다

그 하늘이
모네의 예술과
나를 내려다보았다

나 오 시 마

나오시마의 지중地中 미술관

칼럼과 기사

한겨레 2017 9 18

[가신이의 자취]

'친한파 언론인' 하시모토 아키라 선생 영전에

하시모토 아키라 선생 추도식 - 동경 2017 8 24

'누구나 한 번은 가지만 우리는 그날이 오는 줄을 모르며 산다'

갑자기 가신 하시모토 아키라橋本明·1933~2017 선생의 도쿄 추도식에서 사회자가 한 말이다. 한 날 한 시각에 천여 명이 모인다는 것은 존경받을 삶을 살았다는 뜻일 게다. 생전의 교류와 넓은 인맥을 보여주듯 일본의 각계각층이 모였다.

처음 그를 만난 것은 2013년 3월, 후쿠시마 대지진으로 고통 받은 일본인들을 생각하며 펴낸 시집 〈그대의 마음 있어 꽃은 피고〉 등 2권의 나의 책 출판기념회에서다. 도쿄 외신기자클럽에서 행사 후 긴 줄에 서서 그의 차례가 오자 감격했다는 말과 함께 악수를 했으나 나는 그가 누구인지 몰랐다.

그는 〈교도통신〉의 저명한 저널리스트로 많은 책을 저술했으나 유치원부터 대학까지 장래에 일본 천황이 될 아키히토明人 황태자와 학습원學習院의 동기로 더 유명하다. 그도 선친은 검찰총장이요 사촌형이 하시모토 류타로 총리였으며 동생 하시모토 다이지로가 시코쿠의 도지사인 정치 명문이나, 왕족과 귀족을 받은 학습원이라 해도 나라의 천황이 될 황태자를 맞는 것은 드문 일로 그와 같은 반 30명에 하시모토가 들었던 것이다.

고등 시절 황태자와 긴자를 다닐 정도로 '졸친'이었다. 장례식에 마거릿 대처 전 영국 총리 등 유럽 국가원수와 함께 한 사진들 액자 앞에 그의 저서를 늘어놓았는데 〈미치

코 황후의 연문〉〈알려지지 않은 천황 아키히토〉 등 .일본 천황에 대한 책만도 4권이 보인다.

일본에서는 천황의 동기를 그냥 동기라 하지 않고 '고가쿠유御學友'라는 특별 존칭으로 부르며 존경한다.

그를 서울에서 세 번, 도쿄에서 네 번, 교토에서 내가 공부할 때도 찾아왔고 아키타에서도 보았다. 클래식 음악을 좋아하여 매해 바티칸에서 합창을 해온 그가 일본 작곡가에게 나의 시를 주며 작곡을 의뢰했고 오케스트라와 합창단이 함께 한 음악회가 동경과 아키타에서 4번 열렸었는데 2016년 9월 아키타市 음악회 무대에서 나와 함께 스피치를 하기도 했다.

그가 대표로 있는, 한국을 공부하는 모임인 도쿄의 일한담화실日韓談話室에 서울에서 강연하러 매달 오는 90세 최서면 선생이 갑자기 가시게 되면 자신에게 먼저 알려달라며 깊은 걱정을 했는데 그가 먼저 간 것이다. 최근 그를 본 것은 지난 5월 27일, 그가 한일관계의 권위자인 최서면 선생을 인터뷰해 쓴 〈한국 연구의 귀재 최서면〉의 도쿄 출판기념회에서다.

그는 1974년 '8·15 광복절 육영수 피살 사건' 취재차 서울에 온 이후 '한국'을 마음에 품어 왔고 기회있을 때마다 일왕의 한국 방문을 실현하고자 힘써 온 인물이다. 그것이 '한일관계의 과거를 뒤로 하고 미래로 나아가는 가장 좋은 계기가 될 것'이라고 주장해 왔다.

 환히 웃고 있는 영정 사진과 관에 누운 모습을 보며 한반도와 동북아에 위기가 몰려 온 지금, 양국의 돈독한 관계를 이루고자 애썼던 '큰 별' 하나 잃음이 애석하다.

 죽음이 슬픈 것은 이 지상에서 다시는 보지 못하기 때문이다. 이렇게 눈으로 보면서도 우리는 그날이 실제 오는 걸 모르며 살아가지만 모쪼록 그가 품어 온 43년의 한국 사랑과 더 나은 한일관계를 위해 헌신해 온 그의 열정이 부디 식지 않고 한일 양국에 잘 이어져 가기를 소망해 본다.

다음 차례는 누구일까 아무도 모르면서 장례 줄에 서있네

손호연

황태자左와 함께 학습원 시절
右편 두 번째가 하시모토 아키라선생

하시모토 선생과의 음악회 - 아키타 2016 9 15

중앙일보					2011 3 11

일본의 저력과 안목

얼마 전 삼성고위직 임원과 대화를 하는 중, 일본 소니 임원들과 만나게 되면 삼성전자의 최근 성과에 풀이 죽어있는 듯하다고 으스대듯 말하는 걸 보았다. 나도 삼성에 있은 적이 있고 국민의 한 사람으로 그 성과를 참으로 자랑스럽고 기쁘게 생각한다.

그러나 마치 한일의 차가 많이 좁혀지고 줄어든 듯이 아니 우리나라가 마침내 그들을 이기기라도 한 듯한 사회 일각의 분위기엔 문제가 있다고 본다. 나는 미국에서 오래 일해 온 오히려 미국통으로 일본이라는 나라와 그 문화의 깊이를 알거나 일본에 특별한 애정을 가지고 있는 것도 아니다.

 그러나 모국어를 빼앗긴 일제 강점기에 태어나 한 줄의 시인 단가 短歌를 배워 그것을 써온 시인 어머니의 책들을 번역 출간하고 영상 제작 등을 통해 그 정신과 가치를 세계에 알려오면서 일본과 그 문화 그리고 일본 사람들을 조금 이해하게 되었다.

 그들은 교양이 있고 공부하는 민족으로 독서율은 세계 1위요 그들의 섬세함과 꼼꼼함은 뛰어나며 일본을 여행해 본 사람은 누구나 알 듯 친절하고 상냥하며 범죄율은 세계 최저이다.

 그러나 무엇보다 내가 놀라워하는 것은 그들은 거의 전 국민이 시인이라는 점이다. 시의 두 장르인 단가와 하이쿠를 그들은 읽고 짓는다. 조간 석간으로 나오는 수준 높은 신문들은 매일 시에 많은 지면을 할애하고 있다. TV를 켜면 시청자들의 투고에 전문가가 일일이 평을 하며 유명 인사들이 빙 둘러 앉아 제목 하나를 놓고 시를 짓는다. 오래전 오슬로에 있는 일본 문화원에서 그들의 문화로 단가를 전파하는 것도 보았다.

 일본 황궁의 신년 첫 행사로 '가회시歌會始의 의儀'라고 단가의 대가를 궁으로 초청하여 그 앞에서 천황과 왕후와 황태자가 자신들이 지은 단가를 직접 낭송한다. 영국 여왕을 비롯한 세계 어느 나라 왕족이나 지도자가 시를 짓고 낭송한다는 이야기를 들어 본 적이 없다.

최근 동경 방문에도 '백인일수 百人一首'라고 고대 만엽집 시대의 단가 시인 100인의 시 한 수를 책과 트럼프 같은 게임으로 만들어 초·중등학교에서 그 백 개의 시를 외워 서로 맞추고 정월과 명절에는 가족이 모여 그 짝을 맞추는 놀이를 하며 경기대회를 열어 시가 그들 생활 깊숙이 자리 잡아 가는 걸 보았다.

 더구나 그 만엽집과 단가는 일본이 자랑하는 정신적 보물로 온 세계가 일본의 고급문화로 알고 있으나 실은 1400여 년 전 많은 백제인들이 일본에 건너갔을 때 전해 준 우리의 시다. 그 시문학이 원래 우리의 보물인지도 우리는 모르는 새, 일본은 그것을 꽃피우고 세계로 전파하여 미국 대학과 유럽에서는 영어와 그들의 언어로 절제된 그 한 줄의 시를 배우고 짓고 있다. 일본에 고급 이미지가 더해짐은 물론이다.

 가실 무렵까지 조국에서 아무도 몰라주던 손호연 시인을 천황이 '가회시의 의'에 대가로 초청하고 그 독자들은 일본 아오모리에 그의 시비를 세우며 일본 총리가 정상회담 연설에 그 시인의 시를 읊고 그 평화 정신을 이야기하는 걸 보면서 나는 그들의 저력을 생각했다.

 그런 기본의 힘과 실력과 안목이 있는 일본을 지금 우리는 반도체 등 몇 상품들이 그것도 우리의 독창적인 건 단 한 개의 제품도 없이 전부 그들에게 배우고 벤치마킹하고 발전시킨 걸로 우쭐해 한다는 것은 분명 생각해 보아야 할 일이다.

　일본 국민의 5분의 3 이상이 백제인의 후예, 우리의 핏줄이라는 말이 있다. 우리는 경제적인 논리나 계산보다, 같은 피가 섞여 있는 민족이 많이 있는 이웃나라에 진실된 마음과 애정으로 대하며 배울 건 배워야 한다고 생각한다. 늘 이겨 오던 축구에서 반전을 보았듯, 우리가 일본을 마치 따라 잡은 듯 생각하거나 그들의 저력과 힘을 행여나 얕잡아볼 일이 아니다.

일본 민단신문　　　　　　　　　　　2014 8 15

이승신의 '한일관계를 생각한다'
다툼 없는 나라와 나라가 되어라

식민지 시대, 17살에 일본으로 유학하여 단가를 배우고 2003년 숨이 다할 때까지 제일선에서 활약한 한국 유일의 여류 가인 손호

연孫戶姸은 일생 한일간의 사랑과 평화를 전심으로 바랬다. 손 시인의 정신을 계승한 장녀 이승신 시인의 한일 국교 정상화 50주년을 앞둔 즈음 한일관계에 대한 생각을 엮는다

> 절실한 소원이 나에게 하나 있지
> 　　다름 없는 나라와 나라가 되어라

 이 한 줄의 시는 손호연 시인의 간절한 마음을 담은 것으로 노무현 대통령과 고이즈미 준이치로 총리가 청와대 정상 회담 중에 그리고 회담 후 외신기자 회견 연설에서 읊고 그 정신을 말하기도 했습니다.
 시인이 가고 1년 후 2005년 초, 서울에서 '한일우호의 해'가 선포된 자리에서 들은 우리 대통령과 일본 대표인 모리 총리의 훌륭한 연설에 시인의 평화정신이 깃들여있다면 완벽하겠다는 생각을 그 순간 했습니다. 그러자 곧이어 독도로 야기된 데모가 연일 이어져 한일우호의 해를 무색하게 했습니다.
 심히 걱정을 하다 6월 20일에 한일정상회담이 오기에 우리 대통령에게 손호연의 평화 정신과 시를 보이며 시인의 간절한 소원을 말했고 일본에는 시인의 전기집 일본 작가와 중의원을 통해 그날 제가 만난 모리 총리에게 책을 전했는데 그는 내친김에 고이즈미 당시 총리에게도 전달을 했습니다. 총리가 중의원에게 책에 대해 감사하다는 전화가 왔다는 말을 듣고 회담에서 그 언급이 있겠다

는 것을 직감했습니다.

 10년 전의 그 순간을 떠올리는 것은 그때의 한국 데모가 대단했고 매스컴의 영향으로 전국이 여러 달 들끓었음에도 요즘처럼 최악의 한일관계로까진 가지 않았기 때문입니다.

저는 지금 그 시인의 딸로 무거운 마음으로 이 글을 쓰고 있습니다. 일제시대에 태어난 어머니는 많은 차별과 아픔과 상처를 받았음에도 서로 갈등없이 평화롭게 살았으면 하는 마음을 일생 가지고 있었습니다.

 지구상 어느 나라치고 가까운 이웃과 문제없는 나라가 있겠습니까만 우리의 가장 가까운 이웃과의 지리적 역사적 관계로 야기된 일은 이제 수교 후 최장의 껄끄러운 기간이 되어 식민지 시대의 경험이 전혀 없는 저의 가슴도 누르고 있습니다.

 역사 인식, 독도 영유권, 위안부 문제, 일본의 집단적 자위권 행사 등의 사안으로 한일관계가 앞으로 나아가지 못하고 있습니다.

 일본의 아베 정부는 문제가 있으면 만나서 대화하자는 뜻을 전하고 있고 한국의 대통령은 서로의 시각 차이만 드러날 것이면 무엇하러 만나느냐는 입장입니다.

 무엇보다 슬픈 것은 전에는 반감이 좀 있어도 국민들이 그런 것은 정치인들의 사정으로 보고 그렇게 갑갑해하진 않았습니다. 그러나 지금은 그런 관계가 점점 길어지면서 혐한이니 반일이니 하는 어휘와 함께 국민들의 마음이 소원해진 것입니다.

 3년 전 동일본에 대재난이 와 놀라며 한국인으로 일본 궁중 '가회

시의 의 歌會始の儀'(우다카이하지메노기)에 대가로 초청을 받았고 일본 독자들은 아오모리에 높은 시비를 세워주었던 어머니가 계시다면 어떻게 위로를 했을까를 생각하며 200여수 저의 단가집을 양국에서 낸 적이 있습니다.

그걸 계기로 매해 3 11에 최대 피해지인 미야기현 게센누마에 가서 시낭독과 스피치를 해왔는데, 그들이 감격해하며 '한국 국민의 마음은 양국 정부의 마음과 다르군요' 라고 하는 것이었습니다. 오해가 풀렸다는 듯 그리고 좋은 관계이길 바라는 그들의 표정에 제가 오히려 감동과 힘을 받았습니다.

일본 인구의 다수가, 1400년 전부터 바다를 건너온 백제와 한반도인의 후예라는 이야기를 일본 전문가에게 들었습니다.
경제 안보 정치 다 중요하지만 무엇보다 같은 피로 이어진 혈연이라 생각할 때 진정성과 애정 있는 좋은 관계를 하루속히 가질 수 있기를 바라게 됩니다.

이웃해 있어 가슴에도 가까운 나라되라고
무궁화를 보다듬고 벚꽃을 보다듬네

어머니 가신 후 일본 출판인에게 들었습니다. 제가 어머니 시집에 보다듬고 라고 번역했던 '메데떼めでて'라는 단어에는 보듬다 인내하다 봐주다 포용하다 용서하다 보기 싫어도 보고 끌어안다 사랑하다 라는 여러 뜻이 들어있다는 것입니다.

시를 설명하게 되면 그 독특한 의미가 날아가 버리지만 그 풍성한 의미를 지닌 어휘 '메데떼'를 선택한 어머니의 깊은 심정을 저는 이해할 것 같습니다.
 무엇이든 사람이 하는 것입니다.
그러려면 무엇보다 우선 마음이 있어야 합니다.
쉽지 않았지만 그런 마음을 가지기로 시인은 어느 순간 굳게 마음 먹었던 것입니다.

 결국은 마음입니다.
양국 정부는 물론, 국민도 그러한 마음을 가지기로 마음먹고 내년 한일 수교 50년을 뜻깊게 맞이할 수 있게 되기를 한국의 모녀시인은 소망합니다.

쓰라린 역사를 다 잊을 순 없지만
앙금 내려놓고 성숙한 평화를 기원하다

이승신

중앙일보   2013 4 8

진솔한 마음은 국경 넘어 전해지고

손호연 이승신 모녀시인의 집

눈으로 보이지 않지만
가슴으로 느껴지는
다친 그대의 가슴

그대는
더 크고 따뜻한 가슴이 되리라
슬픔의 크기만큼

삶에 나라에
어찌 꽃 피는 봄날만이 있으랴
그러나 봄이 없는 겨울은 없다

다시 시작이다
살아남은 우리가 위대함을 만든다

 일본에서 출판된 시인 이승신의 '그대의 마음 있어 꽃은 피고'에 실린 시 중 일부다. 이 시집에는 2011년 3월 11일 일본 도호쿠東北 지역을 엄습한 동일본 대지진의 참상 속에 고통 받는 사람들에 대한 위로와 고통을 딛고 미래로 향해 나아가자는 희망의 시 192수가 담겨 있다.
 책이 나온 곳은 일본의 아스카신사飛鳥新社 '100세 시인' 시바타 도요를 발굴해 일본 사회에 큰 반향을 불러일으킨 유명 출판사다.
 동일본 대지진의 참상은 현재 진행형이다. 공식 집계된 사망자만 2만여 명 행방불명자가 3200여 명이다. 일본 정부는 피해액이 최대 25조엔 345조원에 이를 것으로 추산한다. 후쿠시마 제 1원전의 방사능 누출 사고로 고향을 등진 이들만 수십만 명이다.

이 시인은 "재난을 지켜본 분이면 누구든 충격과 함께 가슴속 깊이 연민의 마음을 느꼈을 것"이라며 "저 역시 보도를 접하며 마음을 졸이다 어느 순간 그 마음이 시가 되어 쏟아졌다"고 말했다.

그렇게 써 내려간 시가 250편에 달했다. 그의 절절한 시는 한일 언론에 동시에 알려졌다. 3월 27일자 중앙 SUNDAY와 일본 아사히, 산케이 신문에 그 시들의 일부가 실렸다.

일본인들의 반응은 뜨거웠다. 이 시인은 '동경대학 총장, 학자들과 문인 등 유명인에서부터 보통 사람들에 이르기까지 절절한 감동과 감사의 뜻을 담은 많은 편지들이 왔다' 며 '인간에 대한 진실된 애정과 연민의 마음이 국경 너머로 전해짐을 느낀다'고 말했다.

고른 192수가 지난 9월 국내에서 '삶에 어찌 꽃피는 봄날만이 있으랴'〈서촌〉라는 제목으로 출간이 됐다. 이 책이 나온 뒤 반향은 더 커졌다. 책에는 한글 원본과 함께 일본의 단가短歌 형식의 일어로 함께 실렸다.

모리 요시로森喜郎 전 일본 총리는 얼마 전 국회에서 이 시인과 함께 한 시간 넘게 책장을 넘기며 시를 읊었다. 모리 총리는 "외국 시인이 이렇게 시를 지었다니 감동할 뿐이다. 이 시들은 교과서에 실려야 하고 많은 일본인이 읽어야 한다"며 즉석에서 100권의 시집을 주문하기도 했다.

지난해 10월 동경에서 열린 '한·일 축제 한마당' 행사를 찾은 최광식 문화체육부 장관은 축사에서 이 시인의 시를 인용하며 "이런 정신이야말로 두 나라가 공유해야 하는 대목"이라고 강조해 공감을 이끌어냈다. 축사가 끝나자 그 자리에 참석한 하토야마 유끼오鳩山由紀夫 전 총리, 야마구치 나쯔오山口那津男 공명당 대표 등 여야 지도자들이 우레와 같은 박수를 보내며 공감을 했다.

 무토 마사토시武藤正敏 일본대사도 올해 3월 11일 대재난 1주기를 맞아 한국의 기부자들을 초대한 행사에서 역시 이 시인의 시를 인용하며 감사의 뜻을 표했다. 이승신 시인의 시詩가 두 나라 외교 관계에 적잖은 기여를 하고 있다.

 반향이 컸던 데에는 시를 일본의 전통시인 단가로 번역했기 때문인 점도 있다. 한시에 상대되는 일본 고유의 시를 통틀어 와카和歌라 하는데 단가가 그 대표 격이다. 5 7 5 7 7 음절 씩 모두 31자로 이뤄진 단가는 17자로 된 하이쿠俳句와 함께 일본인들이 가장 아끼는 문학 장르다.

 일본인들이 정신적 지주로 가슴에 두며 '마음의 고향'이라고 부르기도 하는 단가를 대할 때의 느낌에는 사랑 그리움 애상 등이 고스란히 한 줄 시에 담겨진다.

 당연히 일본의 필수 교육 과정에 들어있고 어려서부터 유명한 단가들을 배우고 외운다. 단가를 짓는 시인을 가인歌人으로 부르며 대우한다.

 이 시인이 단가라는 형식을 취한 데에는 또 다른 이유가 있다. 그는 한국인으로는 유일하게 단가로 일생 창작 활동을 했던 손호연 시인의 딸이다. 일제 강점기 동경유학을 하며 일본 단가의 시성이라는 사사키 노부쓰나佐佐木信綱에게 사사한 손 시인은 귀국한 후에도 60년간 2000편 이상의 주옥같은 단가를 남겼다.
 시집은 일본 고단샤에서 '무궁화'라는 제목으로 6권이 출간되었고 1997년 일본 아오모리靑森에 그의 시비가 세워져 있다.
 그러나 손호연 시인의 시가 국내에서도 주목받게 된 것은 2005년 6월 한·일 정상회담에서다. 고이즈미 준이치로 당시 일본 총리가 회담과 외신 기자회견에서 손 시인의 단가를 읊고 그 평화의 정신을 이야기한 것이다.

> 절실한 소원이 나에게 하나 있지
> 　　　다툼 없는 나라와 나라가 되어라

 한 줄에 무게 있게 양국 우호를 바라는 심정을 담은 시다.
이 시인은 '어머니는 단가의 뿌리가 백제와 신라의 향가로 우리나라에서 전해준 것으로 보고 일생을 3백 년 된 한옥에서 우리의 정서를 시라는 형식에 담으셨다'고 했다.
 그는 1998년 일왕이 주재하고 NHK에 생중계되는 단가 낭송회인 신년어전가회新年御前歌會에 외국인으로는 처음 대가의 자격으로 초청받아 한복을 차려 입고 참석하기도 했다.
 그러나 이 시인은 단가의 뿌리를 이야기하는 것보다 더 중요한 것은 그 시 속에 보편적인 인류애를 담는 것이라고 한다. 그는 '우리나라가 면적이나 인구, 경제력, 군사력으로는 대국이 되기 어렵다. 그러나 우리의 마음과 생각의 크기를 키우면 그게 결국 나라의

리더십이 되고 우리나라의 크기가 되는 것이라고 생각한다'고 말했다.

 그런 마음을 표현하는 방식으로 문학이 핵심이라는 게 이 시인의 생각이다. 처음부터 일본과의 외교를 생각하며 시를 지은 것은 아니다. 이 시인은 '어머니라면 이웃 나라의 재난에 가슴 아파하며 진심을 담은 단가 한 줄로 그들을 위로했을 것이라는 생각에 제가 시를 통해 표현해 본 것'이라며 '일본 사람들의 뜨거운 반응을 보며 결국 진실된 마음은 국경을 넘어 전달되는 것이라는 걸 다시 한 번 깨닫게 되었다'고 말했다.

 그렇게 일본에서 출간하게 된 이번 책은 일어로 번역된 방식이 전혀 다르다. 단가로 쓰게 되면 글자 수와 운율에 맞추게 되고 현대 일어에선 쓰지 않는 예스러운 표현이 많아지게 된다. 그래서 이번에는 현대 일어로 만들었다. 젊은 독자들에게도 널리 읽히게 하기 위해서다. 두 권 다 지난한 번역 작업이었다.

 '소셜 네트워크 서비스 SNS를 타고 지구는 이제 더 좁아졌고 어디에 있건 인류는 모두 '하나의 가족'이라는 자각이 필요하다'며 '우리의 진실된 마음을 시詩라는 또 하나의 언어로 바꿀 때 거기에 애정과 혼이 스며들어 있다면 그것이 결국 만국공용어가 되는 것'이라고 '세계 유일의 모녀 시인'의 딸은 힘주어 말했다.

2013 4 8 이승녕 기자

아사히 신문   2011 3 27

이웃의 대재난에 깊은 마음

한국에서 단가로 쓴 기도의 편지

하꼬다 테쯔야 箱田哲也 기자

이웃의 대재난에 깊은 마음이 가
뒤척이며 잠 못 이루는 밤
《燐國の大災難に胸つぶれ寝返るばかりの眠りなき夜》

 대재난이 덮친 일본의 부활을 기원하며 200여 수의 단가를 지은 한국 시인이 있다. 그의 어머니는 한일 관계가 어려웠던 시절 한국 국민에게 비난을 받으면서도 단가를 일생 지어온 인물이다. '어머니가 살아 계시다면 이렇게 단가를 지어 일본 국민을 위로했을 것입니다'

 이 여성은 서울에 거주하는 이승신 시인. 어머니인 손호연 시인은 식민지시대인 1923년 도쿄에서 태어나 곧 귀국, 다시 일본에 유학을 가서 단가를 배워 귀국 후 한국에서 일생 단가를 지어온 한국 유일의 단가 시인이다.
 2005년 서울 청와대에서 열린 한일정상회담 직후, 고이즈미 준이치로 총리가 외신기자회견 자리 연설에서 손호연 시인의 평화의 단가를 인용하며 그 시인의 정신을 가슴에 새기며 한일관계에 임하겠다고 말했다.

 이 시인은 시인 어머니와 함께 살아온 집터를 지키며 손호연 단가연구소를 거점으로 한일우호를 진심으로 바라던 어머니의 정신과 공적을 이으며 어머니와 자신의 책을 출간하고 있다

이번 대재난에 일본인들을 생각하며 순식간에 지은 200여 수의 단가를 일본어 형식에 맞추어 번역했다.

　　　황량한 마을 사라진 가족과 집에
　　　　　　고요히 눈물 흘릴 그대여
　　《荒蕪の地消えた家族と町並みに靜かに咽び淚する君》

한국에 크게 보도된 질서 있는 피해자들의 모습도 주제로 삼았다.

　　　대재난에 겸허히 선 줄은 차라리 간절한 기도이다
　　　　　우리가 받는 가르침이다
　　《慘事にもなお愼ましきその列は切なる祈り吾らへの敎示》

　　　일본의 배려와 인내, 위기에 돋보이는 아름다운 그 자세
　　《危機の中さらに際立つ眞の美日本の配慮と忍耐こそは》

이승신 시인은 '한국에서는 이웃 나라로서 많은 물질을 줄을 서 보내고 있지만 우리의 마음과 진심도 단가라는 그릇에 담아 일본 국민에게 전해주고 싶었다'라고 말했다.

중앙일보 2005 6 24

한일정상회담으로 재조명된 이승신 시인

어머니가 노래한 '단가의 평화 정신'
양국관계에 스며들게 되어 보람

한국 유일의 단가短歌 시인이었던 손호연 시인의 생애와 작품

세계가 새롭게 조명 받고 있다. 6월 20일 한·일 정상회담에서 그의 작품과 평화 정신이 화제에 올라 딱딱한 대화 분위기를 부드럽게 누그러뜨린 것으로 전해지면서 부터다.

 고이즈미 일본 총리는 회담 직후 노무현 대통령과 함께 한 외신 보도진과 만난 자리에서 **'절실한 소원이 나에게 하나 있지 다툼 없는 나라와 나라가 되어라'** 손 시인의 시를 인용하며 '이것은 손호연 시인만의 마음이 아닙니다. 저도 그런 손호연 시인의 마음을 가슴에 새기고 양국 관계의 발전을 위해 앞으로 더욱 노력해 나가겠습니다' 라고 말했다.

그의 시가 정상 회담 중에도 언급되고 고이즈미 총리가 일종의 화답을 하게 된 데에는 손호연 시인의 장녀 이승신 시인의 숨은 노력이 있다.

 '손호연 기념사업회' 이사장인 이승신 시인은 정상회담을 앞두고 일본 관계자들을 통해 손호연 시인의 작품집과 그의 일대기를 다룬 60분짜리 다큐멘터리 영상을 보냈다. 한국 관계자들에게는 일본에서의 손호연 시인의 영향력을 알리고 '문화 외교'의 중요성을 누차 강조했다.

 李시인은 두 정상의 회견 장면을 지켜본 뒤 '어머니가 일생 한 줄의 시詩인 단가를 통해 노래한 평화와 사랑의 정신이 한·일 양국 관계에 스며들게 되어 감사하게 생각한다'고 말했다.

 손호연 시인은 63년간 2000편 이상의 한 줄의 단가를 썼다. 작품 가운데는 한·일 양국과 인류의 평화를 염원하는 내용이 많다.

단가는 31자로 된 5 7 5 7 7 조의 짧은 정형시이다. 일본의 국시國詩로 대접받지만 그 원형을 거슬러 올라가면 백제의 향가에 닿는다.

  손 시인이 '한국 사람이 왜 일본 시를 쓰느냐'는 비난을 수 십년 감수하면서도 단가를 포기하지 않았던 것은 한국의 유일한 단가 시인으로 '백제인의 혼'을 지킨다는 소신을 갖고 있었기 때문이다. 그의 단가는 **'치마 저고리 곱게 단장하고 나는 맡는다. 백제가 남긴 그 옛 향기를'** 처럼 한국의 전통적 정서를 듬뿍 담고 있다.

  손 시인은 1941년 일본 유학 중 단가의 시성인 사사키 노부쯔나를 사사했다. 동경 유학 시절을 빼곤 일생 서울 필운동 고택에 살며 단가시를 지었는데 국내보다 일본에서 더 유명하다. 일본 굴지의 출판사 고단샤에서 다섯 권의 '무궁화' 시리즈 등 여섯 권의 시집과 2000수 이상의 단가시를 남겼다.

  국내에서는 한국어로 **'찔레꽃 뾰족한 가시 위에 내리는 눈은 찔리지 않으려고 사뿐히 내리네'** - '호연연가' (이승신 기획 번역) 가 2002년 샘터사에서 출간되었다.

조종도 기자

손호연의 평화의 시를 읊은 한일정상회담 - 청와대   2005 6 20

문화일보   2016 9 25

내 노래가 韓日소통에 도움되기를

'短歌' 계승자 이승신 시인

일본 NHK 음악제 참석

정형시 단가短歌의 계승자인 이승신 시인이 한·일 우호 증진을 기원하며 썼던 시 노래가 다시 한 번 일본에서 울려 퍼진다.

이승신 시인은 23일 "지난해에 이어 올해도 9월 25일 일본 아키타秋田시에서 열리는 NHK 라디오가요 음악제에 참석하여 스피치를 하게 되며 저의 시에 일본의 작곡가가 작곡을 한 '꽃우표' 노래가 연주될 예정"이라며 "그것이 경직된 한·일 관계에 문학과 음악을 통한 문화외교로 기여되기 바란다"고 했다.

이 시인은 어머니 손호연 1923-2003 시인의 뒤를 이어 2대째 단가를 짓고 있다. 단가는 우리나라 백제인들이 일본에 전래한 것으로 알려져 있으며 국내에서는 사라졌으나 일본에서는 정통 국시로 자리 잡았다. 손호연 시인은 '단가 명인'으로 일본에서 이름이 높다.

이 시인은 2011년 3월 발생한 동일본 대지진 당시 '삶에 어찌 꽃 피는 봄날만이 있으랴' 라는 제목으로 250여 편의 단가를 썼고 이를 일본어로 출간해 현지에서 큰 반향을 불러일으켰다. 이때의 인연으로 늦은 나이 교토京都 도시샤同志社 대학에서 고전문학을 연구하고 최근 돌아오기도 했다.

이번에 연주될 '꽃우표'는 이 시인의 지속적인 한·일 문화교류의 결실이기도 하다. 도쿄에서 열린 이 시인의 출판기념회에 참석해 감명 받은 유명 저널리스트 겸 성악가 하시모토 아키라橋本明 씨가 일본 전국라디오 가요연맹 회장인 구도 유이치工藤雄一박사에게 작곡을 의뢰해 완성된 것이다.

 하시모토 아키라 씨는 아키히토明仁 일왕의 동기동창으로 일본에서는 '고가쿠유御學友'로 불리며 존경받는 인물이다. 그는 이번에 이 시인의 시가 일본에서 곡이 붙여진 배경을 스피치로 하고 오케스트라와 함께 합창단에 참여하여 '꽃우표'를 부르며 이 시인은 스피치와 자신의 시낭독 후, 무대에 앉아 그것을 감상하게 된다.

 이 시인은 '일본의 명곡을 소개하는 전통 있는 NHK 라디오 가요 음악제에 2년 연속 저의 시 노래가 울려 퍼지게 된 것을 기쁘게 생각합니다' 라며 '이 노래에는 한·일 우호의 뜻이 담겨져 있습니다. 일생 한 줄의 시, 단가를 통해 사랑과 평화를 노래한 어머니의 뜻을 기리고 그것이 문학과 음악의 예술로 양국민의 마음을 잇는 계기가 되기를 소망합니다' 라고 했다.

김인구 기자

일본 산리쿠신문 三陸新報   2014 3 9

만유유전萬有流轉

　3월 11일로 동일본 대재난이 벌써 3년을 맞이하게 된다. 올해도 게센누마시氣仙沼市와 미나미산리쿠초南三陸町에서 추도식이 거행되고 재난 희생자의 명복을 빌며 초기 부흥에 대한 맹세를 새로 타진하게 된다. 정부 주최로 아베 신조安倍晋三 총리의 식사式辭와 천황天皇의 인사말이 있다

　피해지에서 생활하는 사람들은 그동안 각자 모두에게 우여곡절이 있었을 것이다. 힘겨운 나날이었으나 나라와 전세계 사람들의 도움을 받아 여기까지 왔다. 의연금을 받고 노래와 연극, 춤 등 힘을 주는 응원도 셀 수 없이 많았다

　그날 근대 단가의 아버지인 오치아이 나오후미 落合直文의 생가인 가타하마의 연운관煙雲館에서 '노가쿠能樂의 마음과 위로를 그대에게'라는 제목으로 관세류의 핫타 다쯔야觀世流 八田達弥의 노能 미니공연 '하고로무羽衣'와 지난해 미나미쵸南町의 '가도꼬'에서 열렸던 한국시인 '이승신李承信의 단가낭독회'가 1시부터 3시까지 개최된다

이승신 시인은 외국인으로는 처음으로 일본 궁중 우타카이하지메宮中歌會始에 대가로 초청받은 가인歌人 손호연 孫戶姸의 딸로 단가短歌를 통해 한일 간의 이해와 화해의 정신을 읊어 온 손호연 가인의 뜻을 이어 국내외에서 활동하고 있다

절실한 소원이 나에게 하나 있지
다툼 없는 나라와 나라가 되어라

모두가 하나의 마음되어 한국과의 새로운 관계를 구축하고 싶다

노가쿠能樂 공연자들과 - 동일본 게센누마 2014 3 11

동경 프레스센터   2013 3 7

나카니시 스스무中西進 선생 강연
'이승신의 한 줄 詩의 힘' 동경출판기념회

　이승신 시인의 활약상을 잘 보았습니다. 국제적으로 아주 훌륭한 활약을 하고 있군요. 저는 이걸로 결정됐다 라고 생각한 것이 있습니다. '올해 노벨평화상은 이승신으로 확정' 바로 이겁니다. 여기에 외교관들이 많이 계시니 노벨상 심사위원회에 전해 주시면 좋겠습니다.

 이승신 시인의 이야기를 하려면 어머님 손호연 시인의 이야기를 하지 않을 수 없습니다. 오래전 제가 가르치던 대학에 한 여성이 소개장을 들고 찾아 왔습니다. 그분이 손호연입니다.

 손 시인의 그때의 인상과 느껴지는 열의 그리고 한국에서 해방 후에도 단가를 계속 지어왔다는 말에 저는 매우 놀랐고 큰 감명을 받았습니다.

 지금 이렇게 이승신 시인이 일본에서 단가집 출간기념회를 할 뿐 아니라 한국에서도 이런 행사들을 하고 있다는 말에 저는 감개무량할 뿐입니다. 그때 손호연 시인은 한국에서 단가의 'ㄷ'자도 말할 수 없었고 뒤에서 손가락질과 비난받는 환경 속에 시종 묵묵히 단가를 지어왔다고 제게 말해 주었으니까요.

 그런데 지금은 일본과 한국에서 그 외의 나라에서도 이렇게 이승신 시인의 활동이 공적으로 크게 인정받고 있습니다. 이것은 뭐니뭐니 해도 확실히 들려오는 평화를 향한 발소리라고 생각됩니다. 예전에 듣던 이야기는 이제 상상할 수도 없습니다.

 그렇다면 그런 꿈을 실현해 준 사람은 누구일까요? 그것을 생각할 때 손호연 시인의 힘이 매우 크다고 저는 생각합니다. 한국에서 시련 속에서도 묵묵히 일생 단가를 지었습니다. 그 단가 중 한 수를 방한한 고이즈미 총리가 낭송했습니다. 그것은 고이즈미 총리가 그 단가에 양국의 가교가 되어달라는 마음을 넣었다는 것을 의미합니다.

그때부터 손호연 시인이 더 유명한 가인이 되었습니다. 유명한 가인이 되었다는 것은 그 단가가 모두에게 인정을 받는다는 뜻입니다. 그 단가가 바로 아까 영상에도 나온 '다툼 없는 나라와 나라가 되어라' 입니다.

그의 단가에 '여기는 이렇게 하는 게 어떨까' '이건 이 한자가 더 좋겠다'며 어드바이스한 적도 있습니다. 그는 제 말을 잘 들어주었기 때문에 머리로는 자식같이 생각하기도 했지만 저는 '어머니 어머니' 라고 불렀습니다. 그때마다 그는 불쾌한 표정을 지었는데 후에 보니 저와 나이 차가 세 살이었습니다.

그래도 저에겐 어머니라는 느낌이었습니다. 참으로 섬세한 배려심이 있고 무엇보다 애정이 지극히 많은 분이었습니다. 게다가 그 애정은 굳센 정신이 뒷받침되어 있었습니다.

손 시인은 그의 아버님이 와세다 대학에 유학했을 때 동경 에도가와江戶川에서 태어났고 곧 귀국했지만 그의 이름 호연戶姸에는 에도가와江戶川의 '戶'자가 들어 있습니다. 호연戶姸의 '姸'자는 아름다운 여성이라는 뜻이지요. 그러니 그는 '에도강의 아름다운 여성'이며 그 따님이 이승신이 되는 것입니다. 아름다움도 2대에 걸쳐 이어지고 있습니다. 제가 그 증인이 된 것을 기쁘게 생각합니다.

손 시인의 따님들은 '李가네 미인 자매'로 유명합니다. 1남 4녀의

5남매인데 그 4 자매 중 막내는 아직 만난 적이 없지만 3 따님을 만났습니다. 그래서 잘 알고 있는 것은 3자대인데 제가 아는 '李가네 3자매'는 중국의 송애령宋靄齡 송경령宋慶齡, 송미령宋美齡이라는 '宋가네 3자매', 그 한국판에 해당한다고 생각합니다. 애령이 좋다, 경령이 좋다고들 하지만 李가네 역시 장녀인 승신이 좋다, 아니 2째가 3째가 좋다라든가 인기투표를 하면 좀 시끄러워질 겁니다. 우리 집에서는 집사람도 저도 가장 아름다운 사람은 승신씨로 되어 있습니다.

손 시인의 굳센 정신이 뭐냐 하면 그가 동경 유학 후, 한국으로 돌아가 한국에서 교편을 잡고 있을 때 해방이 되었지만 그 후에도 그는 자신의 마음을 일어로 표현했습니다. 거기에다 단가라는 시 형식을 선택한 것입니다.

'시대가 바뀌면 표현 방식을 바꾸는 게 당연하다'고 사람들은 생각합니다. 그러나 사람의 몸에 배인 언어라는 것은 변하지 않습니다. 마음을 표현하는 바탕은 더욱 더 변하지 않는다고 저는 생각합니다.

스스로 선택한 단가라는 표현 방식입니다. 그것은 일본에 의리가 있어서가 아닙니다. 그 형식을 '시대가 이렇게 변했으니' '국정이 지금은 이러하니' 하며 바꾸는 것은 자신을 배신하는 일입니다. 자신을 속이는 거지요. 자신을 속이지 않은 것. 이것이야말로 손호연의 강함이라고 생각합니다.

그렇게 손호연 시인은 단가를 통해 일생 자신의 마음속 슬픔과 기쁨을 표현했습니다. 6권의 '무궁화'라는 가집 중의 4집과 5집에 제가 후기를 썼고 이승신 시집에도 후기를 썼습니다만 그렇게 오래 손호연 시인과 그의 단가를 지켜본 것입니다. 정말로 훌륭한 단가입니다.

예를 들어 '눈'을 주제로 단가를 읊습니다. 눈이 무엇이 훌륭한가? 눈은 작은 단지 위에 내리고 김치를 담는 큰 항아리 위에도 내립니다. 게다가 다 같은 높이로 쌓인다고 했습니다. 눈이 가진 성질은 바로 '평등이라는 정신이다'라고 단가로 독자에게 말해줍니다. 그러한 분입니다. 그렇기에 '다툼 없는' 이라는 단가가 명가名歌로 남을 수 있는 것입니다.

겨울에 눈을 볼 때마다 손호연 시인의 노래가 생각납니다. 눈은 같은 높이로 쌓이는 거로구나 라는 생각을 하면서 그러한 어머니가 있기에 시인 이승신이 있음이 틀림없는 사실이고 의심의 여지가 없습니다. 본인이 아니라면 그 말이 맞겠지요. 그러나 저는 그렇게 확신합니다.

이제야 승신씨 이야기입니다.
승신씨의 훌륭함은 시종 어머니를 그리워하고 있다는 점입니다. 그것이 참으로 아름답습니다. 승신 시인은 당연히 아까 말씀드린 것처럼 단가가 아닌 것에 대한 리스크를 지게 됩니다. 그것을 등에 짊어지면서 어머님을 그리워하고 있습니다.

그는 워싱턴과 뉴욕에서 오래 살았습니다. 외국 생활이 길었다는 것은 어머님과 떨어져 있던 기간이 길었다는 것을 의미합니다.

다 재원인 자녀 중 승신씨가 전심전력을 다해 어머님의 사업을 계승하고 있습니다. '어머님의 마음'이 세상에 널리 알려지도록 그리고 어머님이 얼마나 간절히 평화를 염원했는지를 세계 어디서든 항상 말하고 있습니다.

단가는 그러기 위한 하나의 그릇입니다.
거기에 이번 재난을 계기로 해 승신씨의 인류애가 솟아올랐습니다.

승신씨가 3.11에 영감을 받은 시들을 보았고 후기에도 썼지만 그 시를 보고 놀란 것이 있습니다. 일본인을 '君기미'라고 부르고 있는 점입니다.

'君기미'라고 하는 것은 일본의 옛 표현으로는 '연인' 그것도 '조금 신분이 위인 연인'을 가리키는 말입니다. 그단큼 애정과 존경심을 담아 '君기미'라는 말을 쓰고 있는 것입니다.

위로하고 싶은 진심이 이 시에 녹아있어
그대 마음 녹일 수가 있다면
君思う眞情を込めし一行詩 慰めとなれ癒しとなれと

'君'와 '君'를 생각하는 진실 된 마음, 그 마음을 담은 한 줄의 시라는 것입니다 '君'란 여기에서 피해를 입은 일본인일 것입니다. 그 사람들을 위해 바치는 한 줄의 시, 그것이 위로가 되었으면 한다는 것입니다.

 넓게 생각하면 이 단가 안에는 어머님의 시 정신이 들어있고 그의 비원인 '다툼 없는 나라와 나라'를 승신씨도 진심으로 기원하고 있다는 것을 느낄 수 있습니다.

 그 마음을 한국어로 표현하고 일어로 번역하고 있습니다. 승신씨에게 늘 부탁하는 말이 있습니다. 좀 더 분발해서 일본어로 단가를 지으라고, 불가능한 일이 아니라고 저는 생각합니다. 그렇게 하면 더욱 좋을 것입니다.

 한국어 시는 더 좋은 내용 더 좋은 단가일지도 모릅니다. 그것이야말로 진실된 한국일 것입니다. 저는 번역본으로 내용을 이해해야 하기 때문에 참으로 안타깝습니다.

 어머님은 일본어 속에서 표현하는 마음을 길렀지만 승신씨의 경우는 한국어와 영어일 것입니다. 무엇이든 좋습니다. 영어로 이렇게 시를 쓴 뛰어난 하이쿠俳句 작가가 있습니다.

Richard Nathaniel Wright 라는 훌륭한 미국 흑인 작가인데 그런 시인도 있습니다.

 단시라는 것은 어느 나라에나 공통된 성격을 지니고 있습니다. 그 나라 국민의 베이식한 마음을 나타내려는 시 형식입니다.

 아일랜드에는 리메릭이라는 국민시가 있고 대만에는 민가가 있습니다. 국민시가 없는 민족은 어디에도 없습니다. 한국도 시조라는 민족시가 있습니다.

 몇 해 전 한국의 시조 대회에서 일어로 강연했는데 일어를 알아듣는 사람이 하나도 없는 비극이 있었습니다. 한국에서는 역시 한국어로 해야 되겠더군요.

 리메릭 민가 시조 그러한 것으로 표현할 때 비로서 진정한 민족의 마음이라고 하는 것이 드러나게 됩니다. 그렇게 표현된 것이야말로 진정 소중한 것이지요.

 좀 전 한승주 장관과 신각수 대사 말씀에도 있었지만 한국과 일본 양국 간에 위화감이 있다는 사실을 부정할 수 없습니다. 그것을 어떻게 하면 좋을 것인가.

 아시다시피 현재의 쟁점은 토지, 땅입니다. 땅은 바로 생산의 기초입니다. 땅에 생산력이 있으면 그만큼 국가의 부가 되는 것입니다. 그렇기 때문에 국토에 대한 관심이 중요한 것입니다.

 다만 그 국토라는 것은 어느 나라에 속한다고 생산량이 변하는 것은 아닙니다. 어느 나라의 땅이건 그 땅이 가지고 있는 생산량은 변하지 않습니다. 그렇게 보면 땅이라는 게 그다지 중요한 게 아니라고 저는 생각합니다.

 무엇이 더 중요한가 하면 지금까지 말씀 드린 이 내용들입니다. 마음으로 틀을 짜게 되면 온 세계에 자유로운 틀이 많이 생기게 됩니다. 땅이나 국경이라는 틀이 아닌 '마음에 의한 틀'이지요.

 그런 것이 오히려 더 중요하지 않을까요.

옛날 일본 역사에 이런 것이 있습니다.
일본이 한때 임나任那 라는 곳에 집착했습니다. 그래서 임나에 전쟁을 건 신라를 맞서기 위해 25.000명의 군대를 보냈습니다. 그런데 장군을 임명하면 싫다고 가버리는 그런 염세적인 분위기가 감돌게 되었습니다. 이래서는 전쟁을 더 해도 의미가 없다, 이제 전쟁은 그만두자 라고 생각한 위대한 정치가가 7세기 초에 있었습니다.
 그가 바로 그 시대의 섭정攝政이었던 성덕태자聖德太子입니다. 신라와의 전쟁을 그만두고 '和를 가장 귀한 것으로 한다'라는 유명한 헌법을 제정하고 눈을 수隋 나라로 돌립니다.
 당시 중국은 수 나라였습니다. 신라와의 관계 속에 국제 관계를 만드는 것이 아니라 보다 큰 나라와 관계를 가지려 했습니다. 그래서 문화교류를 했습니다. 여러 문화가 전해지고 聖德太子 스스로 그것을 확대시켰습니다. 국토의 틀을 버리고 '문화의 틀'을 만드는 것으로 발전시킨 것입니다.

 이것이야말로 앞으로의 외교에서 가장 중요한 아니 유일한 요소가 아닌가 싶습니다. 즉 마음의 틀, 지知의 틀, 미래를 향하는 나라들은 서로의 양해 속에 그런 것들을 진심으로 원해야만 합니다.
 그 어려운 일을 2대에 걸쳐 하고 있는 사람이 바로 이승신 시인이라고 저는 생각해 왔습니다. 단가는 하나의 그릇에 불과합니다. 보다 중요한 것은 그 그릇에 담는 '마음의 깊이'입니다. '문화라는 높이'입니다. 그 마음은 문화를 담는 것에 의해 아시아의 평화, 지구의 평화가 찾아오는 것입니다.

 일본은 해양 국가입니다. 대륙 국가가 아닙니다. 그러니 대지에 집착하는 것 자체가 잘못된 일입니다. 임진왜란이 바로 그렇습니다. 대지에 집착했습니다. 바다에 집착해야 합니다. 해양국인 영국이 그렇습니다. 대지에 집착하지 않습니다. 프랑스인들이 영국인을 촌뜨기라고 하는데 그런 것에 신경 쓰지 않습니다.
 왜 그러한 국가 경영을 하지 못하는 것입니까? 저는 그런 점을 대단한 유감으로 생각합니다. 우리는 지知의 관계, 문화의 관계, 마음의 관계를 더욱 소중히 하여야만 합니다.

 그러니 그 어려운 가교 역할을 앞장 서 하고 있는 시인 이승신이 받아야 할 것은 무엇일까요?

그렇습니다.

노벨 평화상입니다.

출판기념회를 다 한 후 - 동경 프레스센터 2013 3 7

나카니시 스스무中西進 문학박사

일본의 대표적 지성이며 고대 만엽집 연구의 제 1인자로 문화훈장 수장, 동경 세이조成城대학 미국 프린스톤대학 캐나다 토론토대학 교수 히메지姬路 문학관장 오사카여자대학총장 교토사립예술대학총장 나라현립 만엽집박물관장 역임. 現 고시노쿠니高志の國 문학관장 다나베 세이코田辺聖子 문학관장 일본국문학회회장 PEN클럽부회장. 200권의 저서와 전국 고교대상 만엽집 특강을 하는 '만엽청춘학교'를 이끌며 TV와 아사히신문에 고정프로와 칼럼이 있다.

왜 교토인가

이승신의 詩로 쓰는 컬쳐에세이

발 행 | 2018년 4월 20일

저 자 | 이승신
펴낸 이 | 남수연

펴낸 곳 | 시가 詩家 Poets House
등 록 | 제2017-000289호
주 소 | 서울특별시 마포구 양화로 45
전 화 | 02 722 1999
이메일 sonhoyunim@hanmail.net

ISBN | 979-11-962613-1-3

www.leesunshine.com

ⓒ 이승신 2018

값 25,000원
본 책은 저작자의 지적 재산으로 무단 전재와 복제를 금합니다.